나의 별에 부는 바람 *1*

나의 별에 부는 바람 1

이현성 장편소설

결 BESIDE

차례

잡힌 손목이 부서질 듯 아팠다. 뿌리치려 했지만 쉽지 않았다. 단단히 쥔 손은 크고 강했다. 남자의 손이었다. 지완이 산전수전 다 경험했다지만 사내의 힘을 이기기는 어려웠다.

'제길!'

지완은 속으로 욕설을 내뱉었다.

'큰일이네.'

최대한 표정을 갈무리하며 뒤를 돌아봤다. 이렇게 된 이상 모르는 척해야만 한다. 지완의 손목을 잡은 남자는 키가 크고 어깨가 넓었다. 더 위로 시선을 보내자 남자의 얼굴이 보였다.

부드럽게 웨이브진 고수머리 아래에, 꼬리가 살짝 내려간 눈이 보였다. 다정하고 따뜻한 눈빛을 지닌 남자라서, 조금은 안심했다.

'생각보다 쉽게 넘어갈지도 모르겠네.'

그렇게 생각하며, 지완은 입을 열었다.

"뭡니까?"

남자가 상냥한 미소를 지었다.

"내 지갑 내놔."

'제길.'

망했다. 소매치기 생활 10년 남짓. 잡힌 건 처음이다.

"무슨 말을 하는지 모르겠네요."

지완은 상대의 다정한 눈빛에 걸어보기로 하고, 일단 시미치를 뗐다.

"지갑."

남자가 손을 뻗어왔다. 그의 손은 정확히 지갑이 들어 있는 지완의 점퍼 안으로 향했다.

"가져갔잖아."

점퍼 안에 들어온 손이 지갑을 빼냈다. 검은색 고급 가죽 반지갑을 흔들며, 그가 말했다.

"내 지갑인 것 같은데."

그의 입가에 놀리는 듯한 미소가 걸려 있었다.

한 번도 잡혀본 적이 없기 때문에, 어떻게 대응해야 좋을지 알 수 없었다. 그래서 입을 꽉 다물고 그를 가만히 노려봤다.

'어쩌지? 경찰에 간다고 하면 큰일인데. 어떻게 해야 하지?'

심장이 콱 죄어왔다.

"지갑 찾았으면 이 손 좀 놔주시죠."

초조함을 감추고 말했다. 남자의 눈이 가늘어졌다.

"건방진데? 지금 너, 내 지갑 훔쳤다가 걸린 거야."

"아, 네. 그건 죄송하게 됐습니다. 먹고살기가 힘들어서요. 어쨌든 다시 돌려 드렸으니 된 거 아닙니까?"

"싹싹 빌어도 모자랄 판에 적반하장이라. 재미있는 애구나, 너. 여러 가지로."

남자가 허리를 굽혀 지완과 눈높이를 맞췄다. 그의 검은 눈동자가 지완을 똑바로 향했다. 다정한 생김새와 달리, 그의 눈동자는 속을 꿰뚫어보듯 날카롭게 빛나고 있었다. 시선을 피하고 싶었지만, 지완은 고집스럽게 그를 노려봤다.

"보기 드물게 얼굴이 괜찮네."

심장이 쿵 내려앉았다.

"왜 남자인 척하고 있는 거지?"

'제길!'

당황할 일은 아니었다. 이런 경우가 한두 번은 아니었으니까.

'이 빌어먹을 얼굴. 돈 모으면 제일 먼저 성형을 해야겠어.'

지완은 그런 생각을 떠올리며 말했다.

"전 남자가 맞습니다만."

"건들거리면서 목소리를 낮추고 그렇게 말하면, 어떤 사람들은 속아 넘어갈지도 모르겠어. 그런데 내 눈은 못 속여."

그가 엄지와 검지로 지완의 턱을 잡아 살짝 들어올렸다. 코와 코가 닿을 만큼, 숨결과 숨결이 섞일 만큼 가까운 거리에서 그는 지완의 눈을 지그시 응시하며 말했다.

"넌 여자야."

어떻게 도망쳤는지 모르겠다.

하아, 하아.

아무 건물로나 뛰어 들어온 지완은 벽에 기대어 허리를 굽히고 숨을 골랐다. 그가 따라오는 기색은 없었지만 멈추지 않고 달린 이유는, 그의 눈빛 때문이었다.

사내의 눈빛.

지완은 그것이 끔찍스럽게 싫었다. 그 눈빛을 떠올리는 것만으로도 팔뚝에 소름이 돋았다. 구역질이 날 것만 같았다.

지완은 헝클어진 머리를 뒤로 쓸어 넘겼다. 반듯한 이마와 함께 모양이 예쁜 일자 눈썹과 한쪽에만 쌍꺼풀이 있는 고양이 같은 눈이 드러났다.

'앞으론 더 조심해야겠어.'

아까는 정말로 당황했다.

'방심했어. 앞으로는 걸렸을 때의 대책도 세워둬야겠네.'

거칠었던 호흡이 조금씩 가라앉았다. 지완은 유리문을 열고 거리를 오가는 통행인들을 잠시 살펴보다가 밖으로 나왔다.

사람이 많은 강남 거리. 가판대에 놓인 모자를 슬쩍한 지완은 그걸 눌러쓰고 다시 작업에 들어갔다.

다섯 시간 동안 작업을 해서 번 돈은 42만 3500원이었다.

'강남이 주 활동 구역인가 보군.'

현준은 사무실에서 다리를 꼬고 앉아 휴대폰을 꺼냈다. 휴대폰에는 지완의 얼굴이 찍혀 있었다. 아마 그녀는 사진이 찍히는 줄도 몰랐을 것이다. 그리고 현준이 그녀를 본 것이 이번으로 세 번째라는 것도.

'정말 볼수록 예쁜 얼굴이야.'

처음 본 건 강남역 지하상가에서였다. 그녀는 맞은편에서 걸어오고 있었는데, 처음 봤을 땐 남자인 줄로만 알았다. 걸음걸이도, 헤어스타일도, 표정도 전부 남자 같았으니까. 깜짝 놀랄 만큼 예쁜 녀석인데 키가 좀 작아서 아쉽다고 생각하며 스쳐 지나갔다. 그땐 그게 전부였다.

두 번째로 봤을 때 역시 강남역 지하상가에서였는데, 그때 그녀는 옷가게 입구에 걸려 있는 옷을 슬쩍하고 있었다. 그게 얼마나 자연스러운지, 커다란 옷을 한 벌 훔쳐 가는데 아무도 신경을 쓰지 않았다.

훔친 옷을 들고 씩 웃는 그녀의 모습에, 그녀가 여자라는 걸 눈치챘다. 남자인 척하는 여자. 그제야 신경이 쓰여 그녀를 붙잡으려 했지만, 그녀는 어디론가 사라진 후였다.

그리고 오늘. 그녀는 현준의 지갑을 훔쳤다.

'옷차림을 보면 가난한 집 애인 것 같진 않은데, 왜 도둑질을 하는 걸까? 도벽이 있나? 하루 이틀 해본 솜씨가 아니던데.'

그녀에게 주의를 기울이고 있지 않았더라면 그녀가 자신의 지갑에 손을 대는 것을 전혀 눈치채지 못했을 것이다.

'몇 살 정도 됐을까? 생긴 걸로 봐서는 열여덟, 열아홉? 좀 더 어릴지도 모르겠군. 정말 탐나는 얼굴이야.'

오늘은 일단 보내줬지만 다음에 만난다면 그냥 보내주진 않을 것이다. 이 정도로 개성 있고 예쁜 얼굴은 찾기 힘들다. 도벽이 있다는 게 걸리지만, 이 얼굴이라면 특상품으로 쳐줄 만하다. 놓칠 수 없었다.

똑똑.

노크 소리가 들렸다.

"들어와."

문이 열리고 찬혁이 안으로 들어왔다. 언제나 그렇듯 찬혁의 얼굴에는 표정이 없었다. 어둡게 가라앉은 눈으로 사무실을 둘러본 찬혁은 인사도 없이 소파에 가서 앉았다.

"너, 더 마른 것 같다."

현준이 걱정스럽게 말하며 찬혁의 맞은편에 앉았다.

"착시 현상입니다."

찬혁이 무뚝뚝하게 말했다. 찬혁의 낮은 음성은 같은 남자가 듣기에도 좋았다. 이런 목소리를 가지고 있으면서 말이 없다는 것이 통탄스러울 뿐이었다.

"진이는 어디 있냐?"

"숙소에 재희랑 같이 있습니다."

"재희랑? 그 녀석은 좀 불안한데."

"할 땐 하는 녀석이니까 괜찮을 겁니다."

"그래."

현준은 거기서 잠깐 말을 멈췄다. 앞으로 어떻게 할 거냐고 물어볼 법도 한데, 늘 그렇듯 찬혁은 아무 말도 하지 않았다.

결국 침묵을 이기지 못한 현준이 다시 입을 열었다.

"기사화는 막지 못할 것 같다. 다음 주에 기사가 나갈 거야. 기자회견은 없을 거다. 여론 좀 가라앉으면 조용히 내보낼 예정이다."

"알겠습니다."

"그게 다냐?"

"네?"

"인마, 같은 팀 멤버가 퇴출을 당한다는데 감싸주거나 그런 것도 없어?"

"진이가 잘못한 일이니까요. 방법이 있었으면 대표님이나 부대표님이 어떻게든 손을 쓰셨겠죠. 이런 결론이 나온 건 아무리 고민해도 방법이 없다는 거고. 그럼 뭐, 어쩔 수 없는 일 아니겠습니까."

"기뻐해야 할지 슬퍼해야 할지 모르겠구만."

"기뻐하셔도 됩니다. 부대표님을 신뢰한다는 거니까."

"어이구야. 그거 참 감개무량하네."

현준은 비아냥거리듯 대꾸하긴 했지만, 솔직히 기뻤다. 누구에게도(심지어 부모에게까지) 마음을 열지 않는 찬혁이 현준에게는 조금 마음을 연 것 같았기 때문이다.

'사나운 들짐승을 길들이면 이런 기분이 들려나?'

현준은 바보 같은 생각을 하며 덧붙였다.

"당분간 진이 자리는 공석으로 놔둘 거야. 적당히 시기 봐서 다른 애로 채워 넣을 거고."

"적당한 사람이 있습니까?"

찬혁의 질문을 듣는 순간 그녀가 떠올랐다.

'아니, 안 되지. 여자앤데.'

황급히 그 생각을 지우려고 했지만, '괜찮을 것 같은데.'라는 생각을 거둘 수가 없었다. 중성적인 생김새, 한쪽에만 쌍꺼풀이 있는 고양이처럼 매혹적인 눈매, 희고 고운 피부와 도톰한 입술, 호리호리한 몸매. 최근 트렌드에 딱 맞는 외모였다.

이름도 모르는 여자가 자꾸 눈에 밟히는 걸 보면, 이건 '물건'이라는 뜻이다. '감'만으로 부대표 자리까지 올라온 현준은 지금의 이 느낌을 무시해버릴 수가 없었다.

그녀에게는 분명 무언가가 있었다.

"한 명 떠오르는 사람이 있기는 한데."

"흐음."

"진이 대신 자리에 넣으려면, 팬들이 반감을 갖지 않을 만큼 괜찮아야 돼. 약간 모성 본능을 자극하면 더 좋겠지. 어때, 새 멤버로 이런 이미지는?"

현준이 찬혁에게 휴대폰 속 그녀의 사진을 보여줬다.

"글쎄요. 그건 형이 저보다 더 잘 아시겠죠. 연습생입니까?"

"아, 그건 뭐…."

이름도 몰라, 사는 곳도 몰라, 나이도 몰라, 라는 말은 절대로 할 수 없었다. 찬혁이 꼬치꼬치 캐묻는 성격이 아니라서 다행이었다.

"전 상관없지만, 민하랑 재희는 반발이 심할 겁니다. 진이랑 많이 친했고, 정도 많아서."

"넌 정이 없고?"

"…."

찬혁은 대답하지 않았다. 장난치는 말에 대답하지 않는 건 찬혁의 습관이었기에, 딱히 서운하지도 않았다.

"아무튼 일어나보겠습니다."

"그래. 당분간 시끄러울 텐데, 애들 단도리 좀 잘 시켜."

"네."

찬혁이 나간 후, 현준은 다시 휴대폰에 그녀의 사진을 띄웠다. 그녀에게는 사람의 마음을 잡아끄는 무언가가 있었다. 사람들은 그것을 '매력'이라고 부른다. 예쁘고 잘생긴 사람은 널리고 널렸지만, 자기만의 매력을 가진 사람은 많지 않았다.

찬혁에게 그녀의 사진을 보여주고 나니, 아까보다 생생한 계획이 그려졌다. 막연히 스카우트해보자는 생각만 있었는데, 이제는 그녀를 어떻게 사용할지에 대한 구상까지 완벽하게 그려졌다.

문 대표의 승인을 받는 게 우선이지만, 그건 큰 문제가 되지 않았다. 문 대표는 찬혁보다 사람 보는 눈이 탁월하다. 그녀를 보는 순간, 모든 지원을 해주라고 말할 것이다.

문제는 그녀를 다시 한번 만나야 한다는 점이었다. 만약 그녀가 오늘 들킨 일 때문에 강남에 오지 않는다면, 앞으로 만날 기회는 영원히 사라졌다고 봐야 했다.

이럴 줄 알았으면 놔주는 게 아니었는데.

"넌 여자야."

그렇게 말하는 순간, 그녀의 눈동자가 공포로 검게 물들었다. 놔줄 수밖에 없었다. 계속 잡고 있다가는 그녀가 기절할 것만 같았기 때문이었다.

'기절을 하더라도 그냥 잡고 있을걸.'

PC방에서 웹서핑을 하던 지완은 연예계 뉴스 1위에 뜬 기사를 보고 마우스를 멈췄다.

'윤진. 마약 복용 혐의 체포 충격!'

진은 4인조 남성 그룹 풍월의 보컬이었다.

'마약이라니….'

진은 늘 바르고 성실한 이미지였다. 순수하고 예의 바른 모습 덕분에 어머니 세대에게 인기가 많았다. 여자와의 스캔들도 없고, 태도 문제로 인한 구설수에 오른 적도 없었다. 그런 진이 마약이라.

'사람은 겉만 봐서는 모른다니까.'

기사의 댓글창에서는 그럴 줄 알았다는 둥, 우리 오빠가 그럴 리 없다는 둥, 팬과 안티 사이에서 치열한 혈전이 벌어지고 있었다.

'유명한 것도 좋은 게 아냐. 연예인들은 힘들겠다.'라고 생각하며, 다른 기사를 클릭했다. 연예계는 지완과 아주 먼 세상의 일이었고, 하루하루 먹고살 생각밖에 없는 지완은 연예계 기사에 큰 관심이 없었다.

지금 PC방에서 웹서핑을 하는 이유는, 단지 시간을 때우기 위해서였다. 지금은 일하기 좋은 시간이 아니다. 며칠 전 소매치기가 걸린 후, 지금까지 계속 찜질방을 전전하며 시간을 낭비했다. 도저히 용기가 나지 않았기 때문이다.

하지만 이제 슬슬 일해야 할 시기가 되었다. 소매치기는, 잘되는 날도 있지만 한 푼도 못 버는 날이 더 많기 때문에 미리미리 돈을 모아둬야만 했다.

'은행 계좌라도 만들 수 있으면 좋을 텐데.'

지금까지 번 돈은 매고 다니는 가방에 전부 넣어두었다. 돈이 늘어날수록 마음의 부담도 더해졌다. 이 가방을 뺏기면 처음부터 다시 시작해야만 한다는 두려움이 커졌다.

'언제까지 이러고 살아야 하지?'

그런 생각을 안 해본 건 아니었다.

'다른 직업을 가지고 싶어. 제대로 된 직업.'

당연히 그런 생각도 했다.

그럴 수 없다는 것을 알게 된 후, 지완은 모든 것을 포기하고 하루하루 먹고살아가는 데에만 집중했다. 언젠가 나이가 들고 손이 굳어 이 일을 할 수 없게 되면, 모아둔 돈을 조금씩 탕진하다가 굶어 죽을 것이다. 비참한 말로겠지만 자신과 잘 어울린다는 생각이 들기도 했다.

지완의 인생은 태어났을 때부터 지금까지, 빛난 적이 단 한순간도 없었으니까.

평범하고 소소한 행복조차 누려본 적이 없었으니까.

일주일 만에 나온 강남은 여전히 붐볐다.

지완은 점퍼 주머니에 양손을 찔러 넣고 천천히 걸었다. 한동안 다듬지 않아서 길어진 앞머리가 눈을 찔렀다.

'오늘은 머리 잘라야겠다. 요새 미용실도 비싸졌는데, 가위 하나 사서 그냥 내가 잘라야겠어.'

몇 년 전까지만 해도, 사람들을 보면서 여러 가지 생각을 했다. 대부분은 자격지심에서 비롯한 생각들이었다.

저들은 행복하겠지.

가족이 있겠지.

누울 곳이 있겠지.

의료보험도 있고, 통장도 만들 수 있겠지.

꿈이 있고, 미래가 있겠지.

어느 순간, 그런 생각조차 하지 않게 되었다. 부러워해봐야 달라지는 것은 아무것도 없다는 걸 깨달았기 때문이다. 나는 이렇게 태어났고, 이렇게 죽을 것이다. 그것을 받아들이고 나니 도리어 마음이 편해졌다.

강남역에서 신논현역으로 향하는 길을 쭉 걷고 있을 때였다. 누군가 지완의 손목을 붙잡았다.

"찾았다."

잊을 수 없는 음성이 들려왔다. 지완은 총에 맞은 것처럼 소스라치게 놀라 걸음을 멈췄다.

"다시는 못 볼 줄 알았는데 다행이야."

그의 음성은 다정하고 부드러웠다. 하지만 지완의 심장은 공포로 죄어들었다.

"매일 아침 여기에 와서 종일 기다렸어."

그가 지완의 손목을 꽉 잡은 채로 앞에 와서 섰다. 지완은 그를 올려다볼 수가 없었다. 이 남자는 내가 여자라는 것을 안다. 내가 여자라는 걸 아는 남자는 위험하다.

도망쳐야 돼.

그의 손을 뿌리치려 했지만 꽉 잡혀 있어서 그럴 수가 없었다. 아예 작심을 하고 온 듯, 그는 지난번보다 세게 지완의 손목을 잡고 있었다.

몸이 부들부들 떨렸다. 타인에게 약한 모습을 보이고 싶지 않은데 어쩔 수 없었다. 지완이 여자라는 것을 아는 남자의 접촉은, 오래전 그날의 일을 떠오르게 하니까.

커다란 육체, 열띤 눈동자, 뜨거운 손, 그리고 그 더러운….

"이거… 놔…."

입술 사이로 흘러나오는 음성이 제 것 같지 않았다.

"이거 놔!"

사람들 눈에 띄는 짓을 하고 싶지 않지만 어쩔 수가 없었다.

"이거 놔! 놓으란 말이야!"

비명을 질렀다.

사람이 많은 강남 거리. 오가는 사람들이 무슨 일인가 하고 이쪽을 돌아보기 시작했다. 평범한 남자라면 이쯤에서 손을 놔줄 것이다. 하지만 그의 손에서는 힘이 빠지지 않았다.

"아니, 안 놓을 거야."

도리어 그는 놀리듯이 말했다.

"이젠 절대로 안 놓쳐."

남자가 허리를 굽혔다. 지완의 시야로 그의 얼굴이 들어왔다. 그제야 지완은 그의 눈빛을 확인할 수 있었다.

그의 다정한 눈매 안에 담긴 눈동자는 '남자'의 것이 아니었다. 생전 처음 보는 기묘한 무언가가 그의 눈동자 안에 담겨 있었다.

그래서일까. 얼굴을 마주하고 있는 이 순간이, 손목을 잡혔을 때보다 덜 무서웠다. 떨림이 서서히 가라앉았다.

더 이상 몸부림을 치지 않는 지완을 보며, 그가 싱긋 웃었다.

"우리, 얘기 좀 하자. 네게 제안하고 싶은 게 있어."

전화가 걸려왔다. 진의 마약 복용 사실이 알려졌을 때부터 예상하고 있던 전화였다. 찬혁은 휴대폰 액정에 뜬 이름을 가만히 노려보다가 전화를 받았다.

"네, 아버지."

“기사 봤다.”

거의 6개월 만의 통화였지만 오랜만이라든가, 잘 지냈느냐는 인사말은 없었다. 기대도 하지 않았지만, 너무 예상했던 대로 흘러가 헛웃음이 나왔다.

“네.”

“넌 엮이지 않았겠지?”

“네.”

“냄새 묻지 않게 관리 잘해라.”

“네.”

“끊는다.”

띠링.

찬혁은 끊긴 휴대폰을 귀에 대고 있다가 그대로 드러누웠다.

“하아.”

아무리 숨을 쉬어도 숨 쉰다는 느낌이 들지 않았다. 공기 한 점 들어오지 않는 좁은 공간에 갇힌 기분이었다. 아무리 노력해도 주위를 둘러싼 이 두껍고 투명한 막에서 벗어날 수가 없었다.

어디를 향해도 지켜보는 눈이 있었다. 그 눈은 무척이나 거대하고 예리해서, 잠자는 순간까지도 찬혁의 목을 움켜쥐고 관찰했다.

‘차라리 나도….’

찬혁은 한 팔을 눈 위로 올렸다.

‘약이나 하고 죽어버릴걸.’

고급 일식집의 룸은 넓진 않지만 조용하고 깨끗했다. 이런 곳은 처음인지라 지완은 한쪽 볼을 부풀리고 두리번거렸다. 고급스러운 인테리어, 비싸 보이는 테이블, 금테 두른 메뉴판. 딱 봐도 지완의 일당을 다 써야만 할 것 같은 가게였다.

"특별히 좋아하는 거 있어?"

메뉴판을 펼치며, 남자가 물었다.

"아뇨."

"그래? 그럼 못 먹는 건?"

"없습니다."

"그래. 그럼 내가 알아서 시킬게."

남자가 벨을 눌러 VIP 세트 두 개를 주문했다.

"아, 그러고 보니 우리 아직 통성명도 못 했지. 여자랑 네 번째 만남에서 통성명하는 건 처음이네."

"네 번째요?"

"응, 네 번째. 넌 모르겠지만 그전에도 본 적이 있거든."

심장이 덜컥 내려앉았다. 그전에도 본 적이 있다니. 앞으로는 더 주의해야겠다.

'뿔테 안경 같은 걸 쓰고 다닐까?'

"걱정 마. 워낙 내 직업이 특이하다 보니 기억하는 거니까."

지완이 무슨 생각을 하는지 안다는 듯, 남자가 말했다. 그는 지갑에서 명함을 꺼내 지완에게 내밀었다.

"난 이런 사람이야."

지완은 명함을 받아들었다.

'MS 엔터테인먼트 부대표 최현준'

'엔터테인먼트? 내가 아는 그 엔터테인먼트인가?'

연예계에 관심이 없는 지완은 MS 엔터테인먼트가 업계에서 어느 정도 위치인지 알지 못했다. 의아하다는 표정을 짓고 있는 지완을 흥미롭게 지켜보던 현준이 말했다.

"네 이름은?"

"알 거 없습니다."

지완이 딱딱하게 말했다.

"알겠어. 그럼 이름 모를 여인이라고 부를게."

현준이 장난스럽게 말했다.

"저는 남자…."

"그런 소리 하지 마. 나한테는 이미 들켰으니까."

"…."

"네 약점을 잡고 어떻게 해보려는 생각은 없어. 아까도 말했다시피, 얘기 좀 하고 싶은 거야. 제안할 것도 있고."

"아까부터 생각했지만 전 그쪽이랑 할 말 없습니다. 제안을 받을 만한 능력도 없고요."

"난 있어. 그러니까 이름 좀 알려줘."

"임지완."

"임지완. 이름 좋네. 본명이야?"

"아마도요."

"아마도라…."

그때, 미닫이문이 열리고 종업원이 요리를 가지고 왔다. 테이블 위에 갖가지 밑반찬이 놓였다. 지완이 생전 처음 보는 음식들도 있었다. 이런 상황에서도 맛있어 보이는 음식을 보자 기대감에 허기가 느껴졌다. 두 눈을 반짝이는 지완의 모습에 현준이 작게 웃었다.

"왜 웃습니까?"

"아니, 요리가 나오니까 기분이 좋아 보여서."

"원래 사람은 먹을 걸 보면 기분이 좋아지는 법이니까요."

"그래. 그럼 우선 먹자."

굳이 사양하지 않았다. 지완은 황급히 젓가락을 움직였다. 정신없이 먹는 지완을, 현준은 꼼꼼히 관찰했다.

'먹는 걸 보니 제대로 못 먹고 지내는 것 같은데. 옷도 지난번이랑 같은 옷이고. 설마 가출 소녀인가? 그럼 좀 문제가 되는데. 하긴, 소매치기라는 것도 문제는 문제지만.'

여러 가지 문제가 있지만, 그런 걸 상쇄할 만큼 생김새가 매력적이었다.

"이거 진짜 맛있네요. 계란찜이 이렇게 부드러운 건 처음입니다."

지완이 놀랍다는 듯 말했다. 그 모습이 어찌나 사랑스러운지, 현준은 그만 웃음을 터뜨릴 뻔했다.

'경계심을 푸니 더 괜찮군. 이거 진짜 특상품인데?'

"그쪽은 안 드십니까?"

반 이상을 먹어치운 뒤에야, 현준이 눈에 들어온 모양이었다.

"어, 난 점심을 먹고 왔거든. 네가 다 먹어도 돼."

"네, 그럼 감사히 먹을게요."

지완은 사양하지 않았다. 그런 모습조차도 귀여웠다.

'이거 참. 큰일이네. 편애하게 될지도 모르겠어.'

그런 생각을 하는 동안, 테이블에 차려진 음식이 전부 사라졌다. 저 마른 몸에 어떻게 다 들어갔을까 싶을 만큼 놀라운 식욕이었다.

"와, 덕분에 잘 먹었습니다. 이런 건 처음 먹어봤어요."

"그래?"

"네. 돈 많은 사람들은 어떤 음식을 먹는지 궁금했는데, 맛있긴 맛있네요."

"더 맛있는 것도 먹게 해줄 수 있어."

"아뇨, 사양하겠습니다."

지완이 부드럽게 거절했다. 배부르게 먹은 끝에 긴장이 풀린 모양이었다.

"정말이야. 매일 이것보다 더 맛있는 음식만 먹고 살게 해줄 수 있어."

자기가 말하고도 현준은 아차 싶었다. 이건 마치 어린 소녀를 꼬시는 돈 많은 아저씨가 하는 말 같지 않은가. 다행히 지완은 그렇게까지 생각하진 않았는지 차분하게 대답했다.

"거짓말이라고 생각 안 합니다. 그냥 사양하겠습니다."

"너, 몇 살이지?"

"스물두 살일 거예요."

"일 거예요? 이름도 그렇고, 나이도 그렇고, 확실한 건 없어?"

"네, 뭐. 확실합니다. 적어도 저한테는."

"가출 소녀인가?"

"가출? 네, 뭐. 그것도 가출이라면."

순간 지완의 입가에 떠오른 비릿한 웃음을, 현준은 똑똑히 목격했다. 지완 또래의 소녀가 절대로 짓지 않을 만한 미소였다. 지긋지긋한 삶의 농락에 지친 이들이 짓는, 어둡고 무거운 미소. 찬혁이 간혹 짓곤 하는 그런 미소를, 지완도 짓고 있었다.

"너에 대해서 좀 알고 싶은데."

"왜요?"

"제안하고 싶은 게 있으니까."

"관두세요. 저랑 엮여봐야 좋을 거 없습니다. 그쪽한테 뭔가를 해드릴 만한 능력도 없고요. 아, 그리고 그쪽 지갑은 앞으로 건드리지 않을게요."

"농담하는 거 아냐. 정말로 너에 대해 알고 싶고, 진지하게 제안하고 싶어."

현준이 미소를 지우고 말했다. 지완이 인상을 찌푸렸다.

"비밀로 해야만 하는 사정이 있는 거야?"

"아뇨, 그런 건 아닌데… 굳이 저에 대해서 알고 싶어 하시는 이유를 모르겠네요."

"너한테 관심이 있어서, 라고 말하면 어떨까?"

"전 남자입니다."

"그래, 그렇다고 치고."

"만약 얘기해 드리면 앞으로 귀찮게 하지 않으실 거죠?"

지완의 질문에 현준이 웃었다.

"지금 내가 널 귀찮게 하고 있어?"

"네, 상당히요. 물론 음식은 무척 맛있고 감사하게 생각하지만."

"그럼 음식 값이라고 생각하면 어떨까? 네 얘기를 해주는 거."

"귀찮게 안 하겠다는 말씀은 죽어도 안 하시네요."

"내가 원래 좀 귀찮은 놈이란 말을 자주 듣거든. 습관이야, 이건."

"고치려고 노력을 좀 해보시는 건 어때요?"

"잘 안 되더라고. 호기심이 많아서."

"하아."

지완이 한숨을 내쉬더니 한 손으로 앞머리를 쓸어 넘겼다. 천천히 움직이는 그 모습이 마치 영화 속 장면 같았다. 건들거리며 남자처럼 행동하려 하지만, 지완의 육체는 저절로 느긋한 매력을 뿜어

내고 있었다.

'타고난 거야, 저건. 얘는 스타가 될 거야.'

그런 생각을 하는데, 지완이 현준을 똑바로 응시했다. 아름다운 연갈색 눈동자는 흔들림 없이 고요했다.

"아저씨. 저는요."

거기까지 말하고 지완은 잠시 입을 다물었다.

짧은 침묵 후, 지완이 덧붙였다.

"이 세상에 없는 사람입니다."

생각지도 못한 말에 현준의 미간이 좁아졌다.

"절 낳으면서 어머니가 돌아가셨습니다. 아버지가 혼자서 절 키웠죠. 아버지는, 그래요. 나약한 분이었습니다. 어머니의 죽음을 받아들이지 못했죠. 그래서 그 분노를 저한테 풀었습니다. 저는 왜 맞는지 모르는 채로 맞았죠. 갓난아이 때 기억은 없습니다. 제 기억이 시작되는 그때부터 저는 그냥 맞고 있었어요."

지완은 남의 일이라도 되는 양 담담하게 말했다.

"네 살까지 제 기억은 맞는 것과 어둠. 두 가지뿐입니다."

"어둠?"

"네. 아버지는 출근을 할 때, 절 옷장에 가두고 자물쇠로 잠그고 나가셨거든요."

"말도 안 돼…."

"그런가요?"

또다. 지완이 또다시 비릿하게 웃었다.

"뭐, 견딜 만했습니다. 어쨌든 아버지는 늘 집에 오시고, 저녁엔 절 꺼내줬으니까요. 가끔 귀찮을 땐 꺼내주지 않기도 했지만, 죽기 전엔 꺼내서 밥을 먹여주셨거든요."

현준은 할 말을 찾을 수가 없었다.

"어느 날, 갑자기 아버지가 돌아오지 않게 됐습니다. 저는 어둠 속에 계속 갇혀 있었죠."

얼마나 시간이 지났는지 알 수 없었다. 무서울 정도의 허기와 추위, 그리고 두려움에 온몸이 떨렸다. 그 좁은 옷장에 웅크려서, 어린 지완은 문이 열리는 소리가 들리기만을 기다렸다.

"이러다가 죽겠구나, 싶었습니다. 불현듯 아버지는 두 번 다시 돌아오지 않을 거란 생각이 들었습니다. 그래서 그때부터 미친 듯이 옷장을 두드리고 소리를 질렀습니다."

왜 그랬을까. 차라리 그때 죽었더라면 좋았을 텐데. 그때 그렇게 죽었더라면, 그 후의 고통을 당하지 않아도 되었을 텐데.

"옆집 아주머니가 관리실에 신고를 해주신 모양입니다. 저는 발견됐고, 구출되었죠."

"아버지는?"

"모르겠습니다. 실종이라고 들었습니다."

"지금도?"

"아마도요. 아무튼 그 후에 고아원에 맡겨졌습니다. 형편없는 고아원이었죠. 원장이 미친놈이었거든요. 겨울에 춥고 여름에 덥고, 제대로 된 음식을 주지 않고, 처벌이라는 이름으로 구타를 하는 것까지는 애교였습니다. 원장은… 소아성애자였어요."

"설마!"

현준의 눈이 흔들렸다.

"얼굴이 자기 취향이면 남녀를 가리지 않았죠, 그놈은. 이제 더는 안 되겠다, 라고 생각한 게 여덟 살 때 일이었습니다."

"여덟 살…."

현준은 주먹을 꽉 쥐었다.

'진실인가?'

믿을 수 없는 이야기였다. 고작 여덟 살 때 '더는 안 되겠다.'라는 생각을 하게 되다니. 아니, 애초에 저런 삶을 살아왔다니.

진실을 이야기하기 싫어서 거짓말을 하는 게 아닌가 싶었다. 그래서 더욱 예리하게 지완의 얼굴을 살펴봤지만, 거짓말하는 기색은 없었다.

지완은 감정의 흔들림 없이 담담하게 이야기하고 있었는데, 그것이 오히려 이야기를 진실로 느껴지게 만들었다. 터질 것만 같은 여러 가지 감정을 꾹꾹 눌러 접어놓고, 큰일이 아니라는 듯 천천히 끄집어내는 진실.

"도망쳤습니다. 어려운 일은 아니었죠. 감시가 심한 건 아니었으니까. 단지 다들 어리고 그 삶에 익숙하기 때문에 도망쳐야겠다는 생각을 못 했을 뿐이었겠죠. 아무튼 도망친 그날, 공원에서 그 누나를 만난 건 행운이었습니다."

언니가 아닌 '누나'라고, 지완은 말했다.

"그 누나야말로 진짜 가출 소녀였죠. 그땐 굉장히 어른처럼 느껴졌는데, 지금 생각해보면 아마 고등학교 1학년쯤 되지 않았을까 싶네요."

하루 종일 달리고 달리다가 발견한 조용한 공원. 벤치에 앉아 지완은 숨을 골랐다. 늦은 시간의 인적이 드문 공원이었지만 무섭다는 생각은 들지 않았다. 지완은 고아원이 훨씬 더 무서웠다.

그 소녀는 말없이 다가와서 지완의 옆에 앉아 다리를 꼬더니, 담배를 피우며 말했다.

"너, 집에 안 가니?"

지완이 고개를 젓자, 소녀가 다시 물었다.

"너, 집 나왔니?"

지완이 고개를 끄덕였고, 소녀는 말했다.

"그러지 말고 들어가. 집 나와봐야 고생이야."

지완이 힘껏 고개를 저었다. 그때 소녀가 지완의 몸에 난 상처를 발견했다.

"너, 맞은 거야? 부모한테?"

부모는 아니었지만, 부모 대신인 원장이었기에 지완은 고개를 끄덕였다.

"그래, 그렇구나. 그런 집이라면 안 들어가는 게 좋지."

"그 누나가 말해줬습니다. 여자 몸으로 밖에서 생활하는 건 지옥이라고. 얼굴이 예쁘장하면 더 위험하다고. 누가 여자냐고 물어보면 남자라고 하라고. 그래서 저는 남자가 됐죠."

좋은 사람이었다.

"그 누나와 6개월쯤 함께 지냈습니다. 그동안 많은 걸 배웠죠. 그러다가 갑자기 그 누나가 사라졌고, 그 후로 전 혼자 지냈습니다."

"그 누나란 사람은… 집으로 돌아간 건가?"

"그런 거였으면 좋겠네요."

"그 후로 쭉 혼자였다고?"

"네."

"거주지는?"

"없습니다."

"소매치기로는 벌이가 안 좋은가 보지?"

지완이 피식 웃었다.

"말씀드렸잖아요. 세상에 없는 사람이라고. 저, 주민등록이 말소됐어요."

"뭐?"

"고아원에서 아마 실종 신고를 냈겠죠. 한참이 지났으니 사망 처리됐을 거고요."

"무슨 그런…."

"일단 전 제 주민등록번호 자체를 몰라요. 그런 걸 알 만한 나이는 아니었으니까. 성인이 되고 나서 주민등록증이라도 받을 수 있을까 싶어서 알아봤는데, 실종 신고를 하고 한참이 지나면 사망 처리된다고 하더라고요. 그래서 관뒀죠."

"그럼…."

"일을 구하려고 해도, 집을 구하려고 해도, 휴대폰을 사려고 해도. 전부 신분 확인이 필요해요. 제가 할 수 있는 일은 없고, 살 수 있는 집도 없죠. 휴대폰도 없고, 은행 계좌도 만들지 못해요. 저를 증명할 수 있는 건."

지완이 검지로 자기 관자놀이를 톡톡 두드렸다.

"제가 임지완이라고 불렸던 기억뿐."

"…."

"이게 아저씨가 알고 싶어 했던 제 이야기입니다. 만족스러운 시간이었습니까?"

지완이 장난스럽게 물었다.

현준은 대답할 수가 없었다. 믿기지 않을 만큼 어두운 이야기였다. 그런데도 지완은 여유로웠다. 어떻게 그럴 수가 있는 걸까?

"아무튼 이걸로 음식 값은 했으니, 아저씨랑 저 사이에 정산할 건 없는 겁니다. 이제 그만…."

"내가 줄게, 네 신분."

일어서려던 지완이 그대로 멈췄다.

"내가 주지, 네 살 곳."

"…."

"휴대폰도, 은행 계좌도 만들 수 있게 해주겠어."

"그게 무슨…."

"그러니까 너, 내 거 해라."

"네?"

현준은 일어나 지완의 옆으로 다가갔다. 지완이 두 눈을 부릅뜨고 현준을 노려봤다.

"저기요, 전…."

"내가 너를 스타로 만들어줄게."

'내 거 해라.'라는 말의 의미를, 남자가 여자한테 말하는 그렇고 그런 작업용 멘트라고 생각했다. 하지만 곧바로 아니라는 걸 알 수 있었다. 현준의 눈에 담긴 '남자의 것이 아닌 기묘한 무언가'가 무엇인지 알게 되었다.

열정이었다.

다시 원래의 위치로 돌아가 마주 앉은 상태로, 현준이 말했다.

"나는 네게 신분을 만들어줄 수 있어. 아, 내가 아니라 우리 대표님이."

“대표님요?”

“문 대표라고, 혹시 못 들어봤어? 텔레비전에도 자주 나오는데. 문승호.”

“제가 텔레비전을 잘 안 봐서요.”

“연예인한테 관심이 없나?”

“별로요.”

“MS 엔터테인먼트도 모르고?”

“네, 저랑은 상관이 없으니까.”

“그래. MS 엔터테인먼트는 연예계에서 힘이 있어. 이 업계 최고라고 자부할 수 있지. 난 MS의 부대표고, 널 우리 회사로 스카우트하려고 해. 스카우트가 뭔지는 알지?”

“기본 상식은 있어요.”

“원래는 널 남자로 데뷔시킬 계획이었어. 그런데 네 이야기를 들어보니, 안 되겠다. 널 그런 쪽으로 이용하고 싶지 않아. 넌 여자로 데뷔해도 충분히 성공할 것 같고.”

“아뇨, 아저씨. 거절하겠습니다.”

“내 얘기 좀….”

“거절합니다. 저는 연예인 하고 싶은 생각이 없어요.”

“그럼 이렇게 살다가 죽게?”

현준의 질문이 폐부를 찔렀다.

“계속 소매치기만 하다가 죽게? 그러기 위해서 그때 그 옷장 안에서 그렇게 살려고 부르짖은 거야? 그렇게 죽으려고 아무도 도망치지 않는 고아원에서 너만 도망친 거야?"

"저는…."

"소매치기를 할 수 있는 삶, 길지 않아. 남자인 척하면서 생활하는 것도 그렇고. 언젠가는 소매치기를 하다가 걸릴 거고, 또 언젠가는 네가 여자라는 걸 들키겠지. 아니, 네가 남자라도 상관없으니 겁탈하려는 놈이…."

"닥쳐요!"

그 어떤 얘기를 해도 담담하던 지완이 발작적으로 외쳤다. 현준이 입을 다물었다.

"그딴 개소리 집어치워요. 겁탈? 감히 누가 나를!"

그제야 현준은 지완이 안고 있는 큰 문제를 깨달았다.

"미안하다. 내가 말이 심했다."

지완은 이를 악물고 주먹을 꽉 쥐었다. 과거에서 어느 정도 벗어났다고 생각했는데, 사실은 아니었다. 그때의 그 거대한 육체가, 커다란 손이, 뜨거운 숨결이 여전히 기억에 생생했다.

지완은 남자가 끔찍하게 싫었다. 자신을 여자로 보는 시선도, 말투도, 전부 싫었다. 그래서 지완은 남자여야만 했다.

"아저씨, 저는… 약한 놈입니다. 강하지 않아요. 저는 남자가 무섭고 싫습니다."

"그래."

"기회를 주신다니 감사해요. 좋은 제안을 해주신 것도 감사하고요. 하지만… 안 돼요. 전 연예인이 될 수 없어요. 남자들에게 예쁨을 받고, 사랑을 받고. 그런 거 못 해요, 절대로. 그 눈빛도, 목소리도, 저는 못 견뎌요."

"나랑은 같이 이렇게 얘기도 가능하잖아."

"아저씨는 절 여자가 아닌 상품으로 보고 있으니까요."

"이런, 이런. 그런 취급은 심한데? 상품이 아니라 제대로 된 인간으로 보고 있어."

그 말에 지완이 웃었다.

"거짓말."

"정말이야. 그래, 솔직히 까놓고 말해서 처음에는 상품으로만 봤지. 하지만 네 이야기를 듣고 생각이 바뀌었어. 네게 기회를 주고 싶어. 네게 이것과는 다른 삶을 살게 해주고 싶어졌어."

"됐습니다. 동정받으려고 한 말도 아닌데요."

"동정을 받으면 어때서 그래? 자존심 때문이야?"

"전 자존심 같은 거 없어요. 그저… 못 해요, 연예인이 돼서 남자들한테 사랑받아야 하는 짓."

"그럼… 여자는 어때?"

"네?"

"여자들한테 사랑을 받는 거."

"그야 뭐 상관없지만…."

"그럼 아까 계획으로 돌아가지. 남자로 데뷔하는 거."

"아니, 잠깐만요."

"그룹 풍월이라고 알아?"

현준은 제멋대로 이야기를 시작했다. 비싼 밥을 사준 사람이니까 얘기나 들어보자는 생각에, 지완은 고개를 끄덕였다.

"네, 알아요. 풍월 모르면 대한민국 사람이 아니죠."

"그래. 사실 풍월 멤버 중 한 명이 사건을 일으켰어."

"마약 복용?"

"어, 아는구나. 그래, 그거. 아마 그것 때문에 그룹에서 나가게 될 거야."

"흐음."

"그 자리에 널 넣으려던 게, 내 원래 계획이었지."

"지금은 그 계획이 바뀌었나요?"

"너와 대화를 해보니."

현준이 싱긋 웃었다.

"대리로 넣는 건 아까워. 넌 매력적이야. 그것도 몹시. 널 남자 솔로 가수로 키워야겠어. 앞으로 2년."

현준이 손가락 두 개를 펼쳤다.

"2년 안에, 대한민국에서 널 모르는 사람이 없게 만들어주겠어."

"아저씨. 생각이 짧으시네요. 전 분명 문제가 될 겁니다. 여자라는 걸 들킬 수도 있고, 과거가 문제가 될지도 몰라요."

"2년간은 아니야, 내가 보호할 거니까. 일단 자리를 잡고 나면 그 후엔 들켜도 어떻게든 무마할 수 있을 거야. 아니면 돈을 벌 만큼 벌고 나서 은퇴해도 되고."

지완은 피식 웃었다. 현준이 거짓말을 한다는 생각이 들었다.

'2년은 보호하겠지. 하지만 2년 후엔 버려질 거야.'

확신했다. 인생을 살며 단 한 번도 빛난 적이 없었다. 늘 어두운 길을 걸어왔다. 그러니 이 그럴듯한 제안이, 좋은 기회일 거란 생각은 들지 않았다. 자신의 삶은 비참한 어둠에 잠겨 있으니까.

'하지만.'

아주 잠깐 마주친 초롱불이라고 생각하면 어떨까. 어두운 길을 걷고 걷다가 잠깐 마주친 초롱불. 금방 꺼지기는 하겠지만, 찰나의 순간이나마 아늑함을 느낄 수 있는 빛. 그런 불빛을 발견한다면 잠시 쉬었다가 가게 되지 않을까? 그것이 금방 꺼질 걸 알아도, 잠깐 걸음을 멈추지 않을까?

'그래. 나라고 늘 어둠 속에만 있으라는 법은 없으니까.'

어차피 아무 계획 없던 삶이었다. 잠깐 일탈해보는 것도 나쁘지 않으리라. 해보다가 안 되면 관두고 다시 이곳으로 돌아오면 된다.

"알겠어요, 그럼."

지완은 가볍게 고개를 끄덕였다.

"해보죠, 뭐."

현준은 오늘 대표와 이야기를 끝낸 후, 내일로 미팅 시간을 잡아 보겠다고 했다.

"앞으로 소매치기는 그만두도록 해."

"네, 그러죠."

"오늘은 어디서 잘 거지?"

"글쎄요. PC방에서 밤을 새도 되고, 찜질방에서 자도 되고요."

"10년 넘게 그렇게 살아온 건가?"

"최근에는 나아진 겁니다. 예전에는 공원 화장실 같은 데서 자기도 했는데요, 뭐."

현준이 미간을 좁혔다.

"일단 나가서 휴대폰을 사주지. 잠은 호텔에서 자도록 하고."

지완이 괜찮다고 했지만 현준은 막무가내였다. 현준의 이름으로 개통한 휴대폰을 손에 넣은 뒤, 택시를 타고 호텔로 향했다. 지완도 들어본 적 있는 유명한 호텔이었다.

체크인을 한 현준이 카드키를 건네주며 말했다.

"마음 같아서는 우리 집으로 데리고 가고 싶지만, 넌 거절하겠지. 도망칠 생각은 하지 마."

"안 합니다, 그런 거."

"오늘은 여기서 푹 쉬어. 내일 미팅 시간이 잡히는 대로 연락할 테니까."

"네, 알겠습니다."

현준이 떠난 후, 지완은 엘리베이터를 타고 7층으로 올라갔다. 양탄자가 깔린 깨끗한 복도를 걸어가 방을 찾았다. 카드키를 사용하는 건 처음이라 몇 번 실패한 끝에 간신히 문을 열었다.

넓고 깨끗한 방이었다. 커다란 창문으로 햇빛이 들어왔고, 큰 침대와 작은 소파가 있었다. 방 안에서는 좋은 향기가 났다.

지완은 천천히 안으로 들어가 방문을 닫았다. 차마 신발을 벗고 들어가지 못한 채, 멍하니 방을 둘러봤다. 눈물이 날 것 같은 이유는, 이런 공간에 들어와본 것이 처음이기 때문이리라.

어릴 때부터 단 한 번도 이렇게 깨끗하고 좋은 냄새가 나는 곳에 머물러본 적이 없었다. 그래서 지금 이 순간이 꿈같았고, 이런 걸 꿈으로 여기는 자신이 바보 같아 눈물이 나왔다. 눈가에 맺힌 눈물이 떨어지기 전에, 눈을 깜빡거려 눈물을 삼켰다. 신발을 벗고 방 안으로 들어간 지완은 곧장 침대에 드러누웠다.

오늘 하루, 얼마 안 되는 시간 동안 너무 많은 일들이 벌어졌다. 관심도 없었던 연예계에 들어오라는 제안과 새로 생긴 최신형 휴대폰, 그리고 근사한 잠자리까지. 너무 빠른 속도로 변해서 따라잡기 힘들었다.

'하지만.'

지완은 주머니에 넣어뒀던 휴대폰을 꺼냈다.

'이건 진짜야.'

가만히 휴대폰을 응시하다가 이번에는 손으로 침대를 쓸었다.

'이것도 진짜고.'

어쩌면 내일 또 다른 상황이 펼쳐질지도 모른다. 문 대표가 승낙하지 않아, 다시 휴대폰을 돌려주고 거리로 돌아가게 될 수도 있다.

'그래도 괜찮아. 언제 이런 걸 마음껏 가지고 놀고, 이런 데서 잘 수 있겠어?'

지완은 휴대폰을 가슴에 소중하게 품었다.

'일단은 이 순간을 즐기자. 내일 만약 안 된다는 답이 오더라도, 좋은 꿈을 꿨다고 생각하면 되잖아.'

"그래서?"

MS 엔터테인먼트 문승호 사장은 팔짱을 끼고 못마땅한 표정으로 현준을 노려봤다. 문 대표의 표정이 좋은 날은 거의 없기 때문에 (물론 그의 부인과 함께 있을 때는 예외지만) 현준은 당황하지 않았다.

"신분을 등록해줘야 돼요. 우선은 남자로. 데리고 와서 보컬이랑 댄스 트레이닝을 시키고, 1년 안에는 데뷔를 시키려고요."

"이미 준비된 연습생들이 널리고 널렸어. 굳이 어려운 길을 가야 할 이유가 있나?"

"대표님, 얘는 스타가 될 겁니다."

"스타가 될 애들도 널리고 널렸지. 결국 어떻게 투자를 하느냐에 따라 달라지니까."

"하지만 대표님. 대표님도 예전에 루나, 아니, 사모님을 데리고 오셨을 때 그랬잖아요. 보석이라고. 제게도 이 애는 보석입니다."

"내 아내를 일에 끌어들이지 마."

"대표 사모님이기 전에 MS 대표 모델이거든요."

"아니, 대체 왜 그렇게 돌아가지? 당연히 내 아내인 게 우선이지."

"사모님이 그러셨는데요. 일이 우선이라고."

"뭐?"

승호의 눈동자가 충격으로 흔들리는 걸, 현준은 즐겁게 감상했다. 하여간 이 팔불출 사장은, 사모님 이야기만 나오면 감정을 여과 없이 드러내서, 보는 재미가 있다. 본인은 전혀 모르겠지만.

"아무튼 대표님."

현준은 주머니에서 휴대폰을 꺼내 지완의 사진을 불러왔다. 아까 커피숍에서 지완의 양해를 구해 사진을 몇 장 더 찍은 후였다.

"이 애입니다."

승호는 휴대폰 속 사진을 한 장, 한 장 넘겨 봤다. 마지막 한 장까지 확인한 승호의 입가에 옅은 미소가 떠오르는 걸 보고, 현준은 속으로 안도의 한숨을 쉬었다.

"괜찮은 걸 골랐군. 얘가 여자라고?"

"네."

"하지만 남자로 활동을 해야 한단 말이지?"

"네. 본인도 그걸 원하고 있고요."

"흐음. 귀찮은 작업이 필요하겠군."

"그럴 만한 가치가 있습니다."

"좋아, 그럼. 신분은 두 달 내로 만들어주지. 나머지는 알아서 해."

영화 촬영 중 휴식 시간에 휴대폰이 울렸다.

'최현준 부대표'

액정에 뜬 이름을 보고 인상을 찌푸렸다.

'진이 일로 전화했나?'

별로 받고 싶지 않았다. 진의 마약 사건 때문에 매일 전화가 걸려온다. 지인들에게서, 기자들에게서. 거의 한 달이 지난 지금도 여전했다. 원래 통화하는 걸 그다지 즐기지 않는 찬혁으로서는 곤혹스러울 수밖에 없었다.

고민을 하는 동안 전화가 끊겼지만, 곧 다시 걸려왔다. 찬혁은 한숨을 쉬며 전화를 받았다.

"네."

"촬영 중이냐?"

"네."

"언제 끝나?"

"제 촬영분은 끝났습니다."

"그래? 그럼 그쪽에 말해둘 테니까 너 먼저 올라와라."

"왜요?"

"소개해줄 사람이 있어. 두 시간쯤 걸리지? 기다릴게."

현준은 대답도 듣지 않고 전화를 끊었다. 매니저에게도 연락이 갔는지, 매니저가 휴게실로 들어왔다.

"찬혁아. 곧 길 막힐 시간이야. 서두르자."

"응."

찬혁은 미적거리며 일어나 재킷을 걸쳤다. 매니저가 운전하는 차를 타고 서울로 올라오는 동안, 찬혁은 잠시 눈을 붙였다.

찬혁은 지독한 불면증에 시달리고 있었다. 한 달째 영화 촬영과 드라마 촬영을 하는 강행군 중에도, 침대에 누우면 잠이 오지 않았다. 하지만 이상하게도 차를 타고 이동하는 중에는 잠이 오기에, 그 시간에 잠깐이라도 잠을 자둬야 했다. 매니저가 주차를 하고 시동을 껐을 때, 찬혁도 잠에서 깨어났다.

"좀 더 자지."

매니저가 안타깝다는 듯 말했다.

"괜찮아. 형, 먼저 가서 쉬어. 형이야말로 피곤하겠다."

"아냐, 기다릴게. 우리 찬혁이 집에 데려다주고 들어가야지."

"됐어. 현준이 형한테 데려다 달라고 하지, 뭐."

"그럴래?"

"응. 내일은 오랜만에 오프니까, 일찍 들어가서 쉬어, 형."

"그래, 그럼 모레 데리러 갈게."

"응."

엘리베이터를 타고 현준의 사무실이 있는 5층을 눌렀다. 5층에 내려 우선 화장실에 들어갔다. 세면대에서 차가운 물로 세수를 하고 고개를 든 찬혁은, 거울에 비친 여자의 모습에 인상을 찌푸렸다.

'뭐지, 이 여잔?'

착각하고 남자 화장실에 들어왔더라도, 찬혁을 보면 놀라서 나가야 하는 게 정상이다. 하지만 여자는 아무렇지도 않게 옆 세면대에서 손을 씻고 있었다.

약간 긴 듯한 앞머리 아래로 보이는 고양이 같은 눈과 오뚝한 코, 꽃물을 머금은 듯 붉고 도톰한 입술. 그 입술 때문에 안 그래도 흰 피부가 더 하얗게 보였다. 긴 소매 밖으로 보이는 손목은 부러질 듯 가늘었고, 손은 작지만 길고 예뻤다.

'신인인가?'

한 번도 본 적이 없는 얼굴이었다. 손을 씻던 여자가 찬혁의 시선을 느낀 듯 이쪽을 돌아봤다.

"왜 그렇게 봐?"

여자치고는 낮고 허스키한 음성이었는데, 묘하게 중성적인 목소리가 소름 돋을 만큼 매력적이었다. '굉장한 목소리군.'이라고 생각하며 찬혁이 말했다.

"여기 남자 화장실인데."

"그래서?"

"여자 화장실로 가야 하지 않나?"

"나, 남잔데?"

"뭐?"

"남자라고. 보여줘?"

정말 보여줄 기세로 바지에 손을 올리기에, 그만 황급히 뒤로 물러섰다.

"아니, 그건 됐고."

여자, 아니, 남자가 씩 웃었다.

"아하하하하. 너, 생긴 거랑 다르게 순진하구나."

비웃음을 당했다. 기분 나빠야 하는데, 이상하게도 기분이 나쁘지 않았다. 희고 작은 얼굴 전체로 퍼지는 환한 미소가 참으로 보기 좋았다. 마치 얼굴에 달빛을 끌어모은 것만 같았다.

'내가 사내놈을 상대로 뭔 생각을 하는 거지? 달빛이라니.'

자신이 한 생각에 당황하며, 찬혁이 말했다.

"너, 누구냐? 처음 보는 얼굴인데. 연습생인가?"

"응, 연습생."

연습생에게 찬혁은 대선배였다. 연습생들은 찬혁에게 인사조차 하지 못했다. 그런데 이 녀석은.

'대체 뭐지? 뭐가 이렇게 당당해?'

아무리 봐도 한참 어려 보이는데 '너.'라고 하질 않나. 반말을 쓰질 않나. 어이가 없어서 지적할 마음조차 생기지 않았다.

"임지완이야. 넌, 음. 뭐더라. 아, 송찬혁, 맞지?"

이럴 수가. 내 이름을 생각하는 데 한참을 고민하다니. 찬혁은 큰 충격을 받았다.

"콘셉트냐, 그건?"

"어?"

"날 잘 모른다는 듯이 행동하는 그거, 콘셉트냐고."

"엥? 뭔 소리야? 이 세상 모두가 널 잘 알아야 하는 거야? 그거, 자의식 과잉이야."

도리어 지완이 황당하다는 듯 말했다.

아니, 이건 자의식 과잉이 아니었다. 찬혁은 그룹 풍월의 리더이자, 각종 드라마와 영화에 출연한 배우라는 점을 빼고도 이름이 하나 더 있었다.

왕년의 대배우 송준호와 왕년의 대가수 채희나의 아들.

한때 모든 남성의 우상이었던 채희나가 혼전 임신을 했다. 그 당시만 해도 혼전 임신이 큰 이슈가 되었기에, 찬혁은 어머니의 배 속에 있을 때부터 모두의 주목을 받았다.

이런 식으로 찬혁을 대하는 사람은 처음이었기에, 찬혁은 당혹감에 휩싸여 아무 말도 하지 못했다. 그런 찬혁을 빤히 응시하던 지완이 빙그레 웃었다.

"우와, 그런데 너. 실제로 보니까 진짜 근사하게 생겼다. 멋진데?"

쿵.

왜일까. 진심 어린 그 칭찬에, 심장에 뻐근한 충격이 일어났다.

잘생겼다, 멋지다, 라는 칭찬은 질리도록 많이 들었다. 그런데 왜 이런 기분이 드는 걸까?

"뭐야, 너. 잘생겼다는 말 처음 들어? 얼굴이 빨개졌어."

얼굴까지 빨개졌다고? 찬혁은 비명을 지르고 싶어졌다.

"은근히 귀엽네. 되게 무뚝뚝한 사람이라고 들었는데."

지완이 중얼거리는 말에 정신을 차렸다.

"무뚝뚝한 사람이라고 들었다고?"

"응. 부대표님한테."

찬혁은 획 돌아서서 화장실을 나와, 사무실로 빠르게 걸음을 옮겼다. 아무래도 지완과 단둘이 마주하고 있는 건 위험했다. 무슨 방법을 썼는지, 찬혁이 평소와는 다르게 행동하도록 만들었다.

복도를 걷는 동안 뒤에서 지완이 따라오는 기척을 느꼈지만 돌아보지 않았다. 노크도 하지 않고 사무실 문을 열었다. 소파에 앉아 커피를 마시던 현준이, 놀란 눈으로 이쪽을 쳐다봤다.

"형. 대체."

"야, 왜 말을 하다 말고 도망쳐?"

찬혁을 따라잡은 지완이 옆으로 비집고 들어오며 말했다. 지완과 닿은 팔이 뜨겁게 느껴져서, 찬혁은 소스라치게 놀라며 몸을 움츠렸다.

안으로 들어온 지완이 휙 돌아서더니, 양손을 허리춤에 올리고 찬혁을 노려봤다. 고개를 바짝 들고 쏘아보는 지완의 얼굴이, 깜짝 놀랄 만큼 예뻤다. 봉긋한 이마와 한쪽에만 쌍꺼풀이 있는 매혹적인 눈, 그 안에 담긴 연갈색 눈동자.

'얘가 남자라고?'

"야, 너. 대화 도중에 이렇게 도망치는 거, 예의 아니거든?"

지완이 말했다. 오물오물 움직이는, 붉은 입술에서 눈을 뗄 수가 없었다. 연습생이 나를 꾸짖는데, 그걸 가지고 화를 내야 한다는 생각조차 들지 않았다.

현준은 이 모든 광경을, 기이하다는 듯 지켜보고 있었다.

"형, 대체."

간신히 정신을 차린 찬혁이, 검지로 지완을 가리키며 물었다.

"이건 뭡니까?"

지완은 자기 눈앞을 가리킨 찬혁의 손가락을 빤히 응시하다가, 그 손가락을 살짝 거머쥐었다. 찬혁이 화들짝 놀라며 손을 빼냈다.

"뭐야?"

"사람 가리킬 때 그렇게 손가락으로 가리키는 거, 매너 아니야."

"하. 매너를 거론하기엔 그쪽 매너도 상당한 것 같은데. 원래 이렇게 무례해?"

"내 매너가 왜? 이름도 기억했고 잘생겼다고 칭찬도 했는데. 뭔가 더 필요해?"

지완이 의아하다는 듯 묻자 찬혁이 미간을 좁혔다.

"너…."

찬혁은 뭔가 말하려는 듯 입술을 달싹이다가 다시 현준을 돌아보았다.

"형, 대체 이건 뭐죠?"

이 모든 상황이 현준은 신기하기만 했다. 모르는 사람이 본다면 평범한 광경일 것이다. 하지만 찬혁의 성격을 아는 현준으로서는 흥미롭게 지켜볼 수밖에 없었다. 평소의 찬혁이었다면 아예 무시를 하거나, 두 번 다시 자기 몸에 손을 대지 못하도록 차가운 태도를 취했을 것이다.

그때였다. 지완이 손바닥으로 찬혁의 양 볼을 감싸더니 자신을 보게 만들었다. 생각지도 못한 행동에 현준도 찬혁도 눈을 크게 뜬 채 굳어버렸다.

두 남자의 반응 따위 아무래도 좋다는 듯, 지완이 그 고양이 같은 눈으로 찬혁을 똑바로 응시하며 말했다.

"이거, 저거 하지 마. 임지완. 내 이름이야."

볼에 닿은 손이 뜨겁게 느껴졌다. 쳐내야 하는데, 꼼짝도 할 수 없었다.

찬혁을 향한 지완의 곧은 눈동자가, 형광등 불빛을 받아 연갈색으로 빛나고 있었다. 그 눈동자가 얼마나 맑고 깨끗한지, 찬혁은 그 안에 비친 자신의 얼굴까지 확인할 수 있었다.

지완의 눈동자 속 찬혁은 어안이 벙벙한 표정을 짓고 있었고, 그 모습은 무척이나 바보 같았다. 그제야 찬혁은 정신을 차리고 뒷걸음질을 쳤다.

"너, 뭐 하는 거냐? 왜 허락도 없이 남의 몸에 손을 대?"

"허락 안 해줄 거잖아."

"뭐?"

"이제부터 만질 테니까 마음의 준비를 단단히 하라고 하면, 허락해줄 거였어?"

"그게 대체… 형."

말이 안 통한다는 듯 찬혁이 다시 현준을 돌아봤다. 찬혁은 지완을 손가락으로 가리키려다가 도로 손가락을 아래로 내렸다.

"이거 진짜…."

"임지완."

'이거'라는 표현을, 지완이 또다시 고쳐주었다. 찬혁은 콧등을 살짝 찌푸렸다가 말했다.

"…임지완이 대체 뭡니까?"

"연습생."

이번에는 현준이 대답했다.

찬혁의 미간이 더 좁아졌다. 찬혁은 자신을 이렇게 대한 사람이 한낱 연습생에 불과하다는 것을 믿을 수 없는지, 지완을 노려봤다.

"연습생?"

"그래, 연습생. 너한테 한번 보여주고 싶었다."

"하."

찬혁이 한숨인지, 짜증인지 모를 숨을 내뱉고는 돌아섰다. 더는 상대하고 싶지 않다는 듯한 태도였다.

보통 찬혁이 저렇게 움직일 때는 아무도 건드리지 않는다. 찬혁은 쉽게 감정을 드러내지 않지만, 그에게는 함부로 건드릴 수 없는 오라가 있었다. 정중하지만 무서운 사람. 찬혁이 그런 사람이었다.

그런데.

덥석, 지완이 사무실을 나가려는 찬혁의 팔을 잡았다.

"어디 가?"

"놔라."

"이왕 온 거 내 소개는 받고 가."

"놓으라고 했다."

"앞으로 같은 사무실을 쓸 텐데, 통성명하고 서로 취미 정도는 공유하는 게 좋지 않겠어?"

"너."

찬혁이 인상을 찌푸리고 지완을 내려다봤다. 형형한 눈길에도 지완은 눈썹 하나 꿈쩍하지 않았다.

이놈은 대체 정체가 뭘까?

찬혁은 지완의 이러한 행동을 이해할 수도 없고, 이해하고 싶지도 않았다.

"귀찮게 하지 마."

찬혁이 지완의 손을 뿌리치려 했지만, 지완은 의외로 힘이 셌다.

"살다 보면 귀찮은 일도 하고 그래야지. 취미가 뭐야?"

"내 취미는 알아서 뭐 하게?"

"나도 한번 같이 해보게."

그렇게 대답한 지완이 미소를 지었다.

찬혁은 '해사한 미소'라는 표현을, 어디에선가 본 기억이 있었다. 지완의 자그마한 얼굴 전면에 떠오르는 미소를 보는 순간, 이런 걸 표현하기 위해 '해사하다.'라는 단어가 생겨나지 않았을까 싶었다.

아몬드형 눈이 반달 모양으로 접히고, 콧등에 살짝 주름이 생겼다. 도톰하고 붉은 입술은 타원형을 그렸고, 끝이 예쁘게 올라가 멈췄다. 눈을 떼기 어려울 만큼 예쁜 미소였다.

찬혁은 지완이 남자라는 것도 잊고, 멍하니 그 얼굴을 응시했다. 그러다가 불현듯 정신을 차리고 거세게 지완의 손을 뿌리쳤다.

"너, 게이냐?"

"어?"

"너, 게이냐고."

"아닌데. 왜? 방금 좀 설레기라도 했어?"

"하. 난 너랑 취미를 공유할 생각도 없고, 인사하면서 지낼 생각도 없다. 날 건드리지도 말고, 내 앞에서 웃지도 말고. 연습생이면 연습생답게 연습이나 열심히 해. 갑니다, 형. 이런 일로 일일이 부르지 마세요."

찬혁은 현준이 잡을 새도 없이 휙 돌아서서 나가버렸다.

쾅!

사무실 문이 거칠게 닫혔다. 지완이 엄지손가락으로 문을 가리키며 물었다.

"어쩔까요? 잡아올까요?"

현준이 씩 웃었다.

"아니, 됐어. 와서 앉아."

"내가 너무 도발했나?"

"도발한 거야?"

"아뇨, 그럴 생각은 아니었는데."

지완이 얼굴에서 미소를 지웠다.

"송찬혁. 텔레비전에서 볼 땐 몰랐는데, 실제로 보니까 좀… 위태롭네요."

"위태롭다라."

현준이 다리를 꼬았다.

"어느 부분이?"

"제가요, 부대표님. 거리에서 생활을 하다 보면 이런 사람, 저런 사람들을 보게 되거든요. 특히 여기."

지완이 검지로 자기 얼굴을 톡톡 두드렸다.

"얼굴을 열심히 봐요. 눈빛, 입매, 표정. 그러다 보니 이 사람은 성격이 이렇겠다, 저렇겠다, 대충 알 수가 있더라고요."

"그래서?"

"제가 알기로 송찬혁은… 아마 부모님이 유명한 연예인이시죠? 남부러울 것 없이 살았고, 풍월은 데뷔하자마자 1위, 1위, 1위. 인기도 많고. 송찬혁이 첫 영화를 찍었을 땐 상당히 반응이 좋았고… 아무튼 성공적인 인생이잖아요."

"너, 의외로 잘 안다?"

"검색을 좀 해봤어요. MS 엔터테인먼트에 대해서."

"그래. 그래서?"

"그런데 아까 화장실에서 마주쳤을 때. 보는 순간 뭘 느꼈냐 하면요. 얘는 왜."

거기까지 말하고 지완이 잠시 말을 끊었다. 지완은 적당한 말을 고르려는 듯 테이블을 응시하다가 고개를 들고는 현준과 눈을 맞췄다.

"얘는 왜 죽고 싶어 하는 걸까?"

"…."

"전에, 기억나세요? A동 투신자살. 회사원이 업무 스트레스 때문에 자살한 사건."

"아. 기억나."

"제가 그 당시에 거기 있었어요. 죽은 그 사람, 마주쳤던 사람이고요. 사람들이 몰려 있기에 저도 가봤는데, 그 사람이더라고요."

"그래."

"그 사람이 건물에 올라가기 전에 짓고 있던 표정을, 송찬혁이 짓고 있어요. 왜일까요? 다들 부러워하는 인생인데."

현준은 내심 놀라웠다. 지완에게 어느 정도는 편견이 있었다. 어두운 과거가 안쓰럽기는 해도, 그런 환경에서 자란 아이가 곧게 자랐을 거라는 생각은 들지 않았다. 그래서 어쩌면 이 일을 하다가도 힘들면 중간에 그만두고 도망칠 거라는 예상도 하고 있었다.

하지만 아니었다. 지완은 현준이 생각한 것보다 훨씬 더 속이 깊고, 여러 가지 생각을 하고 있었다.

"뭐, 다들 부러워하는 삶을 산다고 해서 행복한 건 아니겠죠. 본인의 속사정은 누구도 알 수 없으니까. 그런데요. 전 그렇게 생각해요. 모두가 부러워하는 삶을 살아가는 사람이 죽고 싶어 한다는 건, 굉장히 위험한 거라고."

"위험하다…."

"네, 부대표님. 돈이 없어서, 애인에게 차여서, 성적이 안 좋아서. 그런 이유가 있을 땐, 원인을 해결하면 죽고 싶은 생각이 사라져요. 하지만 모든 것을 가졌는데도 죽고 싶어 한다는 건… 위험해요. 해결할 수 없는 문제니까. 그래서 송찬혁을 내버려둘 수가 없었어요."

낮은 음성으로 담담하게 말하는 지완에게서, 현준은 눈을 뗄 수가 없었다.

이 아이는, 누구보다도 어두운 과거를 가지고 힘겹게 살아온 이 아이는, 어떻게 이런 상황에서도 타인의 고통을 생각해줄 수 있는 걸까. 다른 사람이었다면 '다 가진 주제에 뭐가 힘들다고.'라고 비아냥거렸을 텐데. 어떻게 이 아이는 '내버려둘 수가 없다.'라는 생각을 할 수 있을까.

사람은 대부분 자신이 가진 무게가 가장 무겁고, 아픔이 가장 아프다고 여기며, 타인의 괴로움을 무시하는 경향이 있다. 그런 사람들을 많이 봐온 현준으로서는, 생각지도 못한 지완의 마음 씀씀이에 놀랄 수밖에 없었다.

"아, 그런데 송찬혁은 왜 부르셨던 거예요? 쟤, 바쁘지 않아요?"

지완의 질문에 정신을 차렸다.

"어, 바쁘지. 그래도 일단은 네가 알아두는 편이 좋을 것 같아서."

"왜요?"

"여러 가지로 배울 점이 많을 거다. 연예계 생활을 잘 알기도 하고, 송찬혁이랑 친하다고 하면 일단은 편해지니까."

이것은 전부 지완을 아끼는 마음에서 나온 계획이었다. 지완은 연예계에 아무런 연고도, 관심도, 꿈도 없었다. 그런 지완이 이쪽 세계를 좀 더 빨리, 수월하게 알아갔으면 했다. 그래서 찬혁을 소개해주려고 한 것이다. 찬혁은 무심하지만 책임감은 있어서, '지완이를 잘 부탁한다.'라고 하면, 제대로 적응할 수 있도록 어떻게든 도울 것이 분명했다.

현준이 그런 말을 하기도 전에 일이 틀어져버렸지만.

"흐음."

뭔가 불만이 있는 표정이었지만 지완은 일단 고개를 끄덕였다.

"알겠어요. 잘 지내보도록 할게요. 친구 사귀는 건 처음이지만."

"친구 사귀는 게 처음이라고?"

"아무래도 그렇죠. 그럴 만한 기회가 없었으니까."

"단 한 번도?"

"제가 뭐 하러 이런 걸로 거짓말을 하겠습니까?"

지완은 후, 하고 웃었다.

또 그 웃음이다. 금방이라도 흩어질 듯한 모래성 같은 웃음.

방금 전 찬혁에게 고개를 바짝 들고 다가서던 사람과 동일 인물이라고 생각할 수 없을 만큼, 지완은 건조해 보였다. 하지만 그 표정은 금방 사라졌다.

"친구가 되려면 뭘 어떻게 해야 합니까?"

지완이 호기심 어린 눈으로 물었다.

불현듯 현준은 궁금해졌다. 아무에게도 관심을 받지 못하고 친구 한 명 없이 살아온 임지완. 태어나기 전부터 모두의 관심과 애정을 받으며 살아온 송찬혁. 이 두 사람이 친해진다면 어떤 그림이 그려질까?

"흐음. 지금 부대표님은 뭔가를 꾸미는 표정이군요."

지완의 말에 현준은 뜨끔했다. 남의 얼굴을 잘 관찰한다더니, 사실이었나 보다.

"뭘 꾸미는 거죠?"

지완이 눈을 가늘게 떴다.

"꾸미다니. 떠올리는 중이야. 친구가 되는 방법에 대해."

"흐음."

"우선은 아무래도 연락처를 주고받는 게 좋겠지. 연락을 자주 해야 하니까."

"그럼 알려주세요."

"내가? 그건 안 되지. 반칙이야."

"반칙이오?"

"그래. 친구가 되려면 직접 교환을 해야지. 한쪽에서 일방적으로 캐내는 건 반칙이야."

"어렵네요. 만날 기회도 없을 것 같은데."

"어려울 거 없어."

현준은 지완에게 문자를 보냈다.

"풍월 숙소 주소야. 가서 밥 먹자고 해봐. 번호 따기의 기본은 함께 식사하기니까."

"연락처는 안 알려주는데 주소는 알려준다라… 부대표님, 저 그렇게까지 순진하진 않거든요. 대체 뭘 꾸미는 겁니까?"

"순진하지 않으면 맞혀봐. 내가 뭘 꾸미는지."

"흐음."

지완은 한쪽 볼을 부풀리고 현준을 응시하다가 후, 하고 웃더니 문자로 보낸 숙소 주소를 확인했다.

"뭐, 좋아요. 어쨌든 저한테는 한동안 은혜로운 분일 테니까, 부대표님의 수작에 걸려들어 드리지요. 번호, 따오겠습니다."

지완은 시간 끌 필요 없다는 듯 곧장 일어나 사무실을 나갔다. 닫힌 문을 보며, 현준은 생각했다.

'역시 쉽게 다룰 수 있는 녀석은 아니야.'

찬혁이 숙소에 들어갔을 때, 민하는 거실에 앉아 담배를 피우고 있었다. 곧바로 방에 들어가려는 찬혁을, 민하가 불러 세웠다.

"야, 찬. 넌 오랜만에 만났는데 아는 척도 안 하냐?"

"거실에서 담배 피우지 마."

"지랄. 넌 날 보면 할 말이 지적질밖에 없냐?"

"…."

"아, 그래. 됐다, 됐어. 너한테 내가 뭘 기대하겠냐. 오늘 숙소에서 자냐?"

"응."

“난 늦는다. 쉬어라.”

“다녀와.”

찬혁은 방으로 들어갔다.

풍월 멤버를 위해 MS에서 마련해준 숙소는 넓고 호화로웠다. 하지만 멤버들이 각자 바빠서 숙소는 거의 빈집이나 다름없었다. 찬혁도 아주 오랜만에 숙소에 돌아온 터였다.

찬혁은 침대에 누워 눈을 감았다.

‘임지완….’

눈을 감자마자 지완의 눈이 떠올랐다. 한쪽 눈에만 쌍꺼풀이 있는, 아몬드형의 눈. 찬혁을 그렇게 똑바로 쳐다보는 눈동자는 생전 처음이었다.

‘그건 대체 뭐였지?’

아까는 지완의 행동 하나하나가 터무니없고 황당해서 몰랐는데, 이제 와서 생각해 보니 자신의 행동이 너무 바보 같았다. 왜 그렇게 말을 많이 하고, 왜 그렇게 꼼짝을 못 했을까? 양 볼을 고정시킨 두 손 따위, 걷어 치워버리면 그만인 것을.

‘짜증 나.’

그런 감정을 느낀 건 참으로 오랜만이었다. 지금까지는 누가 무슨 짓을 해도, 아무 감정 없이 넘어가곤 했다. 애정도, 미움도, 기쁨도, 분노도, 찬혁의 사막 같은 마음속에는 일어나지 않았다. 그저 바람 한 점 없는 이 감옥 같은 시선들 속에서 벗어나고 싶다는 생각뿐이었다.

'잠이나 자자.'

오랜만의 휴식이었다. 내일은 모처럼 촬영이 없는 날이다. 그동안 힘껏 굴린 육체를 쉬게 해줄 때가 왔다.

하지만 눈을 감아도 잠이 오지 않았다. 불면증은 찬혁의 고질병이기에 놀랍지도 않았다. 침대에 누워 눈만 감은 채 몇 시간이고 흘려보내는 건, 항상 있는 일이었다.

현관문이 여닫히는 소리가 들려왔다. 민하가 일을 하러 나가는 모양이다. 이제 오늘은 이 숙소에 들어오는 사람이 아무도 없을 것이다.

남들은 혼자 있는 시간이 외롭다고들 하지만, 찬혁은 혼자인 시간이 좋았다. 누구도 보지 않는 곳에서 천천히 호흡하는 시간만이 찬혁에게 위안이 되었다.

얼마나 그렇게 뒤척이고 있었을까.

딩동.

초인종이 울렸다. 찬혁은 눈을 떴지만 일어나지는 않았다.

딩동.

또 울렸다.

숙소는 경비실이 있는 호화 오피스텔이었다. 극성팬이나 잡상인일 리 없었다.

'민하나 재희가 택배라도 시켰나?'

사람이 없다는 걸 알면 경비실에 맡기고 갈 테니, 굳이 열어줄 필요는 없었다. 찬혁은 다시 눈을 감았고….

딩동.

또다시 초인종이 울렸다. 벌떡 몸을 일으킨 찬혁은 방문을 노려봤다. 이렇게 집요하게 벨을 누른다면 택배일 리는 없다. 숙소에 찾아올 만한 사람은 풍월 멤버 빼고는 문승호 대표와 최현준 부대표뿐인데, 그들이었다면 문을 열지 않았을 때 전화를 걸었을 것이다.

딩동딩동.

이번에는 초인종이 연달아 울렸다. 찬혁은 일어나 현관문으로 향했다.

"누구세요?"

현관문 앞에서 물었다. 오래전, 극성팬의 막무가내식 방문으로 곤욕을 치렀던 기억 때문에 함부로 문을 열지 않았다.

"나야. 임지완."

현관문 너머에서 들려온 대답에, 찬혁은 제 귀를 의심했다.

임지완. 그 이름은 똑똑히 기억한다. 그런 식으로 가르쳐준 이름을 잊을 리가 없었다.

"누구라고?"

"임지완."

임지완이 왜 여기에 왔을까? 찬혁은 울컥 짜증이 올라왔지만 꾹 누르고 물었다.

"여기 주소는 누가 알려줬지?"

"부대표님이."

그 형이 진짜! 찬혁은 당장이라도 현준을 끌어다가 앉히고 욕을 퍼붓고 싶은 심정이었다.

"문 좀 열어봐. 음식 식겠다."

"뭐?"

"일단 문 좀 열어 봐. 사람이 찾아왔는데 밖에 세워두는 건 매너가 아니잖아."

빌어먹을 매너 타령. 찬혁은 콧등을 찌푸리고 벌컥 문을 열었다. 현관문 앞에 서 있던 지완이 슬쩍 뒤로 물러섰다.

"야, 갑자기 열면 어떻게 해. 깜짝 놀랐네."

"별로 놀란 것 같지 않은데."

"놀랐어, 놀랐어."

그렇게 말하며, 지완이 멋대로 안으로 들어왔다. 몸이 닿는 것이 싫어서, 이번에는 찬혁이 뒤로 물러섰다. 신발을 벗고 들어오는 지완에게서 맛있는 냄새가 났고, 그제야 찬혁은 지완이 손에 들고 있는 봉투를 발견했다.

"그건 뭐야?"

"보면 몰라? 햄버거."

지완이 어이없다는 듯 유명 햄버거 체인점 로고가 그려진 봉투를 가리키며 말했다.

지금 어이없는 게 어느 쪽인데. 찬혁은 기가 막혔다.

"뭘 좋아하는지 몰라서 일단 내가 좋아하는 걸로 골라왔어. 아, 치킨너겟이랑 치즈스틱도 사왔어. 치즈 좋아해?"

지완이 소파로 걸어가며 물었다.

"야, 그런데 진짜 집 좋다. 여기서 풍월 멤버 네 명이 같이 사는 거? 아, 이제 세 명이지. 셋이 살기에도 넓겠는데?"

지완은 찬혁에게 대답할 기회도 주지 않았다.

"청소는 어떻게 해? 분담하나? 아니면 가정부? 하긴, 니들은 바쁘니까 집안일 할 시간이 없긴 하겠다. 신기하네, 이런 집에 사는 사람이 실제로 있다니."

소파에 앉은 지완이 집을 둘러보며 말했다. 한참 동안 신기하다는 듯 집 안을 관찰하던 지완이, 문득 생각났다는 것처럼 찬혁을 돌아봤다.

"뭐 해? 와서 앉지 않고?"

아주 제집인 줄 아는 모양이다. 주객이 전도된 모양새에 찬혁은 할 말을 잃었다.

"햄버거 식으면 맛없어. 맛있게 먹으려고 바로 앞에서 사왔거든. 얼른 와. 먹자."

"난 그런 거 안 먹어."

"그래? 편식이 심하구나, 너."

불쾌감을 드러내려고 한 말이, 어째서인지 먹기 싫어서 떼쓰는 걸로 되어버렸다. 찬혁은 주먹을 꽉 쥐었다.

"내 집에서 정크푸드 냄새가 풍기는 건 별로 유쾌하지 않은데. 나가주지?"

"의외로 영양가 있어. 나 세 달 내내 햄버거만 먹고 지냈는데 안 쓰러졌거든. 그때 먹은 햄버거에는 이렇게 양상추가 많지도 않았다고."

찬혁은 제 나름 자신이 인내심이 많고, 어떤 일에도 동요를 드러내지 않는 성격이라고 생각해왔다. 아니, 실제로 그랬다. 하지만 지금, 이 눈앞에 앉아 있는 저 계집애 같은 놈은 점점 인내심의 끝이 보이게 만들었다.

"나가, 임지완."

결국 찬혁이 검지로 현관문을 가리키며, 으르렁거리듯 말했다. 햄버거 포장지를 벗기던 지완이 고개를 획 돌려 찬혁을 올려다봤다. 지완의 눈이 점점 커지는가 싶더니, 지완의 입꼬리가 부드러운 타원을 그리며 올라갔다. 그리고 지완의 얼굴에, 예의 그 '해사한' 미소가 떠올랐다.

"우와, 내 이름 기억하는구나?"

심장이 쿵 내려앉았다.

'뭐지?'

찬혁은 저도 모르게 한 발자국 뒤로 물러섰다.

"나도 기억해, 네 이름. 송찬혁."

지완이 당연한 소리를 해댔다.

"좋다, 야. 누가 이름 불러주는 거."

"이름이야 항상 불리는 거 아닌가?"

"뭐, 그렇지 않은 사람도 있으니까. 아무튼 이름 기억해줘서 고맙다. 고마우니까 햄버거는 내가 쏠게."

"돈을 받을 생각이었냐?"

"당연하지. 요새는 연인 간에도 더치페이인 거 몰라? 유행에 뒤처지는구만."

시끄러운 사람은 딱 질색이었다. 헤프게 웃는 사람도 싫고, 스킨십이 많은 사람도 싫고, 남의 말을 안 듣는 사람도 싫었다. 그래서 임지완이라는 인간이 너무 싫은데, 찬혁의 발이 멋대로 움직여 지완의 맞은편 소파로 향하고 있었다. 찬혁이 소파에 앉자, 지완이 포장지를 벗긴 햄버거를 내밀었다.

"먹어 봐, 맛있어."

찬혁은 한 번에 받아들지 않고 햄버거를 빤히 내려다봤다. 지완이 얼른 받으라는 듯 햄버거를 살짝 흔든 후에야, 찬혁은 그것을 받아들었다.

찬혁이 기묘한 생물이라도 보듯 햄버거를 물끄러미 응시하는 동안, 지완은 다른 햄버거를 집어 들어 포장을 벗겼다. 그러더니 맛있게 먹기 시작했다.

지완이 햄버거 하나를 먹어치운 건 순식간이었다. 아무것도 남지 않은 포장지를 잘 접어서 테이블 위에 내려놓은 지완은, 봉투 안에서 햄버거를 하나 더 꺼냈다.

"난 원래 햄버거 두 개는 먹거든."

변명 아닌 변명을 하며 포장지를 벗기는 지완에게서, 찬혁은 눈을 뗄 수가 없었다. 저 녀석은 저 작은 체구로 어쩌면 저렇게 잘 먹는 걸까?

지완이 햄버거를 한입 베어 물고 우물우물 씹다가 물었다.

"넌 안 먹어?"

"입안에 있는 거 삼키고 말해."

"사내놈이 까다롭긴. 햄버거 입맛에 안 맞으면 치킨너겟이나 치즈스틱이라도 먹어. 이거 식으면 맛없어."

지완이 봉투를 열어 치킨너겟과 치즈스틱을 꺼냈다. 찍어 먹을 소스까지 완벽하게 준비한 지완이, 씩 웃으며 손을 펼쳐 어서 드시라는 듯 테이블을 가리켰다.

"난 생각이 없다."

찬혁이 들고 있던 햄버거를 내려놓으며 말했다.

"왜? 정크푸드가 그렇게 싫어? 그럼 짜장면이라도 시켜줄까?"

"넌 대체 왜 그렇게 나한테 뭘 먹이려는 거냐?"

"그거야… 그래야…."

지완이 고개를 숙이고 웅얼거리는 바람에 "번호를 딸 명분이 생기니까."라는 뒷말은 어렴풋이 묻혔다.

"뭐라고?"

"아무튼 먹으라고. 내가 억지로 먹이기 전에."

"하."

찬혁은 어이가 없었다.

앤 진짜 뭘까? 난 왜 자꾸 얘한테 밀리는 느낌이 들지? 그리고 난 왜 지금 햄버거를 먹고 있지?

찬혁은 어느새 한입 베어 문 햄버거를 우물우물 씹었다. 참으로 오랜만에 먹는 햄버거의 달콤짭짤한 맛이 입안에 퍼졌다.

'맛있네.'

그런 생각이 들어, 조금은 놀랐다. 찬혁은 미각이 없는 게 아닐까 싶을 정도로 맛을 잘 느끼지 못했다. 무엇을 먹어도 비슷하게 느껴졌기 때문에, 식탐이 없었다. 간신히 생활을 유지할 정도로만 먹어왔을 뿐이다.

한입 더 먹는 찬혁을 보며, 지완이 싱긋 웃었다.

"맛있지?"

지완이 웃을 때 반달 모양으로 접히는 눈을 보는 게 싫었다. 거슬린다, 저 미소.

"별로."

딱딱하게 대답했더니, 지완이 한쪽 볼을 부풀렸다.

"입에 안 맞나? 제일 인기 많은 건데. 그럼 이거라도 먹어."

지완이 치킨너겟을 소스에 푹 찍어 찬혁에게 내밀었다.

"우선 이것 좀 다 먹고."

찬혁이 반 이상 남은 햄버거를 들어 올리며 말했다.

"뭐야, 송찬혁. 맛있어하네."

"그런 거 아냐."

"다 먹어치우고 싶을 만큼 맛있는 거면서."

"아니라고. 나는 이거 하나만 다 먹고 그만 먹을 거다. 남은 건 네가 알아서 처리해."

"그러지, 뭐."

지완은 대단한 일도 아니라는 듯 어깨를 으쓱하더니, 치킨너겟과 치즈스틱을 남김없이 먹어치웠다. 그리고 커다란 콜라 하나를 콰르륵 소리가 날 때까지 다 마셨다. 대단한 식성이다. 지완이 그 많은 것들을 다 해치울 때까지도 찬혁은 자기 몫의 햄버거를 다 먹지 못했다.

지완은 소파에 책상다리를 하고 편하게 앉아서, 얼음만 남은 콜라를 쿠르륵, 쿠르륵 빨아들이며 찬혁을 지켜봤다. 아몬드형의 눈이 이쪽을 빤히 향하고 있는 것이 거슬렸다.

햄버거를 다 먹을 때까지 지켜볼 기세였기에, 찬혁은 서둘러 먹으려고 노력했지만 결국 4분의1 정도를 남기고 말았다.

"뭘 그렇게 봐?"

"너."

"왜 그렇게 보는데? 할 말 있냐?"

"응."

남은 햄버거를 포장지에 잘 넣어서 테이블에 올려놓자, 지완이 그걸 가져가더니 한입에 쏙 넣었다.

"넌, 남이 먹던 걸."

"뭐 어때. 남기는 것보다는 낫지."

"하. 그래서 할 말이 뭔데?"

"너, 진짜 잘생겼다."

"뭐?"

"진짜 잘생겼다고. 보면 볼수록 잘생기기는 쉽지 않은데. 와, 진짜 조각같이 생겼네."

경이롭다는 듯 말하는 지완에게, 찬혁은 무어라 대답해야 좋을지 알 수 없었다. 인사처럼 듣는 '잘생겼다.'라는 말인데, 지완의 입에서 나온 그 말은 의미가 다른 느낌이 들었다. 좀 더 묵직하고, 좀 더 달콤한….

'달콤함은 무슨.'

찬혁은 머릿속에 떠오른 생각을 황급히 지워버렸다. 사내놈이 해주는 칭찬이 달콤하다니. 확실히 미쳐가나 보다.

"다 먹었으니 가라, 그만."

찬혁이 현관문을 가리키며 말했다. 지완은 그 손가락을 물끄러미 응시하다가 찬혁의 얼굴로 시선을 옮겼다. 조각 같은 얼굴에는 표정이 없어서, 그야말로 잘 만든 예술 작품처럼 보였다. 순수하게 '잘생겼다.'라는 감탄사가 나오는 얼굴을 보는 건 처음이었다. 브라운관은 저 얼굴의 아름다움을 완전히 표현하지 못했다.

유명한 부모님에 부유한 집안, 멋진 얼굴까지 가졌으면서도, 어째서 찬혁은 저리도 눈빛이 공허한 걸까? 찬혁의 검은 눈동자에는 빛 한 점 드나들지 못할 어둠이 웅크리고 있었다. 그 어둠은 무척이나 건조하고 고독해서, 때때로 눈이 마주치면 움찔 시선을 피하고 싶게 만들었다. 저 안에 자리 잡은 어둠, 저 어둠의 한 조각만 빼낼 수 있다면 좋을 텐데. 그러면 저 빛나는 얼굴이 훨씬 더 아름다워 보일 텐데. 그런 아쉬움이 생겼다.

"말 안 해도 가긴 갈 건데. 그냥 이대로 보내게?"

지완의 말에 찬혁이 미간을 모았다.

"뭘 원하는 거냐?"

"내가 밥 샀으니까 번호 줘."

"뭐?"

"네 휴대폰 번호, 알려달라고."

"하."

찬혁이 기가 막힌다는 듯 헛웃음을 흘렸다. 조롱하듯 한쪽 입꼬리를 올리는 모습조차도 그림처럼 예뻐서, 지완은 그의 얼굴에서 눈을 뗄 수가 없었다.

"첫째로, 나는 햄버거 따위 먹고 싶지 않았고, 둘째로, 거의 대부분을 네가 먹었지. 셋째로, 식사 약속도 잡지 않고 멋대로 들어와서 억지로 밥을 먹이고 번호를 달라는 건, 어디서 배워먹은 예의냐?"

"뭐, 어디서도 배우질 못해서."

배운 적이 있을 리가 없었다. 남들 다 다니는 초등학교조차도 졸업하지 못했으니까.

지완은 머리를 긁적이며 한쪽 볼을 부풀리고 있다가 물었다.

"그럼 뭘 어떻게 해야 줄 건데?"

"뭘 해도 안 줄 거야. 대체 왜 내 번호를 알고 싶어하는 거지?"

"그거야 너랑 친구가 되고 싶으니까."

"친구?"

"응, 친구. 친구의 기본은 서로 연락처를 아는 거잖아. 수시로 연락할 수 있도록."

찬혁은 황당했다. 친구가 되고 싶다니. 친구가 이런 식으로 되는 것이었던가. 게다가 수시로 연락을 하려고 한다니. 이 녀석은 친구에 대해 잘못 알고 있어도 한참을 잘못 알고 있는 게 분명했다.

"너, 친구 사귀어본 적도 없냐?"

"응, 없어."

지완이 해맑게 말했다.

"말도 안 돼. 학교에… 아니, 됐다. 네가 친구를 사귀어본 적이 있든 없든, 난 네 친구가 될 생각 없어. 그러니까 나가."

"흐음. 그건 안 되겠는데."

"대체 왜?"

"내가 너랑 친구를 하기로 결정했으니까. 나, 친구는 처음이거든. 좀 기대된다, 이거."

지완의 말을 어떻게 받아들여야 할지 알 수 없었다. 차라리 지완이 여자라면, 찬혁을 어떻게 한번 해보기 위해 4차원처럼 행동하는 것이라고 여길 수 있을 터였다. 하지만 지완은 찬혁과 같은 남자였고, 같은 성별에게 구태여 햄버거까지 사다 먹이며 추파를 던질 이유가 없었다. 그래서 찬혁의 의심은 다시 처음으로 돌아갔다.

"너, 게이냐?"

"게이라니. 아니야."

"그런데 나한테 왜 이래?"

"너 얼굴은 잘생겼는데 머리가 나쁘구나. 나는 너랑 친구가 되고 싶다니까?"

"그러니까 왜 나랑 친구가 되고 싶으냐고."

그 말에 지완이 벌떡 일어나더니, 찬혁이 앉아 있는 소파로 성큼성큼 다가왔다. 그 기세에 눌려, 찬혁은 일어날 생각도 하지 못한 채 지완의 행동을 지켜봤다.

찬혁의 옆에 선 지완은 허리를 굽혀 찬혁을 똑바로 응시했다. 맑고 깨끗한 눈동자에 당혹감을 고스란히 드러낸 찬혁의 얼굴이 비치고 있었다.

"너를."

지완이 한 손을 뻗어왔다. 그 손이 자기 머리를 만질지도 모른다는 생각에 찬혁은 긴장했다. 하지만 지완은 찬혁의 머리 바로 옆 소파에 손을 짚었다. 약간 떨어진 지완의 팔에서 체온이 전해지는 느낌이 들었다.

"가만히 내버려둘 수가 없어서."

금방이라도 입을 맞출 듯 박력 있게, 지완이 말했다. 찬혁이 여자였더라면 반했을지도 모를 모습이었다.

아니, 사실은. 지금도 찬혁의 심장은 평소와 다른 속도로 뛰고 있었다. 찬혁 자신이 그것을 깨닫지 못했을 뿐.

"그러니까 송찬혁. 잔말 말고 번호 내놔."

지완의 입술이 너무 가까운 곳에 있었다. 붉고 도톰한 입술 사이로 흘러나오는 음성이 소름 끼칠 만큼 매력적이었다. 허스키하고 중성적인 보이스. 그 음성이 마법처럼 찬혁의 귓바퀴를 간질였다.

꿀꺽.

찬혁이 마른침을 삼켰다. 밀어내면 그만인데, 꼼짝도 할 수가 없었다. 고양이 같은 눈이 올가미처럼 찬혁을 휘어잡고 놓아주지 않았다.

지완에게서는 좋은 향기가 났다. 아기 냄새 같기도 하고, 꽃향기 같기도 한, 그래. 햇살 같은 냄새. 끌어안으면 무척이나 포근할 것 같은 향기라는 생각이 드는 순간, 찬혁은 퍼뜩 정신을 차렸다.

"저리 꺼져."

흘러나오는 음성이 낯설었다.

"가까이 붙지 좀 마."

형편없이 가라앉은 음성이 바보처럼 느껴졌다. 난 왜 이렇게 긴장하는 거지? 이 녀석은 한낱 연습생일 뿐인데.

"번호 주면 비켜주지."

지완이 놀리듯 말했다. 찬혁은 콧등을 찡그리며 엉덩이를 뒤로 움직여 자리를 벗어났다. 혹시라도 지완이 따라올까 싶어 황급히 소파를 벗어난 찬혁은, 냉장고로 걸어가며 말했다.

"아무리 졸라도 네가 내 번호를 알게 될 일은 없을 거다. 시간낭비하지 말고 나가. 연습생이면 바쁘지 않나?"

"바쁘긴 한데, 이게 더 중요하니까."

중요하다, 라는 말이 가슴에 콕 박혔다.

왜일까? 왜 저 녀석이 하는 말들은, 하나하나 의미를 품고 가슴에 콕콕 박히는 걸까?

"번호 좀 줘라, 야. 네 번호에 금이라도 발랐냐?"

지완이 투덜거리며 찬혁의 뒤를 졸졸 따라왔다. 냉장고에서 꺼낸 주스를 컵에 따르는 내내 졸졸 따라오는 지완이 거슬려서 견딜 수가 없었다.

"따라다니지 좀 마."

"번호 주면."

"너 진짜!"

찬혁은 휙 돌아서서 커다란 손으로 지완의 이마에 손을 얹었다. 손바닥으로 지완의 이마를 꾹 눌러 밀어내다가 지완이 상당히 어려 보인다는 것을 깨달았다.

"너, 몇 살이냐?"

"스물두 살!"

지완이 당당하게 말했다.

"너, 내가 몇 살인지는 아냐?"

"알지. 아마… 음, 아마…."

알긴 개뿔.

지완이 한쪽 볼을 부풀리고 생각에 잠겼다. 찬혁에 대해 전혀 모르는 듯한 지완의 모습에, 찬혁은 기뻐해야 할지 슬퍼해야 할지 알 수 없었다. 대한민국에 나를 잘 모르는 사람이 존재한다니.

그러기를 바랐다. 사람들이 자신을 보지 않고, 알지 못하기를 바랐다. 자신의 일거수일투족에 관심을 두지 않고, 무슨 짓을 하든 무시하기를 바랐다.

하지만 단 한순간도 시선의 감옥에서 벗어날 수가 없었다. 집 앞 편의점조차도 편하게 갈 수 없는 삶이었다.

그런데 지금. 이 거슬리는 녀석이 송찬혁이라는 존재를 잘 알지 못한다.

'그러고 보니 내 이름도 제대로 모르는 것 같았지.'

거짓으로 이러는 것 같지는 않았다.

"스물일곱 살."

기억해내지 못하는 지완을 대신해서, 찬혁이 말했다.

"아, 맞다. 스물일곱 살. 아하하하. 어젯밤에 검색해봤는데, 내가 기억력이 좀 안 좋아서."

어젯밤에 검색해봤다고? 내 이름을? 내 나이를? 검색해봐서 알 수 있었는데, 그조차도 기억을 못 하는 거라고?

"너, 해외에서 살다 왔냐?"

"아니. 한국을 벗어나본 적이 없는데. 나, 제주도도 못 가봤어."

"…그렇군."

"아무튼 네 번호 좀 줘."

"한국에서만 살았다고 했지?"

지완이 고개를 끄덕였다.

"지금 내 나이 듣고도 생각나는 게 없냐?"

"생각…나는 게 있어야 하나? 스물일곱 살… 스물일곱 살… 그게 왜? 아, 혹시!"

지완이 손바닥을 마주쳤다.

"사춘기?"

"…."

"그래, 너 사춘기구나?"

이 녀석. 진짜 사람 울화통 터지게 만든다. 찬혁이 주먹을 꽉 쥐고 지완을 내려다보다가 말했다.

"내가 너보다 나이가 많다, 임지완. 그리고 한국에서는 자기보다 나이가 많은 동종업계 사람을 부르는 호칭이 있지."

그제야 지완이 "아, 맞다." 하고 중얼거렸다. 그러더니 갑자기 얼굴을 확 붉혔다. 우윳빛 볼에 분홍빛 물감을 떨어뜨린 듯 홍조가 퍼지는 광경을, 찬혁은 멍하니 응시했다.

꾸중○을 들은 지완이 어째서 볼을 수줍은 복숭아 빛으로 물들이는지, 도통 감을 잡을 수가 없었다. 첫사랑을 앞에 둔 소년처럼 발그레한 얼굴로, 지완이 찬혁을 올려다봤다.

"나, 처음이야."

긴장한 지완의 눈을 마주한 순간, 찬혁의 이성이 경고를 내렸다.

삐뽀삐뽀.

위험위험.

찬혁은 저도 모르게 뒷걸음질을 쳤다.

"뭐, 뭐가?"

"그 호칭 사용하는 거."

"뭐, 무슨 호칭?"

자기가 말을 꺼냈으면서도, 찬혁은 지완의 수줍은 모습에 정신을 차릴 수가 없었다. 더 긴장한 찬혁을 향해 한 걸음 다가서며, 지완이 말했다.

"형."

'선배님' 정도를 생각하고 있었다. 혹은 '선배'라도. 이렇게 얼굴을 붉히고 '형'이라고 부를 줄은 몰랐다.

심장이 쿵 내려앉았다.

'아니, 내려앉을 이유가 없지.'

'형'이라고는 자주 불린다. 선배님이라고 부르던 후배들도 어느 정도 친해지면 '형'이라고 부른다. 남자인 찬혁에게 '형'이라는 호칭은 아무 의미가 없었다.

없는데.

그런데.

어째서?

이렇게 심장이 벌렁거릴까? 그리고 이 녀석은 왜 이렇게 얼굴을 붉히고 있는 거야? 사내놈이 형이라는 호칭을 사용하는 게, 이렇게까지 수줍어할 일은 아니잖아.

이건 다 임지완 때문이다. 지완이 처음이네, 뭐네 하면서 얼굴을 붉히는 바람에, 내 심장까지 당혹감을 이기지 못하고 벌렁거리는 것이다. 그렇게 생각하자 차츰 여유를 되찾을 수 있었다.

"와, 이거 기분 되게 이상하다. 넌 내 첫 형이야."

지완이 웃으며 말했다.

아니, 여유는 되찾지 못했나 보다. 찬혁은 지완의 웃는 얼굴을 똑바로 볼 수가 없어서, 휙 돌아 싱크대로 걸어갔다.

"너가 뭐냐, 너가. 형이라고 할 거면 형이라고 해."

"알겠어, 형."

두근.

왜 이래, 내 심장.

"형, 휴대폰 번호 좀 알려줘. 나 이제 슬슬 졸려. 내가 식곤증이 좀 심하거든."

"…그럼 집에 가서 자라."

"번호를 받아야 가지."

"말했지, 너한테 번호 주는 일 없을 거라고."

"왜 안 주는데? 형이라고도 부르잖아!"

"나이 어린 놈이 형이라고 부르는 건 당연한 거고."

"햄버거도!"

"난 햄버거 싫어해."

"와, 진짜 쪼잔하네."

"뭐? 쪼잔?"

송찬혁 인생 27년. 쪼잔하다는 말은 처음이었다. 찬혁은 휙 돌아서서 지완의 멱살을 잡았다.

"햄버거 같은 거 때문에 그러는 거라면, 고급 한식당 식사로 갚아주지."

지완의 눈이 가늘어졌다.

"정말로? 고급 한식당에 데려가주게?"

낚였다.

"그럼 번호 알려줘. 약속 잡아야지."

멱살을 잡은 손에서 벗어나려는 시도조차 하지 않고, 지완이 재잘재잘 말했다. 힘이 쭉 빠진 찬혁은 지완을 놔주고 소파로 향했다.

"그만 좀 하고 가라. 난 누구랑 같이 있는 거 싫어해."

"그래? 난 좋아하는데. 누군가 옆에 있는 거."

왜일까. 그 말이 애잔하게 들려왔다.

어쩌면 지완이 울고 있을지도 모른다는 생각이 들어 흘끔 돌아봤지만, 지완은 여전히 웃고 있었다.

'사내놈이 울든 말든 나랑 뭔 상관이람.'

찬혁은 자신의 행동을 이해할 수가 없었다. 불청객 따위 경찰에 신고해서 쫓아내면 그만인데. 다른 때의 찬혁이었다면 그랬을 것이다. 그런데 난 지금 왜 이 녀석을 제대로 내쫓지 못하는 거지?

찬혁이 소파에 앉자, 지완도 맞은편에 앉았다. 오후 3시를 넘긴 시간. 커다란 창문으로 햇빛이 들어오고 있었다. 찬혁은 고개를 돌려 창밖을 응시했다.

"여기 경치 좋다."

지완이 찬혁을 따라 창밖을 보며 말했다.

"언제부터 여기에 살았어? 이건 회사에서 마련해준 거야?"

"집에나 가."

"번호 주면."

"안 줘."

"그럼 줄 때까지 있지, 뭐."

"졸리다면서?"

"견딜 만해. 형은 취미가 뭐야?"

"…너랑 소개팅 할 생각 없다. 집에나 가라."

"취미 정도는 알려줄 수 있잖아. 나는 사람 구경하는 걸 좋아해."

이상한 걸 좋아하는군.

"할 일 없을 때 길에 앉아서 가만히 지켜보다 보면, 다들 똑같은 표정 같은데 사실은 다른 표정이거든. 그걸 보다 보면 시간 가는 줄을 모르겠어."

"…."

"게임을 해보려고 했는데 내 취향은 아닌가 봐. 영화는… 아, 그러고 보니 형도 영화 찍지? 영화를 본 적은 없는데, 형이 찍은 영화는 한번 보고 싶네. 영화에서도 이렇게 말이 없고 어두워?"

허스키하게 이어지는 음성이 귀에 거슬렸다. 찬혁은 대답하지 않고 일어나 서재로 들어갔다.

따라올 줄 알았던 지완은 다행히 서재까지 따라 들어오진 않았다. 어쩌면 서재가 아니라 방이라고 생각했는지도 모르겠다.

'일말의 예의는 있나 보군.'

그러고서는, 책장에서 책을 한 권 꺼냈다. 어차피 그냥 갈 것 같지는 않으니 철저하게 무시해줄 생각이었다. 그러다 보면 지쳐서 가겠지. 설마 자고 가겠어?

찬혁은 다시 거실로 돌아가 소파에 앉아 책을 펼쳤다.

"오, 형. 책도 읽어? 취미가 독서야?"

또 취미 얘기다. 찬혁은 대답하지 않고 책을 읽어내려 갔다.

딱히 독서를 좋아하지는 않지만, 지완이 이 집에서 나가게 하고 싶었다. 책을 읽는 척 무시하면 심심해서라도 나가겠지.

하지만 이 방법은 지완에게 통하지 않았다. 지완은 처음으로 대화 상대를 만난 사람처럼, 혼자서 잘도 떠들었다. 자기는 책을 별로 안 읽는 얘기를 한참 하더니, 어느 잡지에 대해서 얘기를 하고, 어느 웹사이트에서 본 유머글에 대한 이야기까지 했다.

'입을 쉬질 않는군.'

인정하고 싶지 않지만, 허스키한 음성이 듣기 좋았다.

'아니, 전혀. 귀찮을 뿐이야.'

부정했지만, 그렇지 않다는 걸 인정할 수밖에 없었다. 만약 상대하는 게 귀찮다면 찬혁의 방에 들어가 방문을 걸어 잠그고 있으면 될 터였다.

'나는 왜 거실에 나와서 앉아 있는 거지?'

의문에 대한 해답을 찾을 수가 없었다.

얼마나 그러고 있었을까. 불현듯 조용해졌다.

'이제 지친 건가?'

찬혁은 천천히 시선을 들어올렸다. 지완이 소파에 비스듬히 누워서 자고 있었다.

창문으로 들어오는 오후의 햇살이 지완을 비췄다. 흰 피부, 연갈색 머리카락. 가만히 보니, 지완은 전체적으로 색깔이 옅은 느낌이었다.

그래서일까. 훅 불면 햇빛에 녹아 사라질 것만 같아 보였다. 깨어 있을 때와 달리, 잠든 지완의 모습은 몹시도 약해 보였다. 아니, 그것보다는 '흐릿하다.'라는 표현이 어울릴 것이다.

어디에 가도 존재감이 있는 찬혁과 달리, 지완은 흐릿했다. 언제 사라져도 괜찮다는 듯. 사라진다 해도 알아주는 사람이 아무도 없을 것이라는 듯.

눈을 뗄 수가 없었다. 눈을 떼는 순간 흩어질 것 같아서. 이곳에 존재한 적 없다는 듯이 사라질 것만 같아서.

그래서 찬혁은 시간이 흐르는 것도 잊고, 가만히 잠든 지완을 지켜봤다.

커피 향기가 났다. 지완이 천천히 눈을 떴다.

'나, 커피숍에서 잠이 들었나?'

찜질방 냄새가 아닌 좋은 원두 향기였다. 기분 좋다, 라고 생각하며 다시 눈을 감았다. 어쩐지 푹 잔 느낌이었다. 이렇게 푹 자본 게 얼마 만인지 모르겠다.

'내 기억 속엔 없지, 적어도.'

첫 기억은 뺨을 때리는 아버지의 무시무시한 얼굴이었다.

'입 닥쳐!'

이유는 모르겠지만 지완은 울고 있었고, 아버지는 무서운 표정으로 지완을 노려보고 있었다. 그 눈에 자식을 향한 온기는 조금도 없었다. 말을 듣지 않으면 죽이겠다는 분노만이 일렁거렸다. 편히 자는 것이 가능할 리 없었다.

고아원에서도 마찬가지였다. 고아원은 비좁고 아이들이 칭얼거리는 소리가 났고 너무 춥거나 덥고 원장이 드나들었다.

거리 생활을 하면서는 어떻게든 잘 수 있을 때 자는 것이 좋다는 걸 깨닫게 되었다. 그래서 눈만 감으면 어디서든 잘 수 있었지만, 작은 기척에도 깨게 되었다. 언제든 도망치기 위해.

지완은 항상 피로감을 느꼈다. 그런데 지금은 몸을 꾹 누르는 피로감이 전혀 느껴지지 않았다.

'아, 진짜 편하다. 이불도 포근하… 이불?'

그제야 눈을 번쩍 뜨고 시선을 아래로 내렸다. 이불이 덮혀 있었다. 빤 지 얼마 안 된 듯 좋은 향기가 나는 남색 이불이었다.

'이불이 왜…?'

어리둥절해져서 고개를 돌리던 지완이, 이곳이 커피숍이 아니라는 걸 깨달았다.

'아, 맞다. 나 풍월 숙소에 와 있었지? 대체 언제 잠들었지?'

벽걸이 시계가 8시 40분을 가리키고 있었다. 찬혁과 대화를 시도했던 것이 오후 3시쯤이었던 기억이 났다.

'설마. 밤 8시 40분이겠지?'

하지만 창문으로 들어오는 햇살은 '아침이야.'라고 주장하고 있었다.

"헉!"

벌떡, 지완이 몸을 일으켰다. 이불이 스르륵 옆으로 흘러내렸다.

그때, 주방에서 찬혁이 머그잔을 들고 걸어 나왔다.

커피 향기가 저기에서 시작되었던 모양이다.

"형, 좋은 아침!"

한 손을 들며 인사했더니 찬혁이 차갑게 말했다.

"나가."

"형이 이불 덮어준 거야? 이거 형이 덮고 자는 이불이야?"

"나가라는 말 안 들리냐?"

"이불 진짜 포근하다. 향기도 좋고. 형이 빠는 건 아니지?"

"임지완."

이름만은 제대로 기억하고 있구나, 라는 생각이 들어, 지완은 싱긋 웃었다.

그랬더니 찬혁이 인상을 찌푸리고 한 걸음 뒤로 물러섰다. 그러고 보니 찬혁은 지완이 웃을 때마다 저렇게 긴장한 표정을 지었던 것 같다.

'나, 웃는 얼굴이 좀 무서운가?'

사람을 보며 웃어본 적이 거의 없으니, 지완은 자기 얼굴이 어떤지는 잘 모른다.

'웃는 연습 좀 해야겠는데.'

그렇게 생각하며 찬혁에게 다가갔다.

"형, 나 이렇게 푹 자본 거 진짜 오랜만이야. 형네 숙소 진짜 좋다. 다음에 또 와서 자도 돼?"

"안 돼. 나가."

"형은 나가라는 말밖에 몰라?"

"나가라, 임지완."

"안 그래도 나갈 생각이었어. 오전부터 트레이닝 있거든. 보컬이랑 댄스."

"그럼 얼른 나가."

"휴대폰 번호는?"

"안 줘."

"흐음. 생각보다 많이 튕기네."

"튕기다니, 너 단어 선택 좀…."

"알겠어, 그럼."

지완은 다시 시간을 확인했다. 원래는 어제 번호를 받아서 현준에게 보란 듯이 내밀 예정이었는데, 아쉽게 됐다. 보컬과 댄스 트레이닝. 오늘이 첫날이니 빠질 수 없었다.

"일 끝나면 다시 올게. 이따 봐."

"오지 마!"

찬혁이 언성을 높였지만 지완은 귓등으로도 듣지 않고 휑하니 나가버렸다.

찬혁은 닫힌 문을 노려보다가 소파에 가서 앉았다. 두 손에 얼굴을 파묻은 찬혁은, 깊은 한숨을 내쉬었다.

'난 대체 왜 쟤가 자는 걸 밤새도록 지켜본 거지?'

현준과는 사무실에서 만나기로 했다. 적당한 매니저가 정해질 때까지, 당분간은 현준이 케어해주겠다고 했다.

지완이 도착했을 때, 현준은 코트를 입고서 사무실 앞에 나와 있었다.

"누구 기다리세요?"

라는 질문에 현준이 검지로 지완을 가리켰다.

"너. 지금 몇 시지?"

"죄송합니다. 늦잠을 잤어요."

"어디서 잤는데? 호텔에 전화해봤더니 어젯밤에 들어오지 않았다던데."

"그게… 풍월 숙소에서요."

"흐응."

현준의 눈이 가늘어졌다.

"왜 그렇게 보십니까?"

"찬혁이랑 둘이 잤어?"

"글쎄요. 뭐, 찬혁이 형은 자기 방에서 잤겠죠."

"넌 소파에서 잤고?"

"네. 찬혁이 형이 책 읽는 거 구경하다가 잠이 들었나 봐요."

현준이 지완을 빤히 응시했다.

"왜, 왜 그렇게 봐요?"

"찬혁이가 널 그냥 놔뒀다고?"

"잠자는 사람을 깨울 만큼 모진 인간은 아닌가 보죠. 그나저나 그 집 진짜 편하더라고요. 저, 원래 아무 데서나 잘 못 자거든요. 간만에 깨지 않고 푹 잤네요."

지완이 무심히 내뱉은 말을, 현준은 그냥 흘려들을 수가 없었다. 그 송찬혁이 불청객이 찾아왔는데 내쫓지 않다니. 게다가 제멋대로 소파를 차지했는데도 그걸 그냥 놔두다니. 그리고 남자를 무서워하는 지완이 찬혁과 단둘이 있는 상황에서 잠을 자다니. 이걸 어떻게 해석해야 할까?

"아니, 부대표님. 왜 자꾸 그런 눈으로 보시냐니까요?"

"그런 눈이 어떤 눈인데?"

"너구리처럼 의뭉스러운 눈요."

"별 표현을 다 아는구만."

"이래저래 주워들은 것들이 많거든요."

"그래서 번호는 땄고?"

"아뇨. 찬혁이 형은 생각보다 수줍음이 많은가 봐요. 도통 번호 줄 생각을 안 하네."

"수줍음이라."

찬혁과 조금도 어울리지 않는 단어에, 현준은 피식 웃음을 흘렸다. 그 오만한 송찬혁을 수줍어한다고 표현하다니. 지완도 정신세계가 평범한 것 같지는 않다.

"아침은 먹었어?"

"아뇨."

"먹으러 가자. 못 먹는 음식은?"

"제가 가릴 처집니까. 뭐든 다 먹습니다."

자기비하 같은 발언인데, 지완의 입에서 나오면 그렇게 들리지가 않았다.

뭐든 다 먹는다는 말을 증명하려는 듯, 지완은 자기 몫의 국밥을 다 먹은 후 현준이 남긴 공기밥 반 그릇까지 깨끗하게 해치웠다. 먹은 음식이 저 마른 몸의 어디로 가는지 알 수 없었다.

"한동안은 해야 할 게 많아. 체력을 키워야 하니 웨이트를 병행해야 돼. 댄스 트레이닝 들어가기 전에 한 달은 웨이트를 하는 걸로 하자.”

“네.”

“보컬 트레이닝은 지금부터 꾸준히 해야 하는 부분이고. 혹시 악기 다룰 줄 아는 건…?”

“휘파람을 좀 붑니다.”

“…이런, 특별히 다루고 싶은 악기는 없고?”

“딱히 생각해본 적이 없는데요.”

“하나쯤은 배워두면 음감을 익히는 데도 좋으니까, 간단하게 기타로 시작을 해볼까? 그러고 보니, 찬혁이가 기타를 잘 치지.”

“호오, 그 형은 재주도 많네요.”

‘형’이라는 단어가 무척이나 자연스러웠다.

“넌 ‘형’이라는 호칭을 사용하는 게 어색하진 않아?”

“어색할 게 뭐가 있습니까. 저도 남자인데.”

“하지만….”

“부대표님. 여기서 확실히 해두셔야 돼요. 전 남자입니다. 여자가 되는 일 없습니다.”

“만약 성공한다면?”

“성공이오?”

“잘돼서 돈을 벌고, 일하지 않아도 될 만큼 돈을 모으게 된다면? 그래도 계속 남장을 할 건가?”

“그건….”

처음으로 지완의 얼굴에서 표정이 사라졌다. 지완은 신중한 눈으로 테이블을 응시하다가 말했다.

"생각해본 적이 없어요."

"생각해본 적이 없다고? 이런 꿈같은 일이 벌어지고 있는데?"

"네, 꿈. 그렇죠. 정말 꿈같은 일이죠."

꿈같은 일이기에, 더욱 기대하지 않았다. 자신의 인생에는 '빛'이라는 것이 존재한 적 없으니까. 기억이라는 것이 나는 그 시점부터, 어두운 옷장에 갇혀 있는 삶이었으니까.

불나방처럼 살고 싶진 않았다. 주어지지 않은 것을 탐내고 그리워하다가, 불에 타고 싶지 않았다.

빛은 내 것이 아니다.

지금 벌어지는 이 모든 일도, 현준의 변덕에서 시작된 작은 해프닝일 뿐. 현준의 마음이 바뀌거나, 지완이 그의 기대를 충족하지 못하면 언제든 끝날 일이었다.

하지만 그런 말들을, 좋은 마음으로 기회를 준 현준에게 할 수는 없었다.

"제가 원래 생각이 짧아서요. 그렇게 멀리까지는 계획을 세우지 않거든요. 그때 가서 생각해보죠, 뭐."

현준이 눈을 가늘게 떴다.

'생각이 짧다고?'

그럴 리가 없다. 지완은 또래에 비해 훨씬 어른스러웠다. 그렇지 않다면 그런 환경에서 저토록 잘 자랐을 리 없다.

지완이 후, 웃으며 손으로 앞머리를 쓸어 넘겼다. 순간 드러난 반듯하고 깨끗한 이마가 무척이나 예뻤다.

"그렇게 좀 보지 마세요, 부대표님. 진짜로 너구리 같으니까."

"의뭉스러운 너구리 말이지?"

"네, 그거요."

"그래, 너구리 짓은 그만하고, 일어나자. 보컬 레슨 우선 받고, 소화 좀 되면 헬스장으로 갈 거야."

"네, 명 받들겠습니다."

그리고 그날.

보컬 학원에서 현준은 기적을 목격했다.

일어나자마자 내린 커피는 이미 차갑게 식어 있었다. 시간이 가는 줄도 모르고, 찬혁은 맞은편 소파를 노려봤다.

'어째서?'

의문을 떨칠 수가 없었다.

'나는 왜?'

몇 시간 전까지 저 소파에 지완이 누워 있었다.

대단한 일은 아니었다. 저 소파엔 누구라도 누워 있을 수 있으니까. 재희도, 민하도 항상 저 소파에 누워서 텔레비전을 보거나 휴대폰 게임을 하니까.

그런데 왜.

'나는 저 소파에 누워 있던 임지완을 생각하고 있는 거지?'

재희나 민하가 저 소파에 누워서 허송세월을 보내는 그림은 전혀 그려지지 않았다. 같은 사내놈이 저기 누워서 뭘 하든 신경 쓸 이유가 없었다.

그리고 임지완 또한 같은 사내놈이었다. 그런 녀석이 저기 누워서 잠을 잤을 뿐인데, 어째서 그때의 영상이 자꾸만 머릿속에 떠오를까?

'그리고 난 왜 그 녀석에게 이불을 덮어준 거지?'

말 그대로 불청객이었다. 불청객이 멋대로 소파를 차지하고 누워서 잠을 자는데. 심지어 자기가 먹은 것도 치우지 않고 자는데! 그런데 깨울 생각도 하지 않고 이불까지 덮어줬다.

미쳤다. 그래, 나는 미친 것이 분명하다.

거기 누워 있던 사람이 재희나 민하였다면, 발로 툭툭 차면서 먹은 거 당장 치우라고 했을 것이다. 하지만 어제 저녁 찬혁은, 혹시라도 지완이 깰까 걱정돼 조용히 햄버거 포장지들을 치웠다. 이불을 덮어줄 때도 조심조심.

'빌어먹을. 조심이라니… 내가 왜?'

불청객 따위, 잠에서 깨든 말든 신경 쓸 것 하나 없는데!

찬혁은 테이블 위에 놔뒀던 휴대폰을 집어 들고 매니저에게 전화를 걸었다. 매니저는 곧바로 전화를 받았지만, 밖에서 노는 중인지 주위가 시끄러웠다.

“형, 나 촬영장 간다.”

“뭐? 오늘? 지금?”

“응.”

“왜? 촬영 내일 오후잖아.”

“형은 그냥 쉬어. 나 혼자 갈 테니까.”

“혁아, 잠깐만 기다려봐.”

“끊을게.”

매니저의 휴식을 방해할 마음은 없었다. 찬혁은 전화를 끊자마자 그대로 일어나서 숙소를 나왔다.

완전히 지쳤다!

지완은 거의 기듯이 큰길로 걸어가 택시를 잡아탔다. 풍월 숙소 주소를 말한 뒤, 뒷좌석에 반쯤 누운 자세로 눈을 감았다.

‘으아, 죽을 뻔했네.’

체력은 제법 자신이 있었다. 밖에서 먹고 자고 달리고 걷고. 그런 생활을 반복했으니 어지간한 사람들보다는 건강 체질일 거라고 생각했다.

아니었다. 보컬 레슨을 받은 후, 헬스장에 가서 PT를 받다가 죽는 줄 알았다. 다리가 후들후들 떨리고 팔이 아팠다. 몸이 자기 몸처럼 느껴지지 않을 만큼 힘들었다.

"이러다 죽지 않겠습니까?"

지완의 질문에 트레이너는 무심한 표정으로 "보통 이 수준으로 시작합니다, 회원님."이라는 대답을 돌려줬다.

이게 보통이라니. 팔다리가 끊어질 것 같은데.

'연예인이 된다는 건 정말 힘든 거구나. 내일부터는 기타 레슨도 할 거라는데. 이 상태로 할 수 있으려나?'

잠깐 앉아 있었던 것 같은데 목적지에 도착했다. 지완은 무거운 몸을 이끌고 택시에서 내렸다.

'내가 택시라는 걸 다 타보다니. 성공했네.'

당분간 사용하라며, 현준이 신용카드를 한 장 줬다.

"밥은 꼬박꼬박 챙겨 먹고, 옷도 좀 사. 다음 주쯤에 방 하나 잡아줄 테니까, 생필품도 채워 넣고. 거리에서 생활하던 습관은 데뷔 전에 하나하나 버리도록 해. 아, 대중교통 이용은 자제하고, 웬만하면 택시 타고 다녀라. 얼굴 알려지지 않게."

아직은 호텔에서 생활을 하고 있었다. 호텔 생활도 나쁘지는 않지만, 집에서 혼자 사는 것이 어떤 기분일지 궁금했다.

현준 덕분에 평생 경험하지 못할 거라고 생각했던 것들을 알게 된다. 그러니까 아무리 힘들어도 열심히 해서 보답해야지. 이 모든 것이 언제 끝날지는 모르겠지만.

경비원은 지완의 얼굴을 알아본 듯 막아서지 않았다. 어제 찾아올 때는 현준과 통화를 한 후에야 지완을 들여보내줬다. 극성팬들이 찾아오는 경우가 많아서 방문객 감시가 철저하다고 했다.

'극성팬이라… 그러고 보니 송찬혁은 어릴 때부터 연예계 생활을 했지. 답답했겠다. 아, 그래서인가?'

찬혁이 죽을 것만 같은 표정을 짓고 있는 이유.

'숨이 막혀서.'

가능성이 있었다. 인터넷에는 연예인들의 작은 행동 하나에도 의미를 부여하고 떠들어대는 사람들이 많았다. 좋은 일보다는 나쁜 일에 눈을 빛내며 달려드는 사람들. 좋은 일조차도 나쁜 일로 만들어버리는 사람들. 사람들 앞에서 무심코 한 언행 때문에, '왜 이렇게까지?' 싶을 정도로 욕을 먹는 연예인들을 봐왔다.

'매일 감시를 당하는 기분이겠지. 그렇구나. 그래서일 수도 있겠구나.'

그런 삶을 살아갈 때에 기분이 어떤지, 지완은 감을 잡을 수가 없었다. 지완은 그 흔한 부모나 선생의 감시조차 받지 못하고 살았다. 어느 누구도 지완이 존재한다는 것을 알지 못했다. 심지어 국가조차도. 없는 사람으로 지내온 지완이 존재감 넘치는 사람의 삶을 짐작할 수 있을 리 없었다.

엘리베이터에서 내려 복도를 걸어갔다. 고급 오피스텔답게 복도도 깨끗하고 넓었다. 숙소 앞에 멈춰 초인종을 눌렀다.

딩동.

반응이 없었다. 어제도 그랬기 때문에 몇 번 더 초인종을 눌렀지만, 어제보다 더 반응이 없었다.

'안에 있으면서 없는 척하나? 촬영장에 가는 건 내일이라고 들었는데.'

문에 가만히 귀를 대보다가, 이래서야 극성팬과 다를 게 뭔가 싶었다.

'내가 옆에 있는 것도 감시당하는 것처럼 느껴질까?'

그렇다면 미안한 일이다. 찬혁에게 또 다른 부담이 되고 싶진 않았다.

'하지만 어젠 즐거웠는데. 햄버거도 같이 먹고, 수다도 떨고.'

물론 지완 혼자 제멋대로 한 행동이기는 했지만. 그래도 시간 가는 줄 모를 만큼, 지완은 즐거웠다.

'편했지.'

편하다. 이 표현이 잘 어울리는 시간이었다. 찬혁은 어땠는지 모르겠지만, 지완은 편안하고 좋았다. 커다란 창문으로 들어오는 햇살도, 살짝 찌푸린 찬혁의 표정도, 좋아하는 햄버거도, 맞은편에 앉아 책을 읽는 찬혁의 모습도. 전부 편안했다.

지완은 초인종 누르는 걸 관두고, 현관문 앞 복도에 책상다리를 하고 앉았다.

'뭐, 언젠가는 오겠지. 일단 번호를 따는 게 우선이니까, 좀 기다려보자.'

"뭐?"

승호가 한쪽 눈썹을 올리며 현준을 응시했다.

"절대음감요, 대표님."

"절대음감이라…."

"그런 게 실제로 존재하는지 몰랐는데, 존재하더군요."

"임지완이라는 애가 그거라고?"

"네."

"착각은 아니고?"

"아니에요."

현준은 아까 보컬 레슨실에서 있었던 일을 떠올렸다.

지완은 그 흔한 노래방 한번 가본 적 없다고 했고, 악보를 읽는 건 당연히 못 한다고 했다. 레슨 선생은 무척이나 난처해하면서도, 노래 하나를 부른 후 '이런 느낌'으로 시작해보자고 했다.

그리고 지완은.

"절대음감은 둘째치고, 목소리가… 장난이 아닙니다."

현준은 아직도 믿을 수 없다는 표정으로 중얼거렸다.

"정말 장난이 아니에요. 어떻게 그런 목소리를 내는지."

놀라운 목소리였다. 레슨 선생이 부른 노래를 딱 한 번 들었을 뿐인데 전부 기억하고 똑같이 불렀다. 똑같이 부르는데, 달랐다. 음률을 내는 음성도, 그 안에 담긴 감정도.

지완이 노래를 끝낼 때까지, 어느 누구 하나 소리를 내지 못했다. 현준은 숨조차 제대로 쉴 수 없었다. 그렇게 많은 가수를 배출해냈는데도, 지완 같은 음색의 소유자는 처음이었다.

"댄스는 기본만 해도 될 것 같습니다. 발라드 쪽으로 돌려야 될 것같은데요"

"요새 발라드는 좀 힘들 텐데."

"대표님도 들어보시면 생각이 바뀌실 겁니다. 얘는, 판을 뒤흔들 거예요."

"연예계를?"

"아뇨."

현준은 지완의 눈빛과 미소를 떠올렸다. 강한 듯하면서도 어느새 흩어질 것처럼, 몽환적인 그 표정.

"사람의 마음을."

승호의 얼굴에 재미있다는 표정이 떠올랐다.

"누구보다도 이성적인 최현준의 입에서 그런 말이 나오다니. 그거 놀랍군."

"그러게요. 저도 지금 놀라는 중입니다."

"뭐, 자네가 시작한 일이니까 알아서 해. 난 자네를 믿어."

"투자는?"

"자네가 감당할 수 있는 수준에서는 얼마든지."

"저는 이제 이 애 한 명에게 집중할 계획입니다."

"그러면 그래도 되고."

승호가 귀찮다는 듯 손을 저었고, 현준은 사장실에서 나와 자신의 사무실로 향했다.

부드럽게 울리던 지완의 목소리가 귓가에서 떠나지 않았다. 하마터면 어떤 상황인지도 잊고 '앙코르'를 외칠 뻔했다.

'다른 사람들에게는 못 맡기겠어.'

현준은 결심했다.

'내가 직접 매니저를 해야겠군.'

까무룩 잠이 들었던 것 같다.

딩-, 엘리베이터 열리는 소리에 번쩍 눈을 떴다. 거리 생활을 하면서 배운 게 있다면, 어디서든 잘 수 있을 때 자다가도 문제가 생기면 곧바로 일어나 도망쳐야 한다는 점이었다. 이제는 도망치지 않아도 되지만, 오랜 습관이 금방 사라지진 않았다.

고된 운동을 한 데다가 잠깐 잠을 자서 그런지, 잠들기 전보다 몸이 더 쑤셨다. 묵직한 몸을 억지로 일으키는데, 복도를 걸어오는 훤칠한 남자의 모습이 보였다.

아는 얼굴이었다. 물론 그쪽은 이쪽을 모를 테지만.

갸름하고 작은 얼굴, 붉고 넓은 입술, 살짝 펌을 해서 눈썹까지 내려오는 진갈색 머리카락과 속쌍꺼풀이 있는 긴 눈매. 풍월 멤버 중 랩을 담당하고, 최근에는 예능 프로그램에서 보조 MC로 자주 나오는 강재희였다.

재희는 복도를 천천히 걸어오다가 지완을 발견하고는 눈을 크게 떴다. 재희의 얼굴에 화사한 미소가 떠올라서, 지완은 당황했다.

'뭐야, 날 아나?'

"이야."

이윽고 지완의 앞에 멈춘 재희가 감탄사를 내뱉었다.

"어쩐 일로 이런 미인이 우리 집 앞에서 날 기다리고 있지?"

"…아니, 그쪽을 기다린 건 아닌데."

딱딱하게 대답했지만 재희의 미소는 사라지지 않았다.

"상관없어. 어쨌든 이렇게 마주쳤으니, 우리는 운명이라는 거겠지. 일단 들어갈까?"

"아니, 운명 운운하기 전에, 난 남자야."

"응?"

"나, 남자라고. 보여줘?"

찬혁에게 썼던 방법 그대로, 지완은 무심하게 말하며 바지로 손을 올렸다. 언제든 벗을 수 있다는 듯이.

어지간한 사람들은 당황하며 지완을 말리곤 하는데, 이 방법이 재희에게는 통하지 않았다. 재희는 감상할 준비가 다 되었다는 듯 팔짱까지 끼고 말했다.

"응, 보여줘. 어디 벗어 봐."

이렇게 되니 당황하는 쪽은 지완이었다.

"변태냐, 너?"

"변태인가? 네가 먼저 보여주겠다고 했잖아."

"그렇다고 같은 사내놈한테 달린 걸 보려는 놈이 어디 있어?"

"여기 있지. 게다가 달려야 할 게 달리지 않았을지도 모르고."

"달렸어."

"그래, 그럼 보여줘."

"됐다."

"뭐야, 기대했는데."

재희가 중얼거리며 숙소 문을 열었다.

"누구 만나러 왔어?"

"찬혁이… 형."

"찬혁이는 지금 없을 텐데. 걔, 숙소에 잘 안 오거든."

"어젠 있었는데."

"어제, 만났어? 숙소에서?"

"응."

"호오."

재희의 얼굴에 흥미롭다는 빛이 떠올랐다. 재희는 턱에 검지를 대고 지완의 얼굴을 꼼꼼히 살펴봤다. 그러더니 처음에 물었어야 하는 질문을 던졌다.

"넌 누구지?"

"임지완. 연습생."

"연습생이라… 처음 보는 얼굴인데."

"네가 모든 연습생을 다 아는 건 아니잖아."

"그야 그렇지. 하지만 너처럼 예쁜 애들은 체크해두지."

"난 남자라고."

"들어와."

재희는 지완의 말을 무시하고 안으로 들어갔다. 지완은 어쩔까 하다가 재희의 뒤를 따랐다.

이번 주 중으로 찬혁을 만나 번호를 받아내야만 했다. 내일부터는 더 바빠질 텐데, 그 강행군 후에 찬혁을 웃는 낯으로 만날 수나 있을지 의심스러웠기 때문이다.

"저녁은? 먹었어?"

"아직. 넌? 아, 형…이라고 해야 하나?"

“마음대로. 호칭은 아무래도 좋지. 난 먹긴 했지만 미인을 위해서라면 한 번 더 먹을 수 있어. 뭐라도 시켜 먹을까? 아니면 네가 요리해줄래?”

“그런 거 하려고 온 거 아니고. 난 찬혁이 형 만나고 나서 바로 집에 갈 거야.”

“흐응.”

재희가 휴대폰을 꺼냈다.

“기다려봐. 찬혁이한테 연락해볼게.”

재희가 찬혁에게 전화를 하는 동안, 지완은 거실에 서서 숙소 안을 둘러봤다. 어제는 분명 굉장히 편하게 느껴졌던 이곳이, 오늘은 그리 편하지 않았는데, 그 이유를 알 수가 없었다. 통화를 끝낸 재희가 말했다.

“찬혁이는 촬영장에 가 있대. 다음 주에나 올라온다네.”

“허, 진짜? 안 되는데.”

“왜? 찬혁이랑 할 일 있어?”

“번호를 따야 돼.”

“번호? 우리 집 비밀번호?”

“아니, 휴대폰 번호.”

재희가 손을 내밀었다. 외모처럼 갸름하고 예쁜 손이 지완의 눈앞에 있었다.

“이건 또 뭐야?”

"폰 줘 봐. 찬혁이 번호 등록해줄게. 서비스로 내 번호도."

"네 번호는 필요 없어. 그리고 이런 식으로 찬혁이 형 번호를 알아내지도 않을 거고."

"왜?"

"응?"

"이런 식으로 알아내는 게 어때서? 무슨 방법이든 알아내면 그만 아니야?"

"그런가?"

"응, 그렇지."

하지만.

그래서는 안 될 것 같았다. 찬혁에게 직접 번호를 받아내야만 할 것 같았다.

"됐어. 다음 주에 찬혁이 형한테 받을래. 간다."

더 이상 이 집에는 볼일이 없었다. 미련 없이 나가려는 지완의 손목을, 재희가 붙잡았다. 호리호리하고 마른 체형이지만 남자는 남자. 지완은 재희의 힘을 이기지 못하고, 그 힘에 딸려 돌아섰다.

재희의 얼굴이 바로 코앞에 다가와 있었다. 숨결이 닿을 만큼 가까운 거리에서, 재희가 말했다.

"임지완."

"뭐 하는…."

"너, 여자 맞지?"

“이거 놔.”

“아무리 봐도 여자인데. 내 눈은 못 속여.”

순간, 공포가 지완을 덮쳐왔다. 재희의 눈에는 장난기가 반, 그리고 남자가 반 담겨 있었다. 반 정도 담긴 남자의 눈빛이, 지완의 심장을 움켜쥐었다.

동시에 과거의 일이 순식간에 부풀어올라 지완을 짓눌렀다. 거대한 원장의 몸통과 냄새 나는 뜨거운 숨결, 축축한 손. 결코 원한 적 없고, 원할 리 없는 남자의 체취.

“이거 놔!”

발작적인 외침에, 재희가 깜짝 놀라 손을 떼었다.

“아니, 놀라게 하려는 게….”

“제길!”

지완은 재희의 변명을 듣지 않고 돌아서서 신발을 신고 숙소를 나가버렸다.

쾅!

거칠게 닫히는 문을 물끄러미 응시하던 재희가, 방금 전 지완의 손목을 잡았던 손을 내려다봤다. 부러질 것처럼 가느다란 손목이었다.

“흐응.”

재희의 눈이 가늘어졌다.

“되게 귀엽네. 왜 남자인 척하는지는 모르겠지만, 우선은 모르는 척해줄까?"

택시 뒷좌석에 앉아 있는 동안 정신이 돌아왔다. 지완은 천천히 호흡하며 차창 밖으로 고개를 돌렸다.

'젠장.'

좋지 않다. 날 향한 사내의 눈빛을 마주할 때마다 일일이 격하게 반응하는 거, 그거 정말 좋지 않다.

'큰일이네.'

차게 식은 손가락 끝에 체온이 돌아오지 않았다.지완은 반대쪽 손으로 손가락을 주물렀다.

'매번 이러면 안 되는데.'

이제 와서 생각해 보면 재희의 눈에는 장난스러움이 더 많았다. 지완을 놀려주고 싶다는 의도가 다분한 행동이었는데도, 겁에 질려 여유롭게 대처하지 못했다. 이래서야 '나는 여자요!'라고 광고하는 꼴밖에 안 된다.

'의연해져야 돼.'

지완은 눈을 감았다.

'그 어떤 일에도 머리카락 한 올 흔들리지 않도록, 의연해져야 돼. 과거는 과거일 뿐이야. 이제 나를 무섭게 할 사람들은 없어. 이

제 나도 옛날처럼 약하지 않고.'

아무 말도 하지 못하고 울음을 참던 어린 소녀의 뒷모습이 그려졌다. 마르고 작은 몸이 바들바들 떨리고 있었다. 십 수 년 전의 그 소녀에서 벗어난 줄 알았는데, 아직은 아닌 모양이다. 사내의 냄새는 여전히 지완을 무섭게 만들었다.

2주가 훌쩍 지나갔다. 헬스와 보컬, 기타 레슨을 받으면서 과외도 받았다. 지완이 정규 교육을 받지 못했기 때문에, 기본 지식이라도 알아야 한다고 현준이 판단했기 때문이었다. 그렇게 정신없이 지내다 보니 2주가 흘러 있었고, 현준은 감사하게도 이틀 휴가를 주었다.

"원래 연습생은 쉬는 날 없이 연습해야 하는데. 넌 파격 대우인 줄 알아."

일과를 끝내고 저녁을 먹으며, 현준이 말했다.

"네, 네. 그거 참 감사하네요."

"'네'는 한 번만 해."

"까다롭긴. 부대표님은 되게 한가하신가 봅니다. 저랑 하루 종일 붙어 계신 걸 보면. 관리해야 하는 연습생이 저 하나도 아닌데."

지완의 말에 현준은 빙그레 미소를 짓기만 할 뿐, 이렇다 할 대답은 해주지 않았다.

"그나저나 모처럼 휴일인데, 뭐 할 거야?"

"글쎄요. 갑작스럽게 받은 거라 아직 생각을 못 해봤는데."

지완은 불고기 한 점을 집어 입에 넣었다. 지난 2주간, 참 잘 챙겨 먹고 다녔다. 현준이 아침, 점심, 저녁만큼은 확실하게 먹도록 했기 때문이다. 거리 생활을 할 때에는 보통 햄버거나 샌드위치, 컵라면으로 끼니를 때웠기에, 삼시 세끼 제대로 된 음식을 먹는 게 아직도 익숙하지 않았다.

'그러고 보니 찬혁이 형은 잘 챙겨 먹고 있으려나?'

찬혁은 조금 마른 편이었고, 햄버거 하나도 제대로 먹지 못했다.

'아직도 번호를 못 땄네.'

몸이 너무 피곤해서 찬혁에 대한 일을 잠시 잊고 있었다. 원래는 찬혁이 서울에 올라오는 날 다시 방문할 예정이었는데, 새까맣게 잊고 있었다.

"찬혁이 형은 아직도 영화 촬영 중이겠죠?"

지완의 질문에 현준이 젓가락질을 멈추고 지완을 빤히 응시했다. 마침 숟가락으로 밥을 뜨고 있던 지완은 현준의 시선을 깨닫지 못하고 계속해서 말했다.

"아직 번호를 못 땄거든요. 형이 서울에 있으면 숙소에 가서 이틀간 각 잡고 번호나 딸까 봐요."

"찬혁이는 아직 로케 중이야. 거의 마무리 단계라서 아예 거기서 생활을 하는 것 같던데."

"아아. 어딘데요?"

"부산."

"잠깐 찾아가봐도 될까요?"

"흐음."

현준은 잠시 뜸을 들이다가 고개를 끄덕였다.

"뭐, 좋겠지. 안 그래도 찬혁이 매니저가 일 때문에 잠깐 서울 올라올 일이 있었거든. 가서 네가 매니저 일 좀 대신 봐줄래?"

"매니저 일요? 제가 할 수 있을까요?"

"대단한 건 없어. 내가 너한테 해주는 정도만 해주면 돼."

"부대표님은 저한테 잘해주시잖아요. 꼼꼼하게 챙겨주시고."

현준의 입가에 미소가 떠올랐다.

"그렇게 생각해주다니 감격인걸. 아무 생각 없는 줄 알았더니."

"사람이 어떻게 아무 생각이 없겠습니까. 늘 감사하게 여기고 있습니다."

"그래, 그래. 그쪽 사람들한테는 말해둘 테니까, 조심해서 다녀와. 언제 출발할 거야?"

지완이 눈을 가늘게 떴다.

"왜 그렇게 서두르시죠? 부대표님, 또 뭔가 꾸미고 계십니까?"

"꾸미긴. 찬혁이 매니저, 얼른 서울로 올라오게 하려고 그러지. 급한 일인데, 찬혁이 혼자 둘 수가 없어서 계속 미루고 있었으니까."

"흐음."

지완은 믿는 눈치가 아니었다. 이래서 눈치 빠른 것들은. 현준은 속으로 혀를 내둘렀다.

한동안 현준의 얼굴을 살펴보던 지완이 어깨를 으쓱하고 말했다.

"어차피 할 일도 없는데, 밥 다 먹으면 출발할게요. 기차, 처음 타 보는데 기대되네요."

지완이 떠난 후, 현준은 사무실로 돌아가 곧바로 찬혁의 매니저에게 전화를 걸었다.

어지간하면 터치하는 일 없는 현준에게 전화가 걸려오자, 매니저는 당황한 목소리로 전화를 받았다.

"네, 부대표님. 어쩐 일로…?"

"서울에 좀 와."

"네? 서울요? 찬혁이 아직 촬영 중인데…."

"응, 찬혁이 두고 와."

"아, 무슨 일이라도 생겼습니까?"

"글쎄. 앞으로 생기게 해보려고. 찬혁이한테는 급한 일 생겼다고 하고 올라와. 그동안 챙겨줄 사람을 보냈으니까."

통화를 끝낸 후, 현준은 검지로 책상을 톡톡 두드리며 생각에 잠겼다.

모두의 관심을 받고 자란 송찬혁, 모두에게서 잊힌 임지완.

유와 무가 만났을 때에 그려지는 그림이 어떨지 짐작조차 할 수 없었다. 수정이 불가능한 무시무시한 그림이 될지도 몰랐다.

그래도 현준은 보고 싶었다.

둘의 색채가 만들어낸 그림을.

"오빠. 눈 빨갛다."

제나가 불쑥 얼굴을 들이밀며 그렇게 말했다. 찬혁은 슬쩍 뒤로 물러섰다.

제나와는 이번이 두 번째 작품이었다. 그래서인지 제나는 유독 거리낌 없이 찬혁을 대했다. 어쩌면 원래 성품 자체가 사교성이 좋은지도 모르겠다.

"잠 못 잤어?"

제나가 물었다. 찬혁은 대답하지 않고 주위를 둘러봤다. 이쯤에서 제나를 돌려보내야 할 매니저가 어디로 갔는지 보이지 않았다.

촬영장에서 필요 이상으로 수다를 떨고 싶지 않았다. 원래 말하는 것을 좋아하지도 않고, 수다를 떨다 보면 감정이 흐트러진다. 여자 주연인 제나와의 연애 감정을 유지해야 했기 때문에, 사적인 대화를 해서 간신히 만들어낸 연애 감정을 부수고 싶지 않았다.

'로맨스가 안 들어가는 줄 알았는데.'

찬혁이 가장 연기하기 어려워하는 장르가 로맨스였다. 여자를 향한 애틋함, 설렘, 두근거림, 그리움 따위의 감정을, 찬혁은 이해할 수도 없고 만들어낼 수도 없었다.

처음 드라마 조연을 맡았을 때, 로맨스 영화와 드라마를 몇백 편 돌려봤다. 감정을 이끌어내지 못하더라도, 눈빛이나 말투 정도는 따라 할 수 있도록. 그게 통했는지, 로맨스 연기로 지적을 받은 적은 거의 없었다.

하지만 따라 하는 데는 한계가 있다. 호흡이 긴 드라마는 어떻게든 대처할 수 있지만, 영화에서는 좀 더 농밀한 감정과 눈빛을 이끌어내지 않으면 안 된다. 이번 영화에서도 그 부분을 몇 번이나 지적받아서 피곤한 상태였다.

'연애라….'

그런 걸 왜 하는지 도통 모르겠다. 연애는 구속의 또 다른 이름일 뿐인데. 왜 사람들은 일부러 연애를 해서 자신의 자유를 박탈당하려고 할까?

"하긴. 요새 오빠 촬영 스케줄이 장난 아니었지. 이제 일주일 정도만 더 찍으면 푹 쉴 수 있겠다."

찬혁의 대꾸가 없어도 제나는 혼자서 잘 떠들었다. 제나의 목소리를 흘려들으며, 찬혁은 고개를 숙였다. 그러고 보니 아까부터 눈이 따끔거리기는 했다. 눈병에 걸렸으면 큰일인데. 매니저에게 안약이라도 좀 사다 달라고 해야 할 것 같다.

'그러고 보니 임지완은 잘 지내고 있나?'

문득 떠오른 생각에 인상을 찌푸렸다.

'그러고 보니'라니. 이 맥락에서 '그러고 보니 임지완'이 왜 떠오른단 말인가. 이 상황 어디에 임지완과 관계된 것이 있다고. 게다가 찬혁은(인정하기 싫지만) '그러고 보니'라는 접속사가 어울리지 않을 만큼, 매일 지완을 생각하고 있었다.

찬혁이 먹다 남긴 햄버거를 먹는 모습, 얼굴을 빤히 들여다보는 모습, 잠든 모습, 해사하게 웃는 모습… 모습, 모습, 모습. 지완과 함께 보낸 그날 벌어진 모든 일과 나눈 모든 대화를 곱씹고, 곱씹고, 또 곱씹었다. 정신을 차리고 보면 지완을 생각하고 있어서, 그것이 무척이나 당혹스러웠다.

'대체 왜?'

그런 질문 또한 수시로 해봤는데, 그 답을 여전히 알 수 없었다.

"아, 오빠. 진이 오빠 일은 어떻게 됐어? 아예 빠지는 거야, 아니면 자숙하고 있다가 돌아와? 풍월은 네 명인 게 보기 좋은데."

"…."

"그러고 보니, 풍월이 단체로 활동 안 한 지도 꽤 됐네. 정규 앨범 듣고 싶다."

그래, '그러고 보니'는 이럴 때 사용하는 거다.

"찬혁아."

그때, 뒤에서 매니저의 음성이 들려왔다.

"아, 형. 마침…."

"미안한데, 나 급한 일이 생겨서 서울에 가봐야겠다."

"응?"

"서울에 뭔가 일이 생겼나 봐."

"아아, 그래."

로케 중에 매니저가 먼저 떠나는 건 처음이었다.

'무슨 일이지? 진이 일인가?'

상습적 마약 복용이 알려져 큰 이슈가 되었던 진의 사건은 슬슬 잊히고 있었다. 사건 사고는 끊임없이 일어났고, 얼마 전 아이돌 여가수가 혼전 임신을 한 사건이 터지면서, 진의 기사가 뒤로 밀려났다. 일부는 이러다가 슬금슬금 다시 활동을 재개하는 것 아니냐고 말했지만, 그럴 일이 없다는 것을 찬혁은 알고 있었다.

MS 엔터테인먼트의 문승호 대표는, 관리하는 연예인의 사생활을 무척이나 중요하게 여겼다. 악의적인 소문이나 비방에 시달리는 건 감싸주지만, 실제 사생활에서 문제를 일으킨다면 두말할 것 없이 아웃. 그 대상이 아무리 유명하고 상품성이 있다고 해도 가차 없었다. 진이 MS 엔터테인먼트 연예인으로 활동하는 일은, 두 번 다시 없을 것이다.

"대신 옆에 있어줄 사람이 곧 온다고 하니까, 당분간 맡기면 될 거야."

매니저가 찬혁을 두고 가는 게 못내 걱정되는 듯 말했다.

"아니, 굳이 다른 사람이 올 거 없는데."

"널 혼자 둘 순 없지. 그럼 볼일 끝나는 대로 서둘러서 내려올게."

매니저가 떠난 후, 다시 촬영에 들어갔다. 두 장면 정도를 찍고 난 후에야 잠시 숨 돌릴 틈이 생겼다. 제나가 귀찮게 하는 게 싫었기 때문에, 찬혁은 트레일러로 들어가 간이 소파에 몸을 눕혔다.

요 며칠 촬영 장면이 대부분 제나와의 로맨스였고, 몇 번이나 NG를 내는 바람에 촬영 스케줄이 길어졌다. 다른 장면들을 찍을 때는 거의 NG가 없었기 때문에 스태프의 빈축을 사진 않았지만, 눈치가 보이는 건 사실이었다.

이래서야 조만간 '그래도 송준호 아들인데 너무하잖아.'라는 말이 나오게 생겼다. 그리고 이 일은 분명 아버지의 귀에도 들어가겠지. 아버지에게 걸려올 전화를 생각하자 숨이 턱 막혔다.

'다음 장면은 NG를 내면 안 돼.'

멀리서 걸어오는 제나를, 애틋하게 응시하는 신이었다. 죽은 줄로만 알았던 그녀가 살아 있는 모습에, 놀람과 경악, 그리움과 애정, 욕망과 슬픔 등 수많은 감정이 범벅되어 응시하는 신.

'보통은 죽은 줄 알았던 사람이 살아 있으면 그냥 놀라지. 무슨 욕망과 슬픔이야?'

짐작조차 할 수 없는 감정의 흐름이었다. 그러나 내일은 단숨에

해내야만 한다.

그동안 봐왔던 로맨스 영화 남주인공의 눈빛을 이미지 트레이닝 하다가 깜빡 잠이 들었나 보다.

달칵,

조심스럽게 문이 열리는 소리에 눈을 떴다. 눈동자만 움직여 문으로 들어온 인물을 확인했다. 이곳에 있을 리 없는 인물이 트레일러 안으로 들어오고 있었다.

'임지완?'

조금 길어진 연갈색 머리카락과 새하얀 피부, 유독 붉게 보이는 입술과 고양이 같은 눈매. 지완은 한쪽 볼을 부풀리고 트레일러 안을 둘러보며 문을 닫았다.

'내가 하다 하다 임지완 꿈까지 꾸는군.'

지완이 이곳에 올 리도, 이곳을 알 리도 없기 때문에, 찬혁은 이 모든 광경이 꿈일 거라고만 생각하고 다시 눈을 감았다.

허무맹랑하게도 지완이 등장한 이 꿈은 무척이나 현실적이라서, 지난번에 맡았던 지완의 향기까지 나는 느낌이었다. 달콤하고 포근한, 햇살 같은 향기. 그래서 날씨 좋은 날, 구름 한 점 없는 맑은 하늘 아래에 누워 있는 기분이 들었고, 기분 좋게 다시 잠을 청할 수가 있었다. 이곳이 촬영장 트레일러 안이라는 것조차 잊고서.

'우와, 개인 트레일러라니. 신기하네.'

조용히 문을 닫으며, 지완은 눈을 굴려, 트레일러 안을 구경했다.

트레일러는 좁지만 깨끗하고 잘 갖춰져 있었다. 커다란 버스 같은 탈것 안에 쉴 수 있는 공간이 마련되어 있는 건 처음 봤다.

'하긴. 뭐인들 처음이 아니겠어.'

현준을 만나고 한 달 남짓. 지난 22년보다 더 많은 것들을 새로이 경험하는 것 같았다.

찬혁은 구석의 간이 소파에 웅크리고 누워 잠을 자고 있었다. 많이 피곤한지, 지완이 들어오는 기척에도 깨지 않았다.

지완은 조용히 걸어가 그 옆에 책상다리를 하고 앉았다. 그리고 가만히 그의 자는 얼굴을 살펴봤다. 고데기를 해서 구불구불하게 만들어 뒤로 넘긴 머리카락, 반듯한 이마와 짙은 눈썹, 기름한 눈과 오뚝한 코, 얇고 붉은 입술.

'진짜 예쁘게 생겼네.'

갸름한 턱선 때문인지, 잡티 하나 없는 흰 피부 때문인지, '잘생겼다.'라는 표현보다는 '예쁘다.'라는 말이 잘 어울렸다. 여장을 해도 잘 어울릴 것 같은 외모였다.

'그런데 왜.'

그의 미간이 신경 쓰였다. 잠을 자는 중에도 잔뜩 찌푸린 표정이었다. 이 모든 것이 숨 막힌다는 듯, 찬혁은 고통스러운 표정으로 자고 있었다.

'이렇게 찡그리고 있어, 형?'

지완은 저도 모르게 손을 뻗어 그의 미간부터 이마, 그리고 머리까지 조심스럽게 쓰다듬었다. 뒤늦게 찬혁이 깰지도 모른다는 생각이 들어 움직임을 멈췄지만, 찬혁은 깨지 않았다. 촬영 일정이 정말로 바쁜 모양이다.

"형. 웃는 얼굴에 복이 온다는 말 있잖아."

안심한 지완이 작은 목소리로 속삭이며, 계속 그의 머리를 쓰다듬었다.

"그게 진짜인지 가짜인지는 모르겠어. 하지만 있지, 너무 찡그리고 있지는 마. 형은 참 예쁘게 생겼고, 많은 걸 가졌으니까, 하나하나 따져보면 꽤 웃을 만한 삶일 거야."

다정한 음성 때문인지, 아니면 손길 때문인지는 모르겠지만 찬혁의 미간에 자리 잡고 있던 주름이 서서히 펴지기 시작했다. 지완은 부드럽게 미소 지으며 계속해서 찬혁의 머리를 쓰다듬었다.

"푹 자, 형. 자고 일어나면 훨씬 더 즐거울 테니까."

누군가 머리를 만지고 있다. 스킨십은 좋아하지 않는다. 아니, 아주 싫어한다. 하지만 조심스럽게 머리를 쓰다듬는 손길이 기분 좋았다. 좋아서, 눈을 뜨고 싶지 않았다. 이런 게 기분 좋다는 건, 지금 이 순간이 꿈이라는 거니까. 꿈이 아니라면 타인의 손길에 기분이 좋을 리 없으니까.

어릴 적, 어머니뻘 여배우가 몸을 더듬은 적이 있었다. 또 어떨 때는 팬들이 서슴없이 몸을 만지기도 했다. 찬혁의 기분과 입장을 조금도 생각하지 않는 접촉이, 찬혁은 끔찍이도 싫었다.

하지만 지금 머리 위에서 움직이는 이 손길은….

'좋다.'

머리카락을 타고 전해지는 체온도, 살짝살짝 움직일 때마다 퍼지는 햇살 같은 향기도.

참 좋다.

그래서 찬혁은 눈을 뜨지 않은 채 그 손길을 즐겼다.

"찬혁이 형은 참 잘도 자는구나. 나는 누가 건드리면 깨는데."

문득 이곳에서 들릴 리 없는 음성이 들려와, 찬혁은 두 눈을 번쩍 떴다. 바로 눈앞에 맺힌 영상에, 찬혁은 숨을 멈췄다.

말도 안 돼. 얘가 왜 여기에?

꿈이 아니었다. 햇살 같은 향기도, 기분 좋은 손길도. 눈을 뜨면 사라지는 꿈이 아니었다.

임지완이 분명히 눈앞에 존재하고 있었다.

가까이에 있는 아몬드형 눈이 커졌다가 가늘어졌다. 그 안에 담긴 눈동자는 여전히 맑고 깨끗했다.

"형, 깼어?"

"너, 왜…."

목소리가 형편없이 잠겨 있었다. 자다 깼기 때문이 아니라, 당혹감을 고스란히 담아낸 음성이었다.

"네가 왜?"

사실은 그런 것보다 다른 게 더 궁금했다.

나는 대체 왜 이 녀석의 손길에 기분 좋았던 거지? 같은 사내놈이잖아!

"아아, 형. 못 들었어?"

지완은 도리어 몰랐냐는 듯 되묻더니, 씩 웃으며 검지로 자신의 턱 아래를 가리켰다.

"오늘내일, 형의 일일 매니저."

휴대폰이 울렸다. 몇 번이나 울렸지만 현준은 받지 않았다.

'송찬혁'

액정에 뜬 이름을 보며 피식 웃었다.

'지완이는 잘 도착했나 보군. 뭘 어쩌고 있을지 궁금한데.'

현장에서 목격하지 못하는 게 아쉬웠다.

'지완이가 실수를 하는 일은 없겠지.'

어째서일까. 만난 지 얼마 되지 않았는데도, 임지완이라는 사람에게 신뢰가 생겼다. 남을 잘 믿지 않는 현준으로서는, 이렇게 빠른 시간에 신뢰를 하게 되는 것이 드문 일이었다.

'생각해보면 의심스러운 부분이 한둘이 아닌데 말이야. 왜 나는 그 녀석의 말을 이렇게까지 믿는 거지?'

불우한 과거 같은 건 누구나 꾸며낼 수 있는 부분이었다. 그런데도 현준은 지완의 과거에 대해 단 한순간도 의심하지 않았다.

'이러다가 뒤통수라는 걸 맞는 일이 생길지도 모르겠군.'

좀 더 정신을 바짝 차려야 하겠다고 생각하는데, 노크 소리가 들렸다.

"들어와."

느릿하게 문을 열고 들어온 인물은 재희였다. 안에 들어와 손을 뒤로 하고 문을 닫은 재희는, 사무실 안을 쓱 둘러보더니 자신의 긴 앞머리를 향해 후, 하고 입김을 불었다. 그러더니 천천히 걸어와 소파 맞은편에 앉았다.

"넌 좀 빠릿빠릿하게 행동할 수 없냐?"

현준의 말에 재희가 피식 웃었다.

"무슨 일이에요?"

"너, 어제 진이 만났다며?"

"아 네, 뭐. 만났죠. 찾아왔더라고요, 제가 자주 가는 바 앞으로."

"뭐라고 하던?"

"자길 버리지 말아 달라던데요."

"그래서 넌 뭐라고 했고?"

"내가 버리지 않는 건 여자밖에 없다고 했죠. 사내놈을 주워서 뭐

하겠습니까."

"넌 인마, 거의 10년간 동고동락한 멤버한테 정도 없냐?"

"정이 없는 건 윤진이죠. 10년간 동고동락한 멤버들한테 폐를 끼칠 거라는 거 뻔히 알았을 텐데 그런 짓을 저질렀으니까. 문 대표님이 적당할 때 기사를 막아줘서 그렇지, 다 드러났으면 우리 풍월도 무사하지 못했을 거예요."

"그래, 그건 그렇지."

진이 저지른 일은 그저 상습적인 마약 복용만이 아니었다. 약에 취해 여자들에게 몹쓸 짓을 했고, 그 일이 새어나가기 전에 문 대표가 손을 써서 기사를 막았다. 재희의 말대로, 그 일까지 이슈가 됐으면 풍월 멤버들에게도 영향이 미쳤을 것이다.

"그런데요, 형. 저 궁금한 게 하나 있는데."

"궁금한 거?"

"임지완."

재희의 입에서 생각지도 못한 이름이 나왔다. 현준은 재희와 지완이 마주쳤을 거라고는 생각도 못 하고 있었다.

"지완이가 왜?"

애써 아무렇지도 않은 척 되물었더니, 재희가 말했다.

"걔, 평범한 연습생 아니죠?"

"연습생에 평범하고 평범하지 않고가 어디 있어?"

"있죠, 가끔은. 요새 형이 임지완 데리고 다닌다면서요? 형, 원래 연습생 잘 안 챙기잖아요."

"세상에서 가장 연습생을 잘 챙기는 사람한테 무슨 그런 실례의 말씀을."

"하하하하. 농담도 재미있게 하시네, 이 형."

재희는 전혀 재미있지 않다는 표정으로 웃었다.

"게다가 임지완, 걔 풍월 숙소까지 드나드는 것 같던데요. 임지완이 풍월의 극성팬이 아니라면 형이 주소를 알려줬다는 건데… 뭘 꾸미는 거예요?"

"꾸미다니. 그래, 지완이 내가 아끼는 연습생이야. 내가 발굴했고, 내가 챙겨주고 싶고. 그래서 너희들이랑 친하게 지내면 여러 가지로 도움이 될 것 같아서 보냈어."

반만 진실을 말했다. 재희는 반만 뜬 눈으로 현준을 물끄러미 응시하다가 어깨를 으쓱했다.

"그래요, 뭐. 그런 걸로 하죠. 그러면 제가 지완이 좀 나서서 챙겨줘도 돼요?"

"네가 왜?"

"제가 잘하잖아요, 그런 거. 찬혁이보다는 낫죠."

이쯤 되니, 지완에 대한 재희의 관심을 모르는 척 넘길 수가 없게 되었다.

재희는 귀찮은 걸 무척이나 싫어하는 성격이었다. 그런 재희가 먼저 나서서 누군가를 챙겨주겠다고 하다니. 재희의 여성 편력을 아는 현준으로서는 걱정이 될 수밖에 없었다.

'설마 이 녀석, 지완이가 여자라는 걸 눈치챈 건가?'

가능성 있는 일이었다. 재희의 촉은 그쪽으로 발달되어 있었다.

"왜 그렇게 봐요?"

현준의 시선에, 재희가 씩 웃으며 물었다. 비밀을 아는 사람은 적을수록 좋았다. 지완이 여자라는 사실은 현준과 문 대표, 그리고 지완 본인만 알고 있어야 한다.

"재희, 너. 쓸데없는 짓 하지 마라."

"형, 그렇게 말씀하시면 서운하죠. 제가 언제 문제 일으킨 적 있습니까? 이래 봬도 사생활 관리 잘해요."

그건 사실이었다. 그렇게 많은 여자들을 만나는데도, 그 흔한 열애설 한번 터진 적이 없으니까.

"지완이, 내가 제대로 한번 키워보고 싶은 애야. 챙겨주고 싶다면 말리진 않겠는데, 쓸데없는 짓은 하지 마라."

"에이, 형. 그런 짓 안 해요. 잘 챙겨줄 테니까, 그 녀석 번호나 알려주세요."

"형, 뭐 시킬 일 없어? 목마르지 않아?"

의자에 앉아 대기를 하고 있던 찬혁이 천천히 시선을 들어올렸다. 물병을 손에 든 지완이 기대에 찬 눈으로 찬혁을 보고 있었다.

"목 안 말라. 시킬 일 없고."

"응, 시킬 일 있으면 어려워하지 말고 불러."

내가 널 왜 어려워해, 라는 말을 하려다가 관뒀다. 너무 친근하게 느껴질까 봐서.

촬영 대기를 하는 30분 동안, 지완은 벌써 몇 번이나 시킬 일이 없느냐고 물어왔다. 다른 때라면 무척이나 짜증 났을 일이다. 당연하다. 감정을 잡아야 하는 와중에 옆에서 계속 말을 거는데, 짜증이 나지 않을 사람이 누가 있겠는가.

연기를 하기 전에는 예민해지고, 찬혁의 매니저조차도 찬혁에게 말을 걸지 않았다. 수시로 치근거리는 제나도, 촬영 전엔 찬혁의 근처에 오지 않았다.

그런데 지완은 이런 일이 처음이라서 그런지 스스럼없이 말을 걸어왔다. 그리고 찬혁은, 그것이 싫지 않다는 사실에 짜증이 났다.

'대체 왜?'

지완에게 너그러워지는 걸까? 저 목소리가, 눈빛이, 행동이 밉다는 생각이 들지 않는 걸까? 대체 왜? 어째서?

"다음 신 들어갑니다. 준비해주세요."

스태프의 말에 메이크업 담당이 와서 찬혁의 얼굴을 마지막으로 점검했다. 상대역인 제나도 멀찌감치 떨어져 헤어스타일을 점검받고 있었다.

지완은 한 발 뒤로 물러나 그 모습을 지켜봤다. '준비해주세요.'라는 말이 나오는 순간부터 찬혁의 눈빛이 변하는 것을, 지완은 똑똑히 목격했다. 더는 말을 걸면 안 될 것 같았다.

진지한 표정이 된 찬혁은 느릿하게 일어나 카메라 앞으로 향했다. 제나도 일어났다. 감독이 뭐라 설명한 후, 촬영이 시작되었다.

찬혁이 멀리서 걸어오는 제나를 응시하는 신이었다. 그냥 서 있기만 하면 되는 줄 알았는데, 어쩐 일인지 NG가 났다.

"찬혁 씨. 감정 좀 더 실어 봐."

감독이 말했다.

'감정….'

그런 게 보이는 걸까? 평소 영화를 즐겨 보지 않고, 더군다나 촬영하는 모습을 처음 보는 지완으로서는 신기할 수밖에 없었다.

다시 촬영이 시작됐고, 또 NG가 났다. 또 NG, NG.

"찬혁 씨. 지금 맞은편에서 걸어오는 건, 죽은 줄 알았던 연인이야. 그냥 놀라기만 하는 게 아니라, 애틋하기도 하고 슬프기도 하고… 그런 감정들 있잖아. 그걸 실어야지."

감독이 조금 짜증스러운 목소리로 설명했다. 들으면서도 지완은 그게 뭔지 도통 알 수가 없었다.

'되게 어렵네. 찬혁이 형, 진짜 힘들겠다.'

자기 일이 아닌데도 손에 땀을 쥐고 지켜봤다. 결국 NG를 몇 번 더 낸 끝에야 촬영이 끝났다.

감독의 표정이 좋지 않았다. 마음에 들지 않지만 더 나아질 것 같지 않아서 오케이를 한 것처럼 보였다.

자리로 돌아오는 찬혁의 표정도 어두웠다. 침잠한 눈으로 바닥을 응시하며 걷는 그의 모습이 안쓰러웠다.

형은 잘했어. 내가 보기엔 정말 잘했어.

그렇게 말해주고 싶지만, 그래서는 안 된다는 것을 알고 있었다. 이것은 일이고, 찬혁은 프로였다. 그 자신도 만족하지 못했기에, 저렇게 어두운 표정을 짓고 있는 것이리라.

말을 걸지 못하고 애꿎은 물병만 두 손으로 꽉 움켜쥐었다.

그때였다.

"위험!"

비명 같은 외침이 들려왔다. 지완의 근처를 지나가고 있던 무거운 촬영 장비가 울퉁불퉁한 바닥에 걸려, 지완을 향해 쓰러지고 있었다.

반쯤 숙이고 있던 찬혁의 얼굴이 번쩍 들어 올려지는 광경이 느릿하게 눈에 들어왔다. 찬혁의 눈동자가 흔들리는가 싶더니, 지완을 향해 손을 뻗어왔다. 커다란 손이 참 예쁘구나, 라는 생각을 하며, 지완은 훌쩍 몸을 날려 옆으로 피했다.

콰광!

장비가 방금 전 지완이 서 있던 곳으로 쓰러지며 커다란 소리를 냈다. 하마터면 인명 사고가 날 뻔했다. 사람들이 하얗게 질린 얼굴로 지완을 보고 있었다.

하지만 정작 당사자인 지완은 아무렇지도 않게 벌떡 일어나, 옷에 묻은 먼지를 툭툭 털어냈다. 그리고 눈을 부릅뜬 찬혁을 향해 배시시 웃으며 말했다.

"형, 나 진짜 잽싸지?"

"…."

"내가 순발력이 좀…."

말을 끝낼 수 없었다. 뻗어오다가 허공에서 멈췄던 찬혁의 손이 지완의 손목을 움켜쥐었던 것이다. 아플 정도로 세게 손목을 잡은 찬혁이 지완을 끌어당겼다.

"위험했어, 너!"

찬혁이 언성을 높였다. 그의 눈동자가 지완을 똑바로 응시하고 있었다. 검고 검은 눈동자에 담긴 것은 오롯이 임지완 한 명이었다. 이 주위를 둘러싼 사람들은 아무도 들어오지 않는다는 듯, 찬혁은 그렇게 지완만을 응시하며 외쳤다.

"웃을 일이 아냐! 너 진짜로 크게 다칠 뻔했다고!"

찬혁의 격한 반응에 놀란 건 지완이 아니었다. 그 모습을 지켜보던 사람들이 더 놀랐다. 찬혁은 어떤 일이 있어도 감정을 잘 드러내지 않기로 유명했다. 쓴소리를 들어도, 상대가 짜증 나게 만들어도, 찬혁은 항상 무심한 표정을 유지했다. 감정을 드러내는 것이 무척이나 고되다는 듯이. 찬혁이 언성을 높일 때는 연기를 할 때밖에 없었다.

그런 찬혁이 소리를 지르다니. 그것도 저렇게나 격한 표정을 지으면서.

촬영장이 조용해졌다. 모두가 숨을 죽이고 지켜본다는 것을 깨닫지 못한 듯, 찬혁은 지완을 노려봤다. 시간이 멈춘 것만 같다고, 지완은 생각했다.

'뭐지?'

심장이 꽉 죄어왔다.

'왜 이러지?'

어째서인지 눈물이 날 것만 같았다.

무슨 일이 있어도 울지 않았다. 좁고 어두운 장롱 안에 갇힌 어린 소녀는, 울어봐야 달라지는 것이 아무것도 없다는 것을 깨달았다. 아무리 울어도, 절규해도 구원의 손길 같은 것은 없다는 것을, 너무 이른 나이에 알게 되었다.

그래서 결심했다. 울지 않겠다고. 덧없는 눈물 따위 흘리지 않겠다고. 그 어떤 일에도 머리카락 한 올 흔들리지 않겠다고. 그렇게 단단히 살아남겠다고.

그런데 왜?

왜 지금?

울 일이 아니었다. 위험한 순간이었지만 잘 피했고, 찬혁은 지완을 걱정해주고 있었다.

울 일이 아닌데, 기뻐할 일인데. 어째서 이렇게 가슴이 죄고 눈가가 시큰거릴까?

나 괜찮아, 걱정해줘서 고마워, 형.

그렇게 말하면 되는데, 왜 목소리가 나오지 않을까?

그리고 왜.

저 검은 눈동자에서 시선을 돌릴 수가 없을까?

"…미안."

자기가 잘못한 일도 아닌데, 간신히 내뱉은 한마디가 사과의 말이었다.

"미안해. 조심할게."

지완이 속삭이자 찬혁의 표정이 누그러졌다. 손목을 잡은 손에서도 힘이 빠졌다.

그제야 그에게 잡혔던 손목이 몹시도 뜨겁다는 것을 깨달았다. 지완은 황급히 손을 빼내고 그에게 잡혀 있던 부분을 감싸 쥐었다.

찬혁은 잠시 그 모습을 지켜보다가 휙 돌아섰다. 걸어가는 그를 지켜보고 있노라니, 찬혁이 흘긋 돌아보며 말했다.

"뭐 해? 안 따라오고?"

"방금 뭐였어?"

처음 입을 연 건, 촬영감독이었다.

"방금 그거, 송찬혁이었던 거 확실해?"

"그러…게요…."

"송찬혁이 소리 지른 거야, 그거? 정말이야?"

"그러니까요…."

스태프들이 모여들었다. 그들은 제각각 찬혁의 행동에 대해 떠들어댔다. 찬혁이 소리를 지를 줄도 알았던 거냐, 그런 표정은 처음 본다, 찬혁에게도 감정이 있었구나, 로봇인 줄 알았는데….

그런 이야기를 하는 내내, 제나는 팔짱을 끼고 못마땅한 표정으로 그들의 대화를 듣고 있었다. 그러다가 대화가 마무리될 때쯤, 그들 사이로 끼어들며 물었다.

"그런데요. 찬혁이 오빠랑 같이 있던 남자, 도대체 누구예요?"

스태프들과 배우들 사이에서 지완이 누구인가, 그리고 여자인가 남자인가에 대한 의견이 분분한 가운데….

찬혁은 숙소를 향해 운전을 하는 중이었다.

"내가 모셔야 하는데."

조수석에 앉아 있던 지완의 목소리에 움찔한 이유는, 이제야 자신이 촬영장에서 한 행동을 민망해하는 중이었기 때문이다.

'내가 뭔 짓을 한 거지?'

찬혁은 혼란스러웠다.

위험한 상황이기는 했다. 무거운 장비가 그대로 쓰러져서 지완을 덮쳤더라면, 중상을 입었을 것이다. 연습생이라서 한창 바쁜 지완이 중상을 입어 입원하면, 스케줄이 완전히 꼬이게 된다. 일에 있어서는 철두철미한 현준이 크게 화를 낼지도 몰랐다. 그러나….

'그런 이유 때문이 아니었지.'

연습생이며, 스케줄이며, 현준이며. 그런 것은 아무래도 좋았다. 찬혁은 원래 그런 것들을 신경 쓰는 성격이 아니었다.

그저 화가 났다. 위험한 상황이었는데도 웃는 지완의 모습이 무척이나 위태로워 보였다. 그때 지완의 얼굴에 떠오른 미소는 언제나 해사하게 보였던 그것이 아니었다. 사막에 부는 모래바람처럼 황량하고 건조한, 금방이라도 아스러질 것만 같은 미소였다.

나는 죽어도 돼. 나는 다쳐도 돼. 언제나 그런 것을 각오하면서 살고 있어. 이런 건 아무것도 아냐.

그렇게 말하는 것처럼 보였다.

'하지만 설령 그렇다 해도 내가 상관할 일이 아니야.'

그리 생각하지만, 신경이 쓰였다. 정차 신호에 걸렸을 때 차를 멈추고 있다가, 흘끗 지완의 얼굴을 훔쳐봤다.

지완은 한쪽 볼을 부풀리고 앉아 있었다. 곤란할 때나 할 말이 없을 때면 저런 표정을 짓는다는 걸, 이제는 알게 되었다.

"형."

문득 지완이 찬혁을 돌아보는 바람에 눈이 마주쳤다.

"신호 바뀌었어."

당황했다. 얼굴이 확 달아올랐다. 찬혁은 황급히 시선을 정면으로 향하고 액셀을 밟았다.

'미치겠군. 대체 왜 이러지?'

눈 좀 마주쳤다고 얼굴을 붉힐 이유는 전혀 없었다. 그런데 왜 나는 이렇게 당황하고 얼굴까지 붉히는 걸까? 나, 진짜 미쳤나?

어색함이라는 단어를 어떨 때 사용하는지, 이제야 알게 되었다. 촬영장에서 숙소까지 먼 거리도 아닌데, 차 안에 있는 시간이 숨 막히도록 어색했다.

지완은 한쪽 볼을 부풀리고 차창 밖을 응시했다. 처음 와본 부산의 경치가 빠르게 흘러가는데, 그것이 눈에 들어오지 않았다. 차 안의 무거운 공기에서 벗어나고 싶다는 생각뿐이었다.

'갑자기 왜 이러지?'

처음에 차를 탔을 때만 해도 괜찮았다. 그런데 어느 순간부터 '어색하다.'라는 생각이 들기 시작했다. 무슨 말이든 하고 싶은데 할 말조차 생각나지 않았다. 이런 일은 처음이었다.

'정말 왜 이러지?'

찬혁과 단둘이 있는 게 처음도 아닌데, 왜 이리도 숨이 막힐까?

'아, 그래. 그때부터였어.'

신호가 바뀌었는데도 찬혁이 출발할 생각을 하지 않기에 고개를 돌렸는데, 그가 이쪽을 보고 있었다. 눈이 마주쳤고, 굉장히 당황했다. 애써 아무렇지도 않은 척 신호가 바뀌었다고 알려주기는 했지만, 그 이후로 어색한 분위기가 감돌았다.

원래 말이 없는 찬혁은 이 고요함을 즐기고 있을지도 모른다. 하지만 지완은 그럴 수가 없었다.

'아깐 왜 그렇게 당황했을까? 눈이 마주치는 게 처음도 아닌데.'

그런 생각을 하다 보니, 차가 호텔 주차장으로 들어서고 있었다. 호화 호텔에 묵을 줄 알았는데, 의외로 평범하고 작은 호텔이었다. 드디어 할 말이 생각났다.

"형, 되게 비싼 데 묵을 줄 알았는데, 의외로 소박하네?"

"응. 이런 데가 보는 눈이 없으니까."

기다렸다는 듯 찬혁의 대답이 돌아왔다. 다행히 어색한 기운도 가셨다.

"형, 내일은 촬영 몇 시야?"

"여기서 오전 6시에는 출발해야 돼."

"저녁 먹고 씻고 하면 잠잘 시간도 부족하겠네."

"응. 그런데 넌 어쩔 거냐? 서울 안 가냐?"

"말했잖아, 일일 매니저라고. 매니저님 돌아오실 때까지는, 내가 형의 매니저야."

"하. 매니저가 언제 돌아올 줄 알고."

"어차피 내 휴가도 이틀 뒤면 끝이야. 내일까지는 내가 같이 있어 줄게."

"내가 애도 아니고. 필요 없으니까 돌아가."

"왜 그렇게 돌려보내려고 그래? 몰래 만나는 여자라도 있어?"

"있으면? 순순히 돌아가주게?"

"돌아갈 순 없지. 하지만 방해는 안 할게."

"하."

찬혁이 작게 한숨을 내쉬고 차에서 내렸다.

"너 진짜 끈질기다. 자존심도 없냐?"

"자존심을 챙기면서 살 만한 인생은 아니었거든. 아, 이 호텔에 남는 방이 있으려나?"

"비수기니까 있겠지."

"형이랑 같은 층으로 쓰면 좋겠다."

그렇게 말하며, 지완이 찬혁을 향해 싱긋 웃었다. 그러자 찬혁은 지완이 웃을 때면 늘 그렇듯 슬쩍 뒤로 물러났다.

역시 내가 웃는 얼굴은 무척이나 무서운가 보다.

'진짜 거울 보면서 웃는 연습 좀 해야겠네.'

부산 로케를 올 때마다 찬혁이 묵는 곳인지, 카운터 직원들은 찬혁을 알아봤으면서도 특별히 아는 척을 하지는 않았다.

"방 하나를 더 잡으려고 하는데, 남는 방은 있습니까?"

찬혁의 말에 직원이 컴퓨터를 확인했다.

"네, 있습니다. 어느 방으로 드릴까요?"

"…저랑 같은 층으로."

"네, 고객님. 잠시만요. 더블이랑 트윈이 있는데, 어느 방으로 원하시나요?"

"더블로 주세요."

방은 8층에 있었다. 엘리베이터를 타며, 지완이 말했다.

"형, 고마워."

"뭐가?"

"형이랑 같은 층으로 하고 싶다는 말 기억해줘서."

"…."

"이따 밤에…. 아, 맞다. 형은 일찍 자야 하지."

"이따 밤에, 뭐?"

찬혁이 물었다.

"아니, 그냥. 이따 밤에 가능하면 파자마 파티나 하자고 하려고 했지."

"파자마 파티?"

"응, 친구끼리는 그런 거 하는 거 아냐?"

"그건 어디서 본 규칙이냐?"

"뭐, 꼭 파자마를 입지는 않더라도 같이 밤새 술도 마시고 야식도 먹고 밤새도록 대화도 하고… 그러던데. 하지만 형은 내일 촬영이 있으니까 오늘은 포기할게."

"오늘은 포기하는 거면, 언젠가는 할 거라는 소리냐?"

"응, 당연하지."

"그게 왜 당연한 일인지 모르겠군."

대화를 하는 사이에 엘리베이터가 8층에 멈췄다. 복도를 걸어가며 찬혁이 물었다.

"이제 뭐 할 거야?"

"음. 글쎄. 부산은 처음이라서 관광이나 해볼까 하고. 내려오면서 검색해보니까 여기 밀면이라는 게 맛있다던데. 씨앗호떡이랑."

"부산이 처음이라고?"

"응. 사실 기차도 처음 타봐서, 아까 KTX 타는 데 좀 애먹었어. 아, 여기 내 방이다."

지완이 카드키를 입력부에 대고 문을 여는 동안, 찬혁은 그 옆에 가만히 서 있었다. 문손잡이를 잡은 채로 지완이 물었다.

"형은 안 들어가?"

"잠깐만."

거기까지 말하고 찬혁은 고개를 숙였다.

'나, 진짜 왜 이러지?'

하마터면 '그럼 같이 관광이나 하자.'라고 말할 뻔했다. 충동적으로 튀어나온 말을 간신히 삼키고 "잠깐만."이라고 하긴 했지만, 사실은 지금도 말하고 싶다.

같이 나가자.

'그런데 왜?'

사내놈과 단둘이 어울리는 취미는 없다. 아니, 사내놈뿐만이 아니다. 찬혁은 그 어떤 사람과도 어울리는 것이 싫었다.

게다가 관광이라니. 부산은 지긋지긋할 정도로 자주 와봤고, 호텔 밖으로 나서는 순간 사람들이 따라붙을 것이 뻔했다. 찬혁의 행동 하나하나가 이슈가 될 거고, 인터넷에 올라올 거고, 기사로 만들어질 것이다. 그러고 나면 전화가 걸려오겠지.

단도리 잘해라.

'빌어먹을 단도리.'

그럼에도 찬혁은, 지완을 혼자 내버려둘 수가 없었다. 부산도 처음, 기차도 처음이라는 지완이 왠지 위태로워 보였기 때문이다.

찬혁이 감정을 갈무리하고 고개를 들었을 때, 지완은 '이 형이 왜 이러나?' 하는 표정으로 찬혁을 지켜보고 있었다. 한쪽에만 쌍꺼풀이 있는 눈, 그 안에 갇힌 연갈색 눈동자가 유독 선명했다.

"나가자."

그 눈을 똑바로 볼 수가 없어서, 찬혁은 휙 돌아서며 말했다.

"어?"

"나가자고. 배고프다."

"아, 맞다. 형, 아직 저녁 안 먹었지? 진짜 배고프겠다."

"어."

"난 기차 타고 오면서 뭐 좀 사먹었어. 그, 카트 끌고 다니는 거 있잖아. 거기서. 이런 기회가 또 어디 있나 싶어서 잔뜩 사먹었지."

재잘재잘 들려오는 음성이 싫지 않았다. 싫기는커녕 더 많이 들려주면 좋겠다는 생각까지 들었다.

"형, 우리 뭐 먹으러 갈 거야?"

엘리베이터에 타며 지완이 신난 목소리로 물었다.

사실 찬혁은 그리 배가 고프지 않았다. 끼니를 거르는 것은 찬혁의 일상이었고, 삶을 유지할 수 있는 수준으로만 먹고 있었다. 그나마도 대부분 단백질 보충제 따위로 때우곤 했다.

그런데 나는 왜 먹지도 않는 걸 먹겠다고 하면서까지 이 녀석이랑 나가고 싶어하는 걸까? 지완을 만날 때마다 '왜?'라는 질문이 끊이질 않는다.

"넌 뭐 먹고 싶은데?"

"우선은 돼지국밥."

"우선이라 함은… 그다음도 있다는 거냐?"

"밀면도 먹어야지. 비빔당면도 맛있대. 그다음에 어묵도 먹고…."

"우리, 지금 한 끼 먹으러 나가는 거야."

"응, 한 끼."

지완이 당연한 말을 한다는 듯 찬혁을 올려다봤다.

"넌 위장이 일자로 되어 있냐? 먹으면 바로 소화가 돼?"

"그런 건 아니지만 먹을 수 있을 때 잔뜩 먹어두자는 주의라서. 그러고 보니, 형은 그렇게 많이 못 먹지. 걱정 마, 형 몫까지 내가 먹을 테니까."

관광은 돼지국밥 반을 먹기도 전에 끝이 났다. 찬혁을 알아본 사람들이 사인을 해 달라고 몰려오고, 사진을 찍어댔기 때문이다. 모자를 푹 눌러쓰고 마스크를 했는데도 찬혁을 알아보는 사람들이, 지완은 신기하기만 했다.

"미안."

찬혁은 말했다. 사람들에게 떠밀리는 지완을 향해, 작지만 분명한 목소리로 찬혁은 미안하다고 했다.

'형이 미안해할 일은 아니었는데.'

도망치듯 밥집을 나와 차를 탄 찬혁이, 여전히 근처에 서서 기웃거리는 사람들을 벗어나며 말했다.

"미안하다. 난 안 되겠다. 어디 가고 싶은 데 있으면 거기에 내려 줄게."

"아냐, 형. 형이 미안할 거 없잖아. 아, 뭐. 얼굴이 잘생긴 건 형 탓이지만. 아, 그런 얼굴을 물려준 부모님 탓이라고 해야 하나?"

"부모님 탓이라."

찬혁이 쓰게 웃었다.

"그럴지도. 하여간 가고 싶은 데 말해."

"없어. 그냥 호텔로 가자."

"날 생각해서 그러는 거라면…."

"졸려. 요새 제대로 못 잤거든. 호텔로 갈래."

졸리지 않았다. 하지만 찬혁을 혼자 호텔에 보내고 싶지 않았다.

결국 함께 들어와 찬혁은 그의 방으로, 지완은 자신의 방으로 들어왔다.

'진짜 힘들겠다. 유명인이라는 거.'

밥 한 끼 먹으러 나가는데 모자와 마스크로 중무장을 해야 하고, 그런데도 사람들에게 둘러싸이는 삶을, 찬혁은 살아왔다.

'형은 어릴 때부터 연예계 생활을 시작했으니까, 그때부터 숨이 막혔겠구나.'

이제야 찬혁의 세계가 조금은 실감이 됐다. 어디를 가도 아는 사람이 없는 지완으로서는, 조금 부럽기도 한 삶이었다.

'하지만 형은 싫을 거야. 오히려 나처럼 살고 싶다고 생각할지도 모르지.'

지완은 샤워를 하고 나와 침대에 누웠다. 눈을 감자, 밥집에서 찬혁이 지었던 표정이 떠올랐다. "미안."이라고 말하던 난처한 얼굴. 잘생긴 얼굴이 난처함으로 물드는 모습을 떠올리자 괜히 가슴께가 간질거렸다.

'그러고 보면 찬혁이 형도 귀여운 구석이 있어. 처음에 내가 바지 벗어서 확인시켜준다고 했을 때도 사색이 됐지. 강재희는 오히려 보여달라고 기다리고 있었는데.'

재희와 마주친 이후 처음으로 강재희라는 인물을 떠올렸다. 나른해 보이지만 쉽게 상대하기 힘든 인물이란 생각이 들었다.

'그 사람은 조심해야겠어. 아무래도 촉이 좀 좋은 것 같아.'

지완은 풍월의 활동 영상을 검색해서 찾아보다 까무룩 잠이 들었다. 눈을 떴을 때는 새벽 5시를 조금 넘긴 시간이었다. 찬혁은 6시에는 촬영장으로 출발을 해야 한다고 했다.

지완이 황급히 씻고 나왔을 때, 똑똑, 노크 소리가 들려왔다. 누구냐고 묻지도 않고, 지완은 문을 열었다. 이미 완벽하게 준비를 끝낸 찬혁이 문 앞에 서 있었다. 지완의 젖은 머리를 본 찬혁이 당황한 표정으로 한 걸음 뒤로 물러났다.

"형, 벌써 준비 다 했어? 나 옷만 갈아입으면 돼."

"너."

찬혁의 목소리가 잠겨 있었다. 찬혁은 흠, 헛기침을 해서 목소리를 가다듬고 다시 입을 열었다.

"너, 문 열기 전에 누군지는 확인하고 열어."

"아, 그거. 내가 이런 게 익숙하지가 않아서."

"이런 거?"

"응, 뭐. 아무튼 형, 나 옷 금방 갈아입을게. 잠깐만 기다려줘."

"그럴 필요 없어."

찬혁이 문을 잡고 말했다.

"서울로 돌아가."

"하지만…."

"촬영 마무리 단계야. 집중해서 찍고 싶다."

"아…."

그런 소리를 들으니, 지완도 더는 고집을 부릴 수가 없었다. 번호를 따는 것보다는 찬혁이 제대로 촬영을 마치는 것이 더 중요했다. 어제 촬영을 끝낸 찬혁은 무척 지쳐 보였고, 지완은 두 번 다시 그런 표정을 보고 싶지 않았다.

"연락처."

그때, 찬혁이 말했다.

"알려줄게."

지완의 눈이 커졌다.

"정말?"

"어. 폰 줘 봐."

"잠깐만!"

지완이 휙 돌아서서 안으로 달려갔다. 그 모습을 지켜보며, 찬혁은 작게 한숨을 내쉬었다.

'미치겠네.'

간밤에 제대로 잠을 잘 수가 없었다. 늘 있었던 만성 불면증 때문이 아니었다. 지완에 대한 생각 때문이었다.

어제 지완을 만난 후로 벌어진 모든 생각과 행동을 납득할 수가 없었다. 그래서 그것들을 납득하기 위해 여러 가지 이유를 찾느라 잠을 설치고 말았다.

'결국 답은 못 찾았지.'

찾은 것이라고는, 지완이 여기에 있는 한, 일에 집중할 수가 없을 거란 예감뿐이었다.

"여기!"

다시 문 앞으로 돌아온 지완이 휴대폰을 내밀었다. 지완의 휴대폰은 잠겨 있지 않았다. 찬혁은 자기 번호를 입력한 후에 돌려주며 말했다.

"휴대폰 사생활 보호 설정해놔. 잃어버렸을 때 개인 정보 나가지 않게."

"응, 그럴게."

지완이 휴대폰을 켜서 전화번호부에 등록된 찬혁의 이름을 신기하다는 듯 들여다보며 대답했다. 즐거워 보이는 듯한 그 모습을 계속 지켜봤다가는 쓸데없는 소리를 할 것만 같았다.

"그럼 간다."

찬혁은 무뚝뚝하게 말하고는 돌아섰다. 채 한 걸음 걷기도 전에, 지완이 찬혁을 불러 세웠다.

"형."

찬혁은 대답 없이 지완을 돌아봤다. 문손잡이를 잡고 복도로 반쯤 몸을 내민 지완이 환하게 웃으며 말했다.

"오늘 촬영은 괜찮을 거야. 그런 예감이 들어."

힘을 주려고 하는 말일까? 아니면 정말로 그런 예감이 들어서 아무 생각 없이 내뱉은 말일까?

어느 쪽이든 상관없었다. 허스키한 음성과 함께 보여준 해사한 미소 덕분에, 괜찮은 기분이 들었으니까.

촬영장에 도착해 메이크업을 끝냈을 때, 휴대폰이 문자 수신을 알렸다. 무심히 문자를 확인한 찬혁의 입가에, 그 자신도 깨닫지 못한 미소가 묻어나왔다.

"형, 나 지금 기차 탔어!"

지완이 브이 자를 그리며 웃는 사진이 첨부되어 있었다. 사진으로도 지완의 미소는 해사했다. 마치 햇살을 끌어모은 듯.

답장을 해줄까 말까 고민을 하는데, 제나가 다가왔다.

"오빠, 뭘 보고 그렇게 웃어? 오빠 웃는 거 처음 보네."

'웃었다고? 내가?'

당황스러워서 얼른 표정을 갈무리했다.

찬혁이 대답을 하지 않았는데도 제나는 불쾌한 기색이 없었다. 찬혁의 무응답은 유명했기 때문이다. 제나는 의자를 끌어다가 찬혁의 옆에 앉으며 물었다.

"어제 걔는 누구야?"

"…."

"어젠 정말 놀랐어. 오빠가 그렇게 소리 지르는 거 처음이었잖아. 그런데 오빠, 걔 여자야, 남자야? 여자 같아 보이기는 하는데, 오빠한테 형이라고 했잖아. 남자야? 되게 예쁘던데."

"어, 남자."

남자다. 지완은 남자다. 찬혁에게 '형'이라고 부르는 남자.

그런데 나는 왜 녀석의 문자를 보며 웃게 되는 걸까?

"뭐 하는 애야? 오빠랑 친한 애야?"

"…."

"나중에 나도 좀 소개해줘. 되게 궁금하다. 오빠를 흥분하게 만들다니."

"흥분한 적 없어."

"없기는. 만약 걔가 여자였더라면 나, 좀 질투할 뻔했어. 오빠가 그렇게 열정적으로 사람을 대하는 건 처음이니까. 오빠는 모두한테 무관심이잖아."

"…."

"이것 봐. 이렇게 대답도 잘 안 하고."

재잘재잘 떠드는 제나가 성가셨다. 얘는 왜 이렇게 자꾸만 달라붙을까?

제나가 찬혁에게 호감이 있다는 것은 이미 알고 있었다. 예전에 함께 드라마 촬영을 한 후에, 제나는 지속적으로 연락을 해왔다. 응답한 적은 한 번도 없었지만. 때로는 풍월 콘서트에 오기도 했고,

얼마 전에는 소속사를 MS로 옮기기까지 했다.

제나도 연예계 생활을 오래한 만큼 기삿거리가 될 만한 행동을 하지는 않았지만, 찬혁과 제나의 지인들은 제나의 마음을 어느 정도 눈치채고 있었다.

하지만 찬혁은 누구와도 연애할 생각이 없었다. 결혼 또한 마찬가지였다. 연애도, 결혼도 또 다른 속박의 일종이다. 지금도 숨이 막히는데, 더한 지옥에 들어가고 싶지 않았다.

지완이 말한 대로 오늘 촬영은 괜찮았다. 제나가 저녁을 같이 먹자고 하는 걸 거절하고, 곧바로 숙소로 돌아왔다. 저녁을 먹을 생각이 들지 않아서 씻고 침대에 누웠는데, 휴대폰이 울렸다.

'임지완'

액정에 뜬 이름을 보고 찬혁은 미간을 좁혔다.

'이 시간에 왜 전화를 하지?'

말이 저녁이지, 밤 11시를 넘긴 시각이었다.

"형! 촬영 끝났어?"

전화를 받자마자 지완의 경쾌한 목소리가 들려왔다.

"어."

"이쯤 끝나지 않았을까 싶어서 전화했어."

"아아, 그래?"

"저녁은 먹었어?"

"아직."

"아직이 아니라, 아예 안 먹으려는 거 아냐? 밥 좀 챙겨 먹어. 형은 너무 말랐어."

"신경 꺼."

"신경을 어떻게 꺼. 우린 이제 서로 번호도 아는 친구 사이인데."

"왜 전화했냐?"

"친구니까. 오늘 있었던 일도 보고할 겸."

"너, 친구라는 것에 대해 상당 부분 오해하고 있는 것 같은데."

"무슨 오해?"

짚어줘야 할 곳이 너무 많아서, 도리어 말문이 막혔다. 얘는 친구를 사귀어본 적이 정말로 없는 걸까? 문득 지완이 어떤 인생을 살아왔는지 궁금해졌다.

지완은 딱히 대답을 듣고 싶은 게 아니었는지, 별로 오래 기다리지도 않고 자기 이야기를 시작했다. KTX를 타고 가면서 또 뭔가를 사먹었고, 서울역에 내려서 아이스크림을 먹었고, 어느 노숙자가 담배를 달라고 들러붙었고, 전철을 타고 가는데 어떤 아주머니와 아저씨가 큰소리로 싸웠고…. 그렇게 찬혁이 전혀 관심도 없는 이야기를 한참 동안 나열했다.

지완이 이야기를 하는 내내 찬혁의 입가에는 옅은 미소가 묻어 있었는데, 그것을 찬혁 본인도 깨닫지 못했다. 찬혁은 그저 '목소리, 진짜 좋네.'라고 생각하고 있었다.

제나의 수다는 성가시다. 현준이나 재희, 민하의 수다도 귀찮다. 하지만 왜일까. 찬혁은 지완의 이야기가 더 길게 이어지면 좋겠다는 생각이 들었다.

"형은 어땠어?"

하루 일과를 완벽하게 보고한 지완이 물었다.

"뭐가?"

"오늘 촬영."

"썩 괜찮았어."

"잘됐다, 형. 내일 촬영은 꽤 만족스러울 거야."

"그래."

"으아, 너무 늦었다. 그럼 형, 푹 자고 내일도 촬영 잘해!"

전화가 끊겼다. 찬혁은 끊긴 휴대폰을 손에 쥐고 한동안 물끄러미 응시하다가 작게 한숨을 내쉬었다.

'내가 지금 뭘 하고 있는 거지?'

'와, 이거 기분 되게 이상하다.'

지완은 끊긴 휴대폰을 허공에 들고 물끄러미 응시했다. 침대에 누워 누군가와 전화 통화를 해본 건 처음이었다. 자기의 하루를 미주알고주알 떠들어댄 것 역시 처음. 푹 자, 라는 말로 대화를 마무리 지은 것도 처음이었다.

가슴이 간질간질했다.

'진짜 이상하네.'

지완은 휴대폰을 가슴 위에 살포시 내려놨다. 현준을 만나서, 자신의 인생에 존재하지 않을 거라고 생각해왔던 많은 것들을 얻게 되었다. 편하게 잠잘 곳, 통장, 휴대폰…. 하지만 그중 가장 좋은 건 바로 이거였다.

친구.

사람들은 태어나서 유치원, 초중고를 다니며 자연스럽게 친구를 사귀게 된다. 하지만 지완에게는 그런 기회가 없었다. 남들이 당연하게 얻는 기회를, 지완은 한 번도 얻지 못했다. 그런데 지금 친구가 생겼다.

'친구 1호네.'

찬혁을 생각하면 괜히 웃음이 나왔다. 지완이 웃을 때마다 뒷걸음질을 치는 모습도, 처음 만났을 때 당황하던 모습도, 책을 읽는 모습도, 난처한 듯 사과하던 모습도. 하나하나 생생하게 떠올라 심장 위에 따스하게 내려앉았다.

'친구라는 거, 되게 좋구나.'

자신이 이렇게 말이 많은 성격인 줄은 몰랐다. 이런저런 이야기를 하는 게 즐거워서, 시간이 가는 줄도 몰랐다. 뒤늦게 찬혁이 피곤할 것이라는 데 생각이 미쳐서, 아직 할 말이 많았는데도 말을 끊었다.

'더 얘기하고 싶다. 밤새도록.'

그래서 친구끼리는 파자마 파티라는 걸 하는 모양이다.

'다음에는 꼭 하자고 해야지. 파자마 파티.'

눈을 감자 사르르 잠이 쏟아졌다.

'찬혁이 형, 내일 촬영도 잘했으면 좋겠다.'

시간은 순식간에 흘러갔다. 각종 레슨을 받으며 지내다 보니, 찬혁의 로케 현장에 다녀온 후로 어느새 또 2주가 흘렀다.

이제는 체력이 좀 붙었는지, 일과를 끝내고 집에 돌아왔을 때 전처럼 피곤하지 않았다. 아니, 어쩌면 밤마다 찬혁과 하는 통화 때문일지도 모르겠다. 찬혁에게 특별한 일정이 없는 한, 지완이 거는 전화를 찬혁은 늘 받아주었다.

피곤한 듯 목소리가 잠겨 있을 때도 있었다. 그럴 때면 지완은 "형, 피곤하면 끊을까?"라고 물었고, 찬혁은 "아니, 괜찮아."라고 대답했다. 그 대답을 듣는 게 좋아서, 지완은 가끔 마음에도 없이 질문을 던지기도 했다.

계절은 완연한 봄으로 접어들고 있었다. 날씨가 좋은 날 낮에는 조금 덥다는 느낌까지 들었다.

'곧 여름이 오겠네.'

보컬 레슨을 끝내고 나오며, 지완은 고개를 들어 하늘을 올려다봤다.

'여름은 싫은데.'

특별히 더위를 많이 타기 때문이 아니라, 옷이 얇아지기 때문이었다. 얇은 옷은 지완의 몸매를 드러나게 만들었다. 최대한 가릴 수 있는 헐렁한 옷에 점퍼를 걸치고 다녔지만, 폭염주의보가 내린 날에는 그렇게 입고 돌아다닐 방도가 없었다. 그래서 지완에게 여름은 곤란한 계절이었다.

현준은 주차장에 주차된 차에 기대어 누군가와 통화를 하는 중이었다. 현준이 통화를 끝낼 때까지 멀찌감치 떨어져서 기다렸다.

통화를 끝낸 현준이 손짓을 했다. 지완이 다가가자 그가 말했다.

"오늘은 헬스 빼고 어디 좀 가자."

"어디요?"

현준이 빙그레 웃었다.

"네 집."

내 집.

평생 사용하게 될 줄 몰랐던 말을 쓰게 되었다.

내 집.

내 것이라고는 아무것도 없었다. 하루하루 얻는 돈과 음식, 그리고 남아도는 시간만이 지완의 것이었다.

그런데 지금.

내 집이 생겼다.

"아직 좋은 집은 아냐. 다른 쪽으로 투자할 것들이 많아서 숙소에는 큰돈을 쓸 수 없었지만, 방음도 잘 되고 보안도 철저해서 여자 혼자 살기엔 나쁘지 않을…."

설명하는 현준을, 휙 돌아봤다. 현준은 아차 싶었다. '여자 혼자'라는 말이 거슬렸나 싶었는데, 아니었다.

지완이 갑자기 두 팔을 벌려 현준을 끌어안은 것이다. 생각지도 못한 포옹에 현준의 눈이 휘둥그레졌다.

"감사합니다, 부대표님."

현준을 꽉 끌어안은 지완이 말했다.

"정말 감사해요, 부대표님."

경계심 강한 아기 고양이가 안겨오면 이런 기분이 들까? 현준의 입가에 저절로 미소가 떠올랐다.

"별말씀을. 나보다는 대표님한테 감사하는 게 좋을 거야."

"네, 대표님께도 다음에 꼭 감사하다고 인사할게요."

지완이 현준에게서 떨어져 다시 숙소 쪽으로 몸을 돌렸다.

완전히 내 것이 아니라는 것은 알고 있었다. 하지만 어찌되었든, 당분간은 내 집이라고 불러도 될 만한 곳이다. PC방과 공원, 찜질방을 전전해온 지완에게는 가슴 벅찬 일이었다.

현준을 따라 안으로 들어갔다. 그의 말대로 숙소는 그다지 넓지는 않았지만 깨끗했다. 방 두 개, 욕실, 거실, 주방. 가구는 없었다.

"들어가서 살기 좋게 꾸며놓을까 했는데 관뒀어. 처음 네 집이 생긴 거니까, 네가 원하는 대로 꾸미는 게 좋을 것 같아서."

"아…."

"방 하나는 침실, 다른 방은 옷방이나 서재로 꾸미면 좋을 거야. 필요한 것들은 전에 준 카드로 사고. 도배도 다시 하고 싶으면 업자를 불러서 하면 돼. 도움이 필요하면 얘기하고."

"네. 정말로…."

"감사 인사는 한 번만 해. 계속 들으면 민망하니까."

현준이 부드럽게 웃었다.

지완은 은은한 미소를 짓는 현준을, 가만히 올려다봤다. 처음에는 이 남자가 무서웠다. 내가 여자라는 사실을 알고 있는 이 남자와 관계되고 싶지 않았다.

하지만 지금은 현준의 미소에 가슴이 따뜻해졌다. 이 미소에 기한이 있더라도, 언젠가는 지어주지 않을 미소라도, 현재 이곳에 존재한다는 것이 중요하다는 것을, 지완은 알고 있었다. 그러니까 이 순간 충분히 감사하고 누리기로 마음먹었다.

"당분간은 집 꾸미느라 정신없을 테니까, 이번 주 스케줄은 오전으로만 조정해줄게. 1시까지 일과 끝내고 들어와서 필요한 거 사고 꾸미도록 해."

"네, 부대표님."

"축하한다, 네 첫 번째 집이 생긴 거."

지완은 거실을 둘러보며 씩 웃었다.

"네, 이거 정말 좋네요."

아직 침구가 없으니 호텔에서 하루 더 머물라고 했지만, 지완은 거절하고 '내 집'에서 자겠다고 했다. 아무것도 없는 집의 거실 한복판에 드러누워, 지완은 천장을 응시했다.

'내 집이라니.'

불과 얼마 전까지만 해도 존재조차 하지 못해, 통장도 못 만드는 몸이었는데.

'도배는 안 해도 될 것 같고. 우선 침대를 사야겠지? 옷장이랑… 또 뭘 사야 하지?'

한 번도 자기 집을 가져본 적이 없어서, 무엇부터 시작해야 좋을지 알 수 없었다. 휴대폰으로 인테리어를 검색하다가 잠이 들었다. 깨어났을 때는 창문으로 햇빛이 들어오고 있었다. 이불을 깔지 않은 바닥에서 잤는데도 개운한 느낌이 드는 건, 아마도 '내 집'이기 때문이겠지.

시간을 확인하니 오전 7시 30분. 슬슬 준비를 하고 헬스를 하러 갈 시간이었다. 이번 주는 헬스와 보컬 레슨만 받는 것으로 조정을 했다. 점심을 먹은 후에, 어젯밤에 체크해둔 것들을 사기로 했다.

'아, 샤워 용품이 없구나. 헬스장 가서 씻어야겠네. 일과 끝내고 돌아오는 길에 마트부터 들러야겠다.'

거울 앞에 서서 손으로 대충 머리를 빗어 넘기고 야구 모자를 썼을 때였다. 주머니에 넣어둔 휴대폰이 울렸다. 등록되지 않은 번호가 떴다.

"여보세요?"

전화를 받았을 때, 귀에 익은 목소리가 들려왔다.

"나야."

짧은 음성에도 누군지 알 수 있었다.

"강재희?"

"이야, 목소리를 기억해주다니. 영광인걸?"

"내 번호는 어떻게 알았어?"

"현준이 형한테 물어봤지."

"야, 그런 식으로 남의 번호 막 묻고 다니는 거, 매너 없는 행동인 거 몰라?"

재희가 후후, 웃었다.

"안타깝게도 난 원래 매너가 없거든. 그쪽으로 유명하지."

"아, 그러세요? 그거 참 대단하시네요."

"이사했다면서?"

"그건 또 어떻게…?"

"현준이 형."

지완은 속으로 한숨을 내쉬었다. 최현준, 그 사람. 생각보다 입이 가볍다.

'아니, 원래 같은 소속사 연예인들 정보는 서로 공유하고 그러는 건가?'

어딘가에 소속되어본 적이 없으니, 시스템이 어떻게 돌아가는지 전혀 알 수가 없었다.

"현준이 형 얘기 들어보니까 완전 빈집이라던데. 이것저것 살 거 많겠더라. 도와줄게."

"아니, 괜찮아."

"에이, 그러지 말고. 가구도 들여놓고 생필품도 사야 하는데, 혼자서 다 할 수 있겠어?"

지완은 빈집을 둘러봤다. 현준은 지완이 원하는 대로 꾸미라고 했지만, 완전히 빈집을 채워 넣을 것이 막막하기는 했다.

"나도 어차피 이틀간은 여유가 있으니까 미안해할 거 없어."

"아니, 미안하다고 생각한 적 없는데. 아직 도와 달라는 말도 안 했고."

"그럼 이제 도와달라는 말 하면 되겠네. 미안해하지는 말고 그냥 고마워만 해."

"난 그쪽한테 빚을 지고 싶은 생각…."

"이따 봐."

자기 할 말을 다 한 재희는 더 이상 듣기 싫다는 듯 전화를 끊어버렸다. 딱 한 번 만난 사람이지만, 참으로 불편한 사람이다. 지완은 재다이얼 버튼을 눌러서 뭐라고 쏘아붙여줄까 하다가 관뒀다.

'뭐, 어떻게든 되겠지.'

재희는 미소를 지으며 휴대폰을 테이블에 내려놓고, 소파에 길게 드러누웠다. 커다란 창문으로 아침 햇살이 들어오고 있었다. 오늘은 날씨가 좋을 것 같다.

'이사하기 딱 좋은 날씨네.'

통화하는 내내 지완이 어떤 표정으로 전화를 받고 있을지 상상이 됐다.

'걔는 왜 남장을 하는 걸까?'

그 이유에 대해서는 현준에게도 묻지 않았다. 아마도 현준은 지완이 여자라는 것을 알고 있을 것이다. 그럼에도 남자로 대우하는 데는 이유가 있으리라.

'문 대표님이 재미있는 일을 계획하고 있는 건가? 대국민적 몰래카메라 같은?'

그럴지도 모르겠다. 남자로 데뷔시켰다가 나중에 여자라는 것을 밝히면 상당한 이슈가 될 것이다.

'하지만 그건 이익보다는 손해가 더 클 텐데.'

속았다는 것을 알게 된 팬들이 가만히 있을 리 없었다. 이슈는 되겠지만 연예계 생활을 계속하기는 어려워질지도 모른다.

'뭐, 생각이 있겠지. 그것까지는 내가 신경 쓸 일이 아니고. 임지완, 걔는 남자처럼 행동하는 게 익숙한 것 같던데…. 원래부터 그렇게 살아온 건가? 하루 이틀 연습해서 나올 수 있는 행동거지가 아니던데.'

재희도 그날 잘못하면 속아 넘어갈 뻔했다. 만약 지완이 마지막에 격한 반응을 보이지 않았더라면, 남자인지 여자인지 헷갈렸을지도 몰랐다.

손목을 잡았을 때 지완은 무척이나 당황한 듯 보였고, 그때 확신했다. 이 애는 여자라는 것을.

'사정이 있는 게 분명한데.'

재희는 원래 남의 일에 일일이 간섭하는 성격이 아니었다. 오는 여자를 막지 않지만, 가는 여자를 잡지도 않는다. 먼저 나서서 연락하는 법은 절대로 없기 때문에, 그렇게 많은 여자들을 만나고 다녀도 구설수에 휘말리지 않는 것이었다.

그런 성격인데도 지완에게 먼저 연락을 한 이유는, 궁금하기 때문이었다. 지완은 호기심을 자극하는 여자였다. 지완의 사정을, 비밀을 알고 싶어서 견딜 수가 없었다.

'재미있을 것 같아. 안 그래도 요새 지루했는데.'

화려할 거라고들 생각하는 연예계 생활은 생각보다 지루하기 짝이 없었다.

처음 연예인이 되어 인기를 얻었을 때는, 하루하루가 신기하고 새로웠다. 자신을 우러러보는 팬들의 눈빛이 고마웠고, 인기를 얻어갈수록 달라지는 대우가 즐거웠다.

하지만 그것이 늘 반복되자 조금씩 이 생활에도 흥미가 떨어졌다. 눈에 보이는 모습은 화려하지만 실상은 그렇지도 않았다. 행동 하나하나를 조심해야 하고, 여자를 만날 때도 눈치를 봐야 했다.

어릴 때부터 모두에게 관심을 받았던 찬혁이 숨 막혀하는 것도 이해할 수 있었다. 찬혁은 태어나기 전부터 '시선의 감옥'에 갇혀 있었다.

달칵.

마침 찬혁에 대해 생각하고 있는데 찬혁의 방문이 열렸다.

"어? 찬혁, 너 집에 있었냐?"

"어."

워낙 소리 없이 돌아다니는 녀석이라서 집에 있을 줄은 꿈에도 몰랐다.

"어쩐 일이냐? 집엘 다 들어오고."

"너야말로."

찬혁이 무뚝뚝하게 대꾸하며 냉장고로 향했다. 문득 지완이 숙소에 찾아왔던 이유가 찬혁을 만나기 위해서라는 데 재희의 생각이 미쳤다.

"나는 만날 사람이 있어서 시간 때우는 중."

재희의 대답에 찬혁이 인상을 찌푸렸다.

"숙소에는 여자 불러들이지 마라."

"글쎄. 그건 너한테 해야 하는 말 같은데."

"나한테?"

찬혁이 전혀 모르겠다는 표정을 지었다.

'흐음. 얘는 지완이가 여자라는 걸 모르나 보네.'

그럴 거라고 예상은 했다. 찬혁은 원래 남의 일에 전혀 관심이 없으니까. 찬혁의 눈동자는 늘 허공을 향해 있었고, 춤을 출 때도 노래를 할 때도 영혼은 다른 곳에 놓아두고 온 듯이 보였다. 하지만 현준의 찬혁 사랑을 알기에, 어쩌면 현준이 찬혁에게만큼은 지완의 정체를 말해줬을지도 모른다고 생각했었다.

"아무튼 난 약속이 있어서 이제 나갈 거야. 너도 같이 갈래?"

찬혁이 어이없다는 표정을 지었다.

"내가 왜?"

"너도 아는 사람을 만나러 가거든. 너도 같이 가고 싶지 않을까 해서."

"누구?"

"임지완."

멈칫.

물병을 집어 들던 손이 멈추는 걸, 재희는 똑똑히 목격했다. 아주 짧은 순간이었지만, 찬혁은 분명 '임지완'이라는 이름에 반응했다.

'호오. 이거 재미있는데?'

일이 더 재미있게 흘러가고 있었다. 그 무엇에도 반응이 없는 송찬혁이 임지완이라는 이름 하나에 동요하다니.

'임지완은 숙소 앞에서 송찬혁을 기다리고 있었고, 송찬혁은 이름만 듣고도 반응을 하고. 현준이 형이 뭘 꾸미고 있는 걸까나?'

재희가 그런 생각을 하는 동안, 찬혁은 울렁거리는 속을 가라앉히기 위해 노력하는 중이었다. 차가운 물을 벌컥벌컥 들이켰지만 기분이 나아지지 않았다.

'강재희가 임지완을 왜 만나는 거지?'

두 사람이 아는 사이인 줄은 몰랐다. 최근에는 지완과 매일은 못해도 이틀에 한 번씩은 통화를 했다. 지완은 점심 메뉴까지도 상세하게 보고를 했는데, 재희의 이름을 꺼낸 적은 단 한 번도 없었다. 그래서 재희와 지완 사이에 끈이 있을 것이라고는 상상해본 적도 없었다.

'현준이 형이 임지완한테 재희도 소개해준 건가?'

당연히 그럴 수 있는 일이었다. 풍월의 멤버는 송찬혁 한 명이 아니니까. 이왕이면 풍월 전부와 친해지는 편이, 지완에게도 좋은 일이었다. 그런데 왜 이렇게 아랫배가 콱 당기는 기분이 들까?

'뭐야, 이건?'

생전 처음 느껴보는 감각에 혼란스러웠다.

송재희가 임지완과 아는 사이다.

송재희가 임지완을 만나러 간다.

둘 중 무엇 때문에 이런 기분이 드는 것인지조차 알 수 없었다.

어쩌면 둘 다일지도.

'대체 왜?'

이런 기분이 들 이유는 조금도 없었다. 내 친구가 또 다른 친구와 아는 사이다. 내 친구가 또 다른 친구를 만나러 간다. 그건 신경 쓰일 리도 없고, 딱히 이유를 알고 싶지도 않은 일이었다.

그런데 나는 왜.

"임지완은 왜 만나는데?"

이유를 묻게 되는 걸까? 그것도 조금도 마음을 갈무리하지 못해, 낮게 가라앉은 목소리로.

"지완이한테 집이 생겼대. 이사 도와주러 가려고."

"이사?"

지완은 이사에 대해서도 얘기한 적 없었다.

'아니, 얘기하지 않을 수 있지. 내가 임지완의 모든 것을 알아야 하는 건 아니니까.'

애초에 친구 사이에 거의 매일 전화 통화를 하는 것부터가 이상하다. 연인 간에도 매일 통화하기는 힘들 텐데, 그 힘든 일을 지완과 하고 있었다. 그것부터가 정상이 아닌데, 나는 어째서 이사했다는 걸 말해주지 않았다는 이유로 기분이 나빠지는 것일까?

"응, 못 들었어? 지완이 숙소 생겼어. 작은 빌라라더라."

대수롭지 않은 일이라는 듯 말하는 재희에게 묻고 싶었다.

'넌 그 얘기를 누구한테 들었는데?'

다행히 그렇게 묻기 전에 이성을 되찾았다. 찬혁이 원래 대답을 잘 안 한다는 걸 아는 재희는, 이번에도 대답을 기대하지 않았는지 제멋대로 말했다.

"집에 아무것도 없대. 지완이한테 꾸미라고 아무것도 안 넣어뒀다더라. 혼자서 다 채우기는 힘들 테니, 가서 도와주려고."

재희의 말을 들을수록 속이 부글부글 끓었다. 단지 이사했다는 것뿐만이 아니라 자세한 속사정까지 알고 있다니. 현준에게 들었을지도 모른다는 생각을 할 수 없을 만큼, 찬혁은 저도 모르는 질투심에 휩싸여 있었다.

"도와줄 사람은 많을수록 좋으니까 너도 할 일 딱히 없으면 같이 가자."

"내가 거길 왜 가?"

"너도 지완이랑 아는 사이 아냐?"

"그야 그렇지만…."

"같은 소속사 식구인데 챙겨줘야지. 가자, 같이."

그렇게 말하고 재희는 빙그레 웃었다. 찬혁의 대답을 예상할 수 있었다. 찬혁은 생각해보는 척하다가 '그럼 그러든가.'라고 대답할 것이다.

'이 녀석, 깨닫지 못하는 건가?'

찬혁은 타인에게 관심이 없을 뿐 아니라, 남이 하는 말에 제대로 대답도 하지 않는 일이 비일비재했다. 그런 찬혁이 지금은 궁금해하기도 하고, 대꾸도 하고 있었다. 본인은 잘 감추고 있다고 생각할 테지만, 오랫동안 찬혁과 한집에서 생활을 한 재희의 눈에는 찬혁의 표정 변화까지도 훤히 보였다.

"그래, 그럼."

재희의 예상대로 찬혁이 무뚝뚝하게 말했다.

"뭐가?"

재희가 전혀 모르겠다는 표정으로 되묻자, 찬혁이 인상을 찌푸리며 말했다.

"가자고, 이사 도와주러."

'내가 왜?'

재희의 차를 타고 이동하는 내내 찬혁은 이 질문에서 벗어날 수가 없었다. 지완을 알게 된 후, 지긋지긋할 정도로 따라붙는 질문.

내가 왜?

지완이 이사를 하든, 가구를 사야 하든, 찬혁과는 아무 상관도 없는 일이었다. 지완이 하나하나 챙겨줘야 하는 어린애도 아니고, 제 스스로 잘해낼 수 있을 것이다. 정 도움이 필요하면 누구에게든 도움을 청할 것이고.

그런데 나는 왜 지금 지완의 집으로 향하고 있는 것일까? 이 꿀 같은 휴가에, 눈에 띌지도 모르는 짓을 자청하는 것일까?

지완의 숙소는 풍월 숙소에서 차를 타고 십 분 거리에 있었다. 가깝기는 하지만 거리의 온도는 달랐다. 풍월 숙소 주위가 일반인은

범접할 수 없는 기운을 내뿜는다면, 지완의 숙소는 누구나 오갈 수 있는 평범한 동네였다.

'이런 데는 위험하지 않나?'라는 생각을 애써 떨쳐냈다. 지완은 다 큰 사내 녀석인데, 위험은 뭐가 위험하단 말인가.

'그나저나 강재희, 이놈은 임지완 집 위치를 어떻게 아는 거지?'

몇 번이나 묻고 싶은 걸 간신히 참았다.

너, 임지완 집 주소는 어떻게 아는 거냐? 누가 알려줬냐?

다행하게도 생각한 바를 입 밖으로 내뱉지 않을 자제심은 남아 있었다.

지완의 집은 평범한 빌라였고, 빌라에는 주차 공간이 있었다. 차를 세운 재희가 오가는 사람이 없는지 주위를 확인하며 말했다.

"지완이는 스케줄이 있어서 두 시간쯤 더 기다려야 될 거야."

"야, 너 그걸 알면서…."

"늦는 것보다는 빨리 와서 기다리는 편이 좋잖아. 얼른 왔으면 좋겠네."

재희가 차의 오디오를 켰다. 마침 풍월의 노래가 흘러나오고 있었다. 찬혁은 녹음된 제 목소리를 듣는 게 거슬렸는데, 재희는 그렇지도 않은지 흥얼흥얼 따라 불렀다.

한동안 재희를 노려봤지만 재희는 찬혁을 무시하기로 결심한 듯, 시선을 돌리지 않았다. 결국 찬혁은 포기하고 조수석을 뒤로 젖힌 후, 팔짱을 끼고 눈을 감았다.

라디오 소리와 재희의 흥얼거림이 가득한 시간이 흘러가고 있었다. 거리를 지나가던 사람들이 흘끗 이쪽을 보기는 했지만, 재희의 차라는 걸 알아보고 다가오는 사람은 없었다.

'내가 왜?'

또다시 의문이 시작되었다.

내가 왜 이런 곳에서 허송세월을 보내고 있을까?

두 시간이나 기다려야 한다는 걸 알게 된 시점에서, 차에서 내려 택시를 잡아타든 매니저를 부르든 했어야만 했다. 그런데 왜 순순히 이 차에서 지긋지긋한 재희의 콧노래를 참으며, 두 시간을 견디기로 결정했을까? 당연하게도 의문은 풀리지 않았다.

"어, 임지완 온다!"

그러나 저 멀리서 걸어오는 지완을 보는 순간, '내가 왜?'라는 의문도, 차 안에서 보낸 두 시간 십오 분 이십사 초도, 아무런 의미가 없어졌다. 모자를 손에 들고 휘적휘적 걸어오는 지완의 모습이, 무채색의 골목을 선명한 유채색으로 물들였다. 그래서 '내가 왜?'라는 질문도, 두 시간 15분 24사 초의 허송세월에도, 의미가 생겼다.

바로 저 광경을 보기 위해.

빌라에 주차되어 있던 차의 운전석 문이 열렸다. 별생각 없이 건

던 지완은 차에서 내린 사람의 모습에 우뚝 걸음을 멈췄다.

"지완."

재희가 친한 척 손을 흔들었다.

'쟤가 왜 여기에?'라고 생각하다가, 문득 오늘 아침에 통화했던 기억이 떠올랐다.

'아, 맞다. 도와주겠다고 했지. 진짜 올 줄은 몰랐는데.'

반쯤 흘려들어서 까맣게 잊고 있었다.

그때, 조수석의 문이 열리고 또 다른 인물이 내렸다. 이번에는 심장이 쿵, 내려앉는 느낌을 받았다.

'뭐지?'

심장에 일어난 둔탁한 충격이 당황스러웠다. 무표정하게 서 있는 찬혁에게서 눈을 뗄 수가 없으면서도, 그를 똑바로 응시하는 것이 괜히 민망했다. 이러지도 저러지도 못하고 있는데, 재희가 성큼성큼 다가와 지완의 앞에 섰다.

"이사 도와주러 왔어. 뭐부터 해야 돼?"

"아, 저기. 그런 거 필요 없는데."

"사양하지 마, 친구잖아."

"친구…."

친구라는 단어에 지완의 눈동자가 흔들리는 것을, 재희는 똑똑히 목격했다.

"그래, 친구. 친한 형, 혹은 친한 친구. 뭐든 네가 원하는 대로."

친한 형, 혹은 친한 친구. 그런 걸 가져본 적이 없다. 찬혁과는 아직 '아는 친구' 단계에서 벗어나지 못했다. 지완 쪽은 찬혁을 친하다고 생각하지만, 찬혁은 그렇게 생각하지 않는 것 같았다.

연락을 하는 것도, 형, 형 하면서 따라다니는 것도 언제나 자기 쪽이다. 어쩌면 찬혁에게 지완은 성가신 팬들 중 한 명일지도 모른다는 생각을, 얼마 전부터 하고 있던 터였다.

그런데 지금 재희가 말한다. 친한 친구라고. 게다가 재희가 먼저 연락을 했고, 재희가 먼저 도와주겠다고 나섰다.

물론 지완이 달콤한 언변에 속아 넘어갈 만큼 바보는 아니었다. 하지만 단 한 번도 가져보지 못한, 가질 거라고 생각해보지 못한 '그것'이 타인의 입에서 나왔을 때. 기대감에 잠시 마음이 설레는 것마저 막을 수는 없었다.

"친한 친구라는 게 이렇게 쉽게 되는 거라고는 생각하지 않는데."

간신히 정신을 차리고 차갑게 말했지만, 재희의 미소는 사라지지 않았다.

"그래. 하지만 오늘 네 이사를 도와주고 나면, 친한 친구의 범주에 들어갈 기회를 얻게 되겠지."

"왜 당신 같은 사람이 나하고 친한 친구가 되고 싶어하는 거야? 당신은 가만히 있어도 친구가 되고 싶어 하는 사람들이 넘치고 넘치잖아."

지완의 지적에 재희가 고개를 갸웃하더니 눈을 가늘게 떴다.

"그렇게 쉬운 사람들은 재미가 없잖아. 보통은 내가 풍월 멤버라서 다가오는 사람들이고."

"다가오는 목적이 중요한가?"

"넌 안 중요해?"

"글쎄. 뭐가 됐든 결과적으로 마음이 통한다면 상관없을 것 같은데. 목적 없이 다가온다고 다 친구가 되는 게 아닌 것처럼."

"흐응."

"게다가 당신도 결국은 재미있을 것 같다는 목적이 있어서 나한테 다가오는 거잖아."

"아, 방금 건 너무 날카로운 지적이었다. 변명할 말이 없는걸."

이렇게 솔직하게 반응을 하니, 도리어 할 말이 없어졌다.

"자, 자. 계속 여기에 있으면 눈에 띄어. 일단 들어가자."

재희가 채근하는 바람에 빌라로 걸음을 옮겼다. 입구에서 비밀번호를 입력하고 들어가는 방식이었다.

엘리베이터를 타고 3층으로 올라가는 동안, 재희는 콧노래를 흥얼거렸고 찬혁은 아무 말도 하지 않았다. 재희의 콧노래보다는 찬혁의 침묵이 신경 쓰여서, 거울로 흘긋 그의 모습을 살펴봤다. 무표정하게 시선을 옆으로 내리깐 찬혁이 무슨 생각을 하는지, 조금도 알 수가 없어서 답답했다.

'찬혁이 형, 기분이 좀 안 좋아 보이는데. 내 착각인가? 하긴. 찬혁이 형이 기분 좋아 보인 적이 없긴 하지.'

그런 생각을 하며 현관문 비밀번호를 누르려는데, 커다란 손이 도어락 위를 덮었다.

찬혁이었다.

무슨 일이야, 라는 표정으로 올려다보자 찬혁이 말했다.

"비밀번호, 아무 앞에서나 누르지 마."

"아, 난 별로…."

"상관없지 않아. 너, 이제 연예인 될 거 아니냐?"

"그야 그렇지만. 형이잖아. 형한테는 보여줘도 상관없는데."

그의 표정이 조금 누그러진 듯 보인 것은 눈의 착각일까?

"아무튼 조심 좀 해."

"응, 알겠어."

어떻게 해야 조심스럽게 비밀번호를 눌러야 할지는 모르겠지만, 지완은 최대한 안 보이게 비밀번호를 누르기 위해 애썼다. 재희는 그 모든 장면을 흥미진진한 눈으로 지켜보고 있었다.

"와, 진짜 아무것도 없구나."

안으로 들어온 재희가 감탄했다.

"응. 일단 침구부터 사야 할 것 같아."

"침대랑 옷장, 소파 정도는 놔야겠다. 세탁기는 있지?"

"응. 그런 것들은 있더라. 주방 용품도."

"특별히 원하는 디자인 있어?"

"녹색이면 좋겠어."

"녹색. 좋지. 기다려봐."

재희가 돌아서서 창가로 가더니 어딘가로 전화를 걸었다. 통화가 길어졌기 때문에, 지완과 찬혁은 거실 중앙에 어색하게 서 있었다. 침묵이 무거워서, 지완은 간신히 질문 하나를 쥐어짜냈다.

"형, 요새는 안 바빠?"

"응."

"그럼 언제부터 바빠?"

"다음 주."

"또 영화?"

"아니. 풍월 정규 앨범 준비."

"아아."

대화가 끊겼다.

왜 이렇게 어색하지? 통화할 땐 이 정도는 아니었는데.

"넌?"

잠깐 침묵이 흐른 후, 찬혁이 물었다. 반가운 질문에 지완은 얼른 대답했다.

"난 요새 바빠. 이것저것 배우느라고. 다음 주부터는 댄스 레슨도 받을 거래."

"댄스. 춤 잘 추냐?"

"모르겠어. 춰본 적이 없어서."

찬혁은 어째서인지 신이 나서 대답하는 지완을 가만히 응시했다. 현준은 이 애를 왜 스카우트한 걸까?

최근 들려오는 소문에 의하면, 현준이 직접 지완을 매니징하고 있다고 했다.

그렇다면 지완에게 거는 기대가 크다는 건데, 노래도, 춤도 해본 적이 없는 지완을 스카우트한 이유를 도통 알 수가 없었다.

단지 얼굴 때문일까? 이 귀엽고, 예쁜….

'젠장!'

떠오른 생각을 황급히 지워버렸다. 같은 사내놈에게 '귀엽고 예쁜'이라니. 말도 안 된다.

"재희가 정말로 도와주러 올 줄은 몰랐어. 형이 올 줄은 더군다나 몰랐고."

지완이 통화를 하는 재희의 뒷모습을 보며 말했다.

"아침에 갑자기 전화 왔을 때도 깜짝 놀랐는데. 부대표님이 내 번호 가르쳐줬대. 어이없지 않아? 그런 식으로 번호를 따다니."

"하."

지완의 말에 찬혁은 피식 웃고 말았다.

아, 그런 거였나.

아까부터 뱃속에서 꾸물거리던 어두운 감정이, 언제 그랬느냐는 듯 깨끗이 사라졌다.

그때, 지완이 찬혁의 얼굴을 향해 손을 뻗어왔다. 피하기도 전에, 가늘고 예쁜 손이 찬혁의 볼에 살며시 닿았다. 찬혁은 눈을 크게 뜨고 지완을 응시했다.

"형은 역시."

"…."

"웃는 얼굴이 근사해."

고양이 같은 눈매 안에 갇힌 투명한 연갈색 눈동자가, 찬혁을 향하고 있었다. 그 안에 비친 자신이 어떤 표정을 짓고 있는지, 찬혁은 궁금해졌다.

"매일 이렇게 웃으면 좋을 텐데."

심장이 쿵, 쿵, 쿵, 격하게 버둥거렸다.

왜 이래. 뛰지 마. 이렇게 당황할 일 아니잖아. 이런 접촉은 항상 있는 일이잖아. 팬들도, 동료 배우들도 내 몸에 손을 대잖아. 그럴 땐 아무렇지도 않았잖아. 그러니까 뛰지 마. 마치 내가 이 애의 손길에만 반응한다는 듯, 이렇게 혼란스럽게 버둥거리지 마.

속으로 애원하듯 외쳤지만 심장의 움직임은 이성을 벗어났다.

쿵, 쿵, 쿵.

뛰는 소리에 귀가 울려 어지러울 지경이었다.

"아, 미안해. 멋대로 만져서."

지완이 황급히 손을 거뒀지만….

쿵, 쿵, 쿵. 심장의 속도는 조금도 잦아들지 않았다. 무언가 알 수 없는 벅찬 감정이 끓어올라 몸을, 얼굴을 물들였다.

지금 짓고 있는 표정을 지완에게 들키고 싶지 않아, 황급히 고개를 돌렸다. 마침 통화를 끝내고 이쪽을 향해 돌아서는 재희와 눈이 마주쳤다. 재희의 눈이 가늘어졌다.

들켰다.

이 허무맹랑한 반응을.

이 바보 같은 표정을.

"난 잠깐."

형편없이 잠긴 음성이 튀어나왔다.

"담배 좀."

수습할 생각조차 하지 못한 채, 찬혁은 도망치듯 지완의 집을 빠져나왔다. 계단을 반쯤 내려가다가 멈춰서 벽에 기댔다.

'제길.'

한 손으로 얼굴을 쓸어내렸다.

'왜 이러지?'

볼에 닿았던 손의 감촉이 사라지지 않았다. 그 감촉이 자꾸만 떠올라, 심장은 쿵, 쿵, 쿵.

'정말 왜 이래? 이게 뭐야, 대체?'

"찬혁이 형이 왜 저러지?"

지완이 어리둥절해하며 물었다.

"글쎄, 왜 저럴까? 나도 저러는 건 처음 보는걸."

재희가 웃으며 다가왔다.

"가구 쪽으로 아는 사람이 있어서 부탁해놨어. 두세 시간 내로 배달이 될 거야."

"고마워."

"또 필요한 게 뭐지?"

지완은 재희를 올려다봤다.

"왜 그렇게 봐? 설레게."

"당신은 나한테 왜 그렇게 잘해줘?"

"그럼 못해주는 게 나을까?"

"아니, 그런 건 아니지만."

"말했잖아. 친한 친구가 되고 싶어서라고. 넌 재미있을 것 같거든. 난 재미있는 걸 좋아하고."

"난 별로 재미있는 사람이 아니야."

"그건 내가 판단할게. 또 필요한 게 뭐야?"

"생필품이 필요한데, 그건 내가 나중에 마트에 가서 살게. 당신은 얼굴을 내보일 수 없는 몸이잖아."

"아하하하. 범죄자도 아니고. 얼굴을 내보이는 건 상관없어."

"하지만…."

"불편하기는 해도 못 견딜 정도는 아니야. 나랑 찬혁이는 사정이 다르니까."

"사정이? 둘 다 풍월 멤버잖아."

"그래, 둘 다 풍월 멤버지. 하지만 나는 찬혁이보다 유명하지 않고, 내가 무슨 일을 할 때마다 전화를 거는 부모님도 없지."

"찬혁이 형네 부모님은 전화를 걸어?"

"응."

재희의 눈이 현관문으로 향했다.

"숨이 막힐 거야, 찬혁이는."

순간 재희의 눈동자에 깃든 애정에, 왠인지 지완의 가슴이 따뜻해졌다. 재희는 경계해야 할 대상이라고 판단했었는데, 찬혁을 걱정하는 눈빛을 보니 나쁜 사람처럼 보이지 않았다. 오히려 일부러 더 헐렁하고 생각 없이 보이기 위해 노력하는 게 아닐까 하는 생각이 들었다.

찬혁이 돌아온 건 20분쯤 지나서였다.

딩동.

초인종을 누르는 소리에 열어주러 가려는데, 재희가 한 팔을 들어 지완을 막았다.

"내가 열게."

지완이 말릴 새도 없이 현관문으로 걸어간 재희가 문을 활짝 열었다. 찬혁은 재희를 흘끗 쳐다보고는 안으로 들어왔다. 재희가 그런 찬혁의 귓가에 바짝 얼굴을 대고 작은 목소리로 물었다.

"두근두근했어?"

"뭔 소리야?"

무심히 대꾸한 찬혁은 신발을 벗고 안으로 들어왔다. 나갈 때와는 사뭇 다른 분위기에, 지완은 그에게 다가갈 엄두도 내지 못했다.

"나, 화장실 좀."

지완이 잠시 화장실에 들어간 틈에, 찬혁을 뒤따라온 재희가 찬혁의 뺨에 살짝 손을 댔다.

찬혁이 인상을 찌푸리고 그 손을 뿌리쳤다.

"뭐 하는 짓이야?"

"왜? 내가 할 땐 두근두근하지 않아?"

재희가 놀리듯 물었다.

"너…."

"얼굴이 빨개졌더라고, 너."

"그런 적 없다."

"그런데 왜 도망쳤어?"

"담배 피우러 나간 것뿐이야."

"넌 담배 잘 안 피우잖아."

"아까는 피우고 싶어졌으니까."

"흐응."

"무슨 말을 하고 싶은 거지?"

"아니, 그냥. 미처 몰랐던 내 친구의 사랑스러운 면을 발견해서 놀라워하는 중이야."

"사랑스럽다니."

찬혁이 오만상을 찌푸렸다.

"징그러운 소리 좀 하지 마."

"징그러운 소리라니. 다들 듣고 싶어 하는 말인데."

"난 싫다."

"하지만 너한테 사랑스럽다는 말을 한 사람이 임지완이라면?"

"여기서 임지완이 왜 나와?"

"응? 내가 왜?"

어느새 거실로 나온 지완이 눈을 동그랗게 뜨고 두 남자를 응시했다. 재희의 얼굴에는 즐거움이, 찬혁의 얼굴에는 당혹감이 떠올랐다.

"내가 어디에 나오는데?"

둘 다 대답이 없자, 지완이 둘에게 한 걸음 다가서며 물었다. 재희는 가만히 서 있었지만, 찬혁은 저도 모르게 한 발 뒤로 물러섰다.

그러고는 곧바로 자신이 한 행동을 깨닫고 흘끔 재희의 눈치를 살폈다.

지완 때문에 동요하는 자신의 모습을, 재희에게만큼은 들키고 싶지 않았다. 차라리 지완에게 들키는 게 나았다. 지완은 어디 하나 나사가 빠진 것처럼, 상대의 행동을 이상하게 해석하기도 하니까.

"언젠가 텔레비전에 나오는 걸 보고 싶다고."

이렇게 대답한 것은 재희였다.

"언제쯤 데뷔래?"

자연스럽게 주제가 바뀌어서, 찬혁은 내심 안도했다. 하지만 완전히 안심할 수는 없었다.

강재희. 이 녀석, 대체 무슨 꿍꿍이일까?

"내가 할 줄 아는 게 별로 없어서, 생각보다 오래 걸릴 것 같기도 해. 적어도 1년은 걸릴 것 같다고 하셨는데."

"1년이면 오래도 아니지. 더 오래 연습생 생활을 하는 애들이 널리고 널렸으니까."

연예계 활동에 대한 이야기를 하다 보니 시간이 빠르게 흘러갔다. 지완은 그동안 궁금했던 것을 물었고, 재희는 성의 있게 대답해주었다. 그러는 동안 시간이 흘러 가구가 배달되었다.

침대와 매트리스, 3인용 소파와 1인용 소파 하나씩, 옷장 3개와 수납장. 재희가 어디에 어떻게 가구를 놓을지 지시를 해주어서, 지완은 구경만 했다.

많진 않지만 가구가 들어오니 사람 사는 집처럼 보였다. 집의 크기도 휑뎅그렁할 때보다 더 넓어진 것 같았다.

"그럴싸한데."

재희가 만족스러운 듯 말했다.

"그러게. 가구들 좋다. 비싼 거 아냐?"

"어차피 회사 돈이잖아. 카드 받았다며? 막 써."

"그래도…."

"네가 데뷔하고 나면 그 카드를 쓰는 것도 끝이야. 쓸 수 있을 때 써둬."

지완은 그래도 되나 싶었지만 일단은 고개를 끄덕였다. 재희가 소파를 가리켰다.

"앉아봐, 집주인. 집주인이 개시를 해야지."

풍월 숙소에 있는 것보다는 작은 소파였지만, 지완의 숙소에 딱 맞는 크기였다. 지완은 1인용 소파에 가서 앉아, 맞은편에 있는 3인용 소파를 가리켰다.

"다들 앉아도 돼."

재희와 찬혁이 소파에 나란히 앉아 있는 모습은 그림 같았다. 찬혁도 찬혁이지만 재희도 멀끔하고 근사한 외모의 소유자였다. 찬혁이 여자처럼 예쁘장하게 생겼다면 재희의 곱상한 얼굴에는 언뜻 남자다움이 묻어나왔다.

"이제 뭘 해야 하지?"

지완의 질문에 재희가 말했다.

"짜장면을 먹어야지."

"짜장면?"

"이사를 하고 나면 중국집에서 요리를 시켜 먹는 법이거든."

"정말이야?"

재희의 말은 도통 신뢰가 가지 않아서 찬혁을 돌아보며 물었다. 찬혁이 고개를 끄덕였다.

"응."

그래서 지완은 어플을 검색해 근처 중국집에서 짜장면과 짬뽕, 볶음밥과 탕수육을 시켰다.

"야, 면류를 먹어야지."

재희가 볶음밥을 시킨 찬혁에게 면박을 줬지만, 찬혁은 그 말을 무시했다.

중국요리의 장점은 배달이 빠르다는 점이었다. 시킨 지 얼마 안 되어 요리가 배달되었다. 삶아놓은 면이었는지 면은 너무 불었지만, 그래도 맛있었다. 맛있어서, 목이 메었다. 지완은 짜장면을 입에 넣고 우물우물 씹으며, 눈물을 참기 위해 애썼다.

'아, 지금 이러면 안 되는데.'

시한부일지언정 '내 집'이 생겼다. 그리고 '내 친구들'이 와서 이사를 도와주었다.

어떤 사람들에게는 이것이 지극히 당연한 일상일지도 모르지만, 지완에게는 그렇지 않았다.

꿈꾸는 것조차 슬퍼서, 바라는 것조차 민망해서, 단 한 번도 그려본 적 없는 그림. 상상조차 해본 적 없는 분위기. 따스한 공기에 에워싸여 짜장면을 먹는 이 광경이 몹시도 행복해서, 가슴이 아팠다.

살아가며, 자신을 동정해본 적은 없었다.

이렇게 태어난 사람도 있고, 저렇게 태어난 사람도 있지.

나는 이렇게 태어난 사람일 뿐이고, 그러니까 이런 상황에서 열심히 살아남으면 되는 거야.

그리 생각해왔다.

하지만 오늘 처음으로, 이 당연한 일상에 가슴 벅차하는 자신이 안쓰러워, 언제나 도망자처럼 살아왔던 어리고 비쩍 마른 소녀가 불쌍해, 눈물이 나오려 했다.

'왜 표정이 저렇지?'

볶음밥을 먹던 찬혁은 숟가락을 멈추고 지완을 응시했다. 늘 그렇듯 지완은 짜장면을 열심히 먹고 있었다. 저러다가 볼이 터지지 않을까 걱정될 만큼 입에 잔뜩 밀어 넣고 우물거리는 모습은, 평소와 같았다. 하지만 왜인지 마음에 걸렸다.

자그마하고 예쁜 얼굴에는 여전히 미소가 걸려 있는데, 금방이라도 울음을 터트릴 것 같다는 생각이 들었다. 늘 맑기만 했던 눈에 눈물이 고인 것처럼 보이는 건 착각일까?

물어봐야 하나. 아니면 모르는 척해야 하나. 언제나 사람들에게 둘러싸여 있지만, 먼저 관심을 가지고 상대해본 적은 없었던 찬혁이었다. 그래서 질문 하나 던지는 것조차 망설여졌다.

"지완, 너 표정이 왜 그래?"

하지만 사람 상대하는 데 이골이 난 재희는, 아무렇지도 않게 지완에게 물었다.

지완이 눈을 동그랗게 뜨고 재희를 응시했다.

순간 찬혁은, 손으로 지완의 눈앞을 가리고 싶다는 생각을 했다.

저 맑은 눈동자가 재희를 향하는 것이 마음에 들지 않았다.

"내 표정이 왜?"

지완이 입가에 짜장면 양념을 묻힌 채로 배시시 웃었다.

"아니, 그냥."

재희가 지완의 입술을 향해 손을 뻗었다. 재희의 엄지가 자연스럽게 도톰한 입술 옆에 묻은 양념을 닦아냈다. 찬혁은 저도 모르게 주먹을 꽉 쥐었다.

"슬퍼 보여서."

지완은 아무렇지도 않게 손등으로 입가를 쓱 닦으며 말했다.

"슬프긴. 난 뭐 먹을 때가 제일 행복한 사람이야."

"그렇다면 다행이지만."

재희가 젓가락으로 단무지 하나를 집어 지완의 그릇에 올려놨다.

"혹시라도 우울한 일 있으면 언제든 연락해. 네 전화는 언제라도 받을 테니까."

집으로 돌아가는 길. 찬혁과 재희가 탄 차에는 침묵이 내려앉았다. 재희는 묵묵히 운전을 하며 생각에 잠겨 있었다.

'그 표정은 뭐였지?'

지완은 아무 일도 아닌 척했지만, 그렇지 않다는 걸 재희는 알 수 있었다.

지완은 울음을 터뜨릴 것처럼 보였다. 습관처럼 입가에 묻힌 미소 속에, 섣불리 판단할 수 없는 많은 감정이 들어 있었다. 그 감정을 드러내지 않기 위해, 지완은 그렇게 웃는 얼굴을 유지하는지도 모르겠다.

남장을 하고 스킨십에 예민한 재미있는 여자라는, 처음의 판단이 틀렸다는 것을 깨달았다. 지완에게는 재미와 흥미만으로 다가갈 수 없는 무언가가 있었다. 어쩌면 그 무언가 때문에, 현준이 지완을 선택했을지도 모른다.

그리고 찬혁도.

백미러로 흘끗 찬혁의 모습을 살펴봤다. 저 허무하고 공허한 눈동자가 지완을 담기 시작한 것 또한, 지완이 가진 '무언가'를 느꼈기 때문이리라. 삶에 지친 저 친구가 아무런 이유도 없이, 그저 예쁘다는 이유로 지완이 자기 세계에 발을 디디는 걸 내버려두지는 않았을 것이다.

'그리고 나도.'

재희는 다시 정면을 응시했다.

'거기에 이끌린 건가?'

그런 표정을 짓지 않게 해주고 싶다, 라는 생각이 들었다.

'해주고 싶다.'라는 생각이 들게 만든 여자는 처음이었다. 항상 사랑을 받기만 하고, 배려를 받기만 했지, 누군가를 위해 뭔가를 해주고 싶었던 적은 없다.

물론 기본적인 예의가 있기에 받은 만큼 돌려주었고, 때로는 마음에도 없는 친절을 베풀기도 했다. 하지만 이렇게 진심으로 '뭐든 해주고 싶다.'라는 생각이 든 건 처음이었다.

'이런 생각을 마지막으로 한 게 언제더라?'

재희의 눈동자가 핸들을 잡고 있는 자신의 손으로 향했다. 미처 소매로 가려지지 않은 손목 부근에, 자세히 보지 않으면 찾기 어려운 옅은 화상 흉터가 있었다.

'그래, 그때가 마지막이었지.'

그때, 기억하지 못할 만큼 오래전 그때, 그러나 기억에서 지울 수 없는 바로 그때. 화염에 휩싸인 저택과 사람들의 비명, 몸을 감싸는 뜨거운 열기.

잊고 싶지만 잊히지 않는 그날 이후로 처음이었다.

"지완이는."

우울한 생각은 이제 그만. 재희가 입을 열었다.

"정말 예쁘더라."

"걔, 남자다."

찬혁이 무뚝뚝하게 대꾸했다.

"응, 뭐. 생각해봤는데 난 남자라도 상관없을 것 같아. 그 정도로 예쁘면."

옆얼굴에 찬혁의 시선이 꽂히는 게 느껴졌다.

"어지간한 여자들보다 예쁘잖아."

"강재희."

"순진해 보이기도 하고."

"너."

찬혁의 음성이 묵직하게 내려앉았다. 찬혁이 감정을 갈무리하려는 듯 잠시 말을 멈췄다.

차가 신호에 걸려서 정지하고, 재희는 찬혁을 돌아봤다. 역시나 찬혁이 어둡게 가라앉은 눈으로 재희를 노려보고 있었다. 재희가 예상했던, 딱 그 눈빛이라서 웃음이 나올 지경이었다. 이렇게까지 명백한 감정인데, 정작 본인은 전혀 모르다니.

'하긴. 그렇게 살아왔으니 모를 만도 하지.'

화려할 것 같지만 실상은 조금도 화려하지 않은 삶을, 찬혁은 어머니의 배 속에서부터 살아왔다. 섣불리 드러낸 감정은 날카로운 기사가 되어 돌아오고, 어쩌다 한 작은 실수는 몇 배의 큰 잘못이 되어 악플로 도배가 되었다. 그러니 찬혁은 그 어떤 감정도 느끼지 않으려고 노력하며, 실수하지 않으려고 숨을 죽이며, 그렇게 살아왔다.

그러니 모를 것이다. 지완의 앞에서만 달라지는 저 행동이, 지완의 일에만 달라지는 저 온도가, 사실은 무엇을 의미하는지.

"강재희, 윤진 일만으로도 버겁다. 너까지 풍월이 시끄러워지는 일은 만들지 마라."

이윽고 감정을 정리한 찬혁이 낮게 가라앉은 음성으로 말했다.

"걱정 마, 찬혁. 내가 지금껏 이런 걸로 문제 일으키는 거 봤어?"

"…."

"그런데 찬혁아."

신호가 녹색 불로 바뀌었다. 재희는 천천히 차를 출발시키며, 찬혁이 오늘 밤새도록 고민할 질문을 던졌다.

"너 지금 그렇게 예민하게 구는 거, 정말 풍월이 걱정돼서냐?"

시간의 흐름이 빠르게도 더디게도 느껴졌다. 목표를 정하고 그것을 위해 노력하는 시간은 빠르게 흘러갔다. 그러나 밤마다 찬혁에게 연락을 할지 말지 고민하는 시간은 더디고 더뎠다.

찬혁과 재희가 이사를 도와주고 돌아간 지 보름이 흘렀다. 그 이후로 찬혁과 거의 매일 하던 통화를 한 번도 하지 못했다. 이사했던 그날은 생필품을 사서 정리하다 보니 너무 늦은 시간이 되어서, 그 다음 날은 레슨이 생각보다 늦게 끝나서, 그다음 다음 날은 현준에게 새로운 교육을 받느라.

아니, 어쩌면 그 모든 것들이 핑계일지도 모르겠다. 재희가 통화를 하는 동안, 둘 사이에 잠깐 흘렀던 침묵. 짧지만 어색했던 그 침묵의 기억이, 통화 버튼을 누르려는 손을 자꾸만 멈추게 만들었다.

게다가 재희에게 들었던 말도 신경이 쓰였다.

'숨이 막힐 거야, 찬혁이는.'

애잔하다는 듯한 시선을 보내며, 재희는 그렇게 말했다. 막연히 짐작만 했던 지완과 달리, 팔 년간 찬혁의 옆에서 그의 생활을 지켜봐온 재희는 찬혁의 삶을 실감하고 있을 것이다. 그런 재희가 한 말이기에 더욱 무게감이 실렸다.

어쩌면 자기 자신도 찬혁에게 그런 존재일지 모른다는 생각이 들었다. 찬혁의 성격이 무던해서 잘 받아주기는 하지만, 나는 어쩌면 그를 숨 막히게 하고 있을지도 모른다.

현준에게 의기양양하게 찬혁의 번호를 내밀고 싶어서, 그의 입장을 제대로 생각하지 않았다. 지완의 행동들이 그를 불편하게 만들지도 모른다는 생각도 하지 않았다.

'난 이기적이었구나.'

방송국 앞에서, 지완은 한숨을 내쉬었다.

날씨가 좋은 날이었다. 완연한 봄이 되어 방송국 앞 벚나무에서 분홍빛 꽃잎이 흩날리고 있었다. 사람들이 벚꽃놀이며 봄소풍에 설렐 시기이지만, 그런 걸 한 번도 해본 적이 없는 지완은 평소와 다름없이 바쁜 시간을 보내고 있었다.

오늘 방송국을 찾아온 이유는, 방송국 분위기에 익숙해지라는 현준의 지시 때문이었다.

"앞으로는 음악 방송 쪽 방청권을 섭외해둘 테니까 자주 가서 보고, 그 분위기에 익숙해지도록 해. 텔레비전으로 볼 때랑은 또 다르니까. 데뷔하고 나면 인터뷰를 할 일도 생길 텐데, 제대로 대답을 하지 않으면 문제가 되는 경우도 있으니까 어디서부터 어디까지가 허용 범위인지도 판단해보도록 하고."

'하나하나 지시하지는 않을게.'라고 현준은 말했다.

"넌 똘똘하니까 그런 부분은 알아서 할 거라고 믿는다."

다시 생각을 해봐도, 자신을 향한 현준의 무한한 신뢰가 어디에서 비롯하는지 알 수 없었다. 자신이 만약 현준의 입장이었더라면, 소매치기를 하고 성별을 속인, 주민등록번호조차 없는 계집애를 믿는 일은 절대 없었을 텐데.

믿어준다는 것만으로도 현준은 은인이었기에, 어느 날 갑자기 현준의 계획이 무산이 된다고 해도 원망하지 않겠다고 결심했다.

"아, 그리고. 이번 토크쇼에 민하가 나올 거야. 걔가 그래 봬도 토크는 잘하거든. 잘 관찰해 봐봐."

'그래 봬도'라는 건 무슨 의미일까?

민하가 출연하기 때문인지, 방송국 근처에는 풍월의 팬으로 보이는 사람들이 많았다. 아직 시작하려면 한 시간 이상 남았는데도 줄이 길었다.

'다들 언제부터 와서 기다린 거지?'

현준이 방송국 쪽에 말을 해두지 않았더라면, 저 긴 줄에 합류해야 할 뻔했다.

방송국 안으로 들어오긴 했는데, 어디로 가야 하는지 알 수 없어서 길을 좀 헤맸다. 입구를 제외하고는 특별히 막아서는 사람이 없었다. 각자 바쁜 듯 분주하게 복도를 오가고 있었다.

토크쇼를 진행하는 스튜디오를 찾아 두리번거리고 있을 때였다. 맞은편에서 걸어오던 남자가 갑자기 지완의 손목을 낚아챘다. 화들짝 놀라 고개를 든 지완의 어깨에서 힘이 빠졌다.

정민하였다.

실제로 본 건 처음이지만 풍월 멤버라는 사실 때문에, 손목이 잡힌 정도로는 크게 긴장하지 않을 수 있었다.

"어디 보자."

민하가 지완의 얼굴을 빤히 응시했다.

'부대표님이 나에 대해 말해뒀나?'

그런 생각을 하며, 지완은 멀뚱멀뚱 민하의 시선을 견뎠다.

"오, 좋아. 네가 좋겠다."

민하가 갑자기 지완의 손목을 끌고 어딘가로 향했다. 손목을 뺄 수가 없어, 민하의 뒤를 따라가며 물었다.

"어디 가는 거야?"

"여성 패널이 필요하거든. 한 명이 펑크를 내서. 뭐, 대단한 건 아니고 앉아서 적당히 웃고 적당히 박수를 치면 돼. 그런데 너, 옷은 좀 갈아입어야겠다. 너무 대충 입었네."

"뭔가 오해했나 본데, 난 남자야."

"하하하하하."

복도에 민하의 웃음소리가 울려 퍼졌다. 오가던 사람들이 무슨 일인가 싶어 민하를 돌아봤다. 민하는 별일 아니라는 듯 한 손을 들어 보이고는 말했다.

"무슨 그런 농담을."

"진짜로 남자라고."

"일단 바쁘니까 촬영 끝나고 얘기하자. 제대로 들어줄게."

"아니, 정민하!"

지완은 간신히 버텨 걸음을 멈추고, 다른 손으로 민하의 팔을 끌어당긴 후, 그대로 벽에 밀어붙였다. 생각지도 못한 일을 당한 민하가, 벽에 등을 댄 채로 눈을 크게 떴다. 지완은 한 팔로 민하의 가슴을 눌러 고정한 후, 그를 똑바로 노려보며 말했다.

"제대로 봐. 남자라고."

민하가 씩 웃었다.

"그래, 그래 보이네. 아프다, 야. 그만 좀 눌러."

지완은 팔에서 힘을 뺐다.

"너, 어디 애냐? 처음 보는 얼굴인데. 연습생? 신인?"

"연습생. 임지완."

"아, 임지완."

민하가 다시 웃었다. 인정하기는 싫지만 웃는 얼굴이 무척이나 근사했다. 얼굴 전체의 근육을 사용한 미소에는, 즐겁다 이외의 다른 감정은 조금도 들어 있지 않았다.

"현준이 형한테 이름만 들어서 몰라봤다. 내가 실례했네. 미안."

민하는 생각보다 쉽게 사과를 했다.

"한번 만나보고 싶었는데, 잘됐다. 이따가 촬영 끝나고 나면 잠깐 보고 가."

그런 일이 있었는데도, 민하는 지완을 촬영 장소까지 직접 데려다주었다.

지완은 맨 앞줄에 앉아 촬영 시작을 기다리며, 사람들의 모습을 관찰했다. 예정보다 10분 늦게 촬영이 시작되었다. 한 시간짜리 방송이었는데, 촬영은 거의 세 시간 동안 계속되었다.

패널이 앉는 자리 중 맨 앞자리에 민하가 앉아 있었고, 촬영하는 내내 민하는 웃고 떠들고 주변 사람들을 챙겼다. 능숙하다는 표현보다는 유려하다는 표현이 더 잘 어울리는 모습이었다. 솔직히 감탄했다.

'잘하는구나.'

편집 후의 방송과 달리, 촬영 현장에서 본 토크쇼는 길고 지루하거나, 화자가 실수를 하는 경우도 많았다. 그럴 때마다 민하는 상황을 잘 모면할 만한 말이나 행동을 했고, 진행자의 얼굴에 안도가 떠오르는 것을 볼 수 있었다.

'난 못 할 것 같아.'

저런 능숙함은 따라 하기 어려울 것 같았다. 노력만으로는 어려운 타고난 재능이 있는데, 민하에게는 분위기를 이끄는 재치가 있었다.

촬영이 끝난 후 방청객들이 빠져나가기를 기다렸다가 지완도 일어났다. 그때는 민하가 '촬영 끝나고 잠깐 보자.'라고 말했다는 것을 까맣게 잊고 있었다. 그래서 대기실로 돌아간 줄 알았던 민하가 손목을 붙잡았을 때 깜짝 놀랐다.

'요새 진짜 손목 자주 붙잡히네. 깁스라도 해야 하나?'

지완은 뒤를 돌아봤다.

"야, 어디 가?"

"집."

"잠깐 보고 가라고 했잖아."

"아, 맞다."

"그냥 갈 것 같더라니. 야, 너 술 잘하냐?"

술은 너무 우울할 때 공원에 앉아 소주 한 병씩 마셔본 것이 전부였다. 잘한다는 기준이 어느 정도인지는 모르겠지만 고개를 끄덕였다.

"잘됐네. 한잔하러 가자."

"왜 나랑?"

"마침 눈에 띄었고, 마침 술 마시고 싶은 기분이니까. 아, 그쪽으로 나가면 눈에 띄니까 이쪽으로 가자."

민하에게 이끌려 무대 뒤로 향했다. 무대 뒤로 이어진 공간을 따라가니, 대기실이 나왔다. 몇몇 출연자들이 민하와 함께 들어온 지완에게 관심을 보였다.

"우리 연습생이야. 곧 데뷔한대."

"여자야, 남자야?"

"튼실한 사내놈이야. 예쁘지?"

민하가 지완의 등을 툭툭 두드려 빈 의자로 향하게 했다.

"잠깐만. 옷 좀 갈아입고 올게."

사람들이 말을 걸어올까 봐 긴장했는데, 다행히 다들 자기 일을 하느라 정신이 없었다. 청바지와 흰색 맨투맨 티셔츠로 갈아입고 나온 민하가 지완의 머리를 꾹 눌렀다.

"가자, 술 마시러."

민하는 표현하자면, 정신없는 사람이었다. 특별히 서두르는 기

색도 없고 강압적이지도 않았다. 하지만 정신을 차리고 보면 그의 페이스에 끌려가고 있다는 걸 깨닫게 되었다.

고급 바의 조용한 룸에 앉아, 지완은 주위를 둘러봤다. 'ㄷ 자' 모양의 고급 소파 가운데에 긴 테이블이 있었고, 처음 보는 양주와 예쁘게 모양을 낸 각종 과일, 훈제치킨이 놓여 있었다. 민하가 들어와서 시킨 것들이었다.

"안주 모자라면 더 시켜. 내가 쏜다."

민하가 지완의 잔에 술을 따라주며 말했다.

"그럼 사양 않고 먹을게."

지완이 훈제치킨의 다리부터 뜯었다.

"야, 짠은 한번 하고 먹어라."

민하가 가볍게 책망하며 자기 잔에도 술을 채웠다. 상대의 잔에 술을 따라줘야 한다는 술자리 매너를 모르는 지완은, 멍하니 그 모습을 지켜보다가 자신의 술잔을 들었다.

챙-

유리잔이 부딪치며 맑은 소리를 냈다.

민하가 한 모금 마시기에, 지완도 따라서 한 모금 마셨다.

"콜록, 콜록."

소주만 생각하면서 아무 생각 없이 삼킨 지완은, 생각보다 독한 목 넘김에 기침을 했다.

"뭐야, 술 못 마시네."

민하가 피식 웃으며 말했다. 지완은 손등으로 입가를 닦으며 중얼거렸다.

"이렇게 독한 술은 처음이라서."

"싸구려만 마셨나 보지?"

"고급은 독해?"

"뭐, 그런 것도 있고 아닌 것도 있고. 안주나 잘 챙겨 먹어라. 취한 놈 업고 가는 취미 없으니까."

지완은 아까 뜯어놨던 치킨 다리를 집어 들었다. 짭조름하고 고소한 맛이 입안에 퍼져, 독한 술 냄새를 앗아갔다.

와구와구 치킨을 먹는 지완을 지켜보며, 민하는 술잔을 기울였다. 지완이 치킨을 반 이상 먹었을 때, 민하가 입을 열었다.

"그래서, 넌 뭐에 낚여서 이 세계에 뛰어들기로 한 거냐?"

소매치기를 하다가 여자라는 걸 들켜서, 라는 말은 절대로 할 수 없었기 때문에, 지완은 퉁명스럽게 대답했다.

"초면에 알 거 없잖아."

"아까 방송국에서 인사했고, 지금 또 같이 앉아 있는데 초면은 아니지. 이 정도면 지인 정도는 되지 않겠냐?"

"흐응."

"현준이 형이 너 매니징한다면서? 그 형, 부대표 된 다음에 직접 나서서 매니징한 적 한 번도 없는데. 너, 뭘 잘하는데? 춤? 노래? 아니면… 음, 역시 얼굴 때문인가?"

"몰라, 그런 거."

이건 사실이었다. 지완은 아직도 현준이 무엇 때문에 많은 사람들을 속이면서까지 자신을 연예인으로 키우려고 하는지 알 수 없었다. 지완 정도 되는 얼굴은 널리고 널렸고, 그중 대부분은 성별을 속일 필요도 없었다. 춤, 노래 잘하는 사람들도 많고, 연예인이 되고 싶어서 안달인 사람들은 넘쳤다. 그런데 왜 나일까?

"흐음. 아, 그건가?"

지완의 얼굴을 가만히 살펴보던 민하가 씩 웃었다.

"현준이 형이 사내놈한테 관심이 있었나? 하긴, 그러고 보면 현준이 형이 연애하는 걸 본 적이 없단 말이야. 몸으로 꼬셨냐? 아니면 현준이 형이 널 꼬신 건가?"

지완은 들고 있던 포크를 내려놓고 민하를 노려봤다.

"말 함부로 하지 마, 정민하."

이러니저러니 해도 현준은 고마운 사람이었다. 그런 사람이 자신 때문에 오해를 받는 건 싫었다.

"그건 문제없이 서냐? 너도 원래 그쪽이고?"

민하가 검지로 지완의 다리 사이를 가리키며 물었다. 그제야 지완은 현준이 말했던 '그래 봬도'라는 말의 의미를 깨달았다.

'이런 녀석이었군.'

지완은 굳은 표정으로 다시 한번 말했다.

"말 함부로 하지 말랬다."

"아, 왜? 말해 봐. 나, 입 무겁거든. 사내놈들끼리는 대체 어떻게 하는지 좀 알자. 똑같은 게 달렸는데 그게 선다는 게 이해가 안 되거든."

"그쯤에서 닥치는 게 좋을 것 같은데."

지완이 낮은 음성으로 경고했다. 민하가 씩 웃었다.

"왜 웃어?"

"하나도 안 무서워서."

조롱하는 듯한 대꾸에, 지완이 벌떡 일어나 테이블을 발로 차서 밀었다. 긴 테이블이 밀려 민하의 가슴에 닿았다.

"의외로 무서울지도 모르는데."

지완의 말에 민하가 으하하하, 하고 웃더니 갑자기 벌떡 일어났다. 순식간에 테이블에 올라온 민하가 지완의 멱살을 잡아 들어올렸다. 민하의 얼굴에서 웃음기가 사라졌다. 민하는 차가운 눈으로 지완을 노려보며 말했다.

"기어오르지 마, 연습생. 듣자 하니 현준이 형이랑 재희는 너한테 설설 기는 모양인데, 난 그렇지가 않거든."

민하가 테이블을 내려가며 지완을 밀어 소파에 앉혔다.

"아직 연예계 룰을 모르는 모양인데, 선배를 보면 납작 엎드려서 존댓말을 사용하는 게 어때? 그 예쁘장한 주둥이로 꼬박꼬박 반말 지껄이는 꼴, 봐줄 수 있는 사람은 그리 많지 않으니까."

맹수가 으르렁거리는 듯한 말투였다. 하지만 지완은 민하에게서 시선을 돌리지 않고 말했다.

"네가 언제부터 내 선배였는지 모르겠네. 난 아직 데뷔를 하지도 않았거든. 이대로 연습생 생활 관두면, 네 극성 안티가 될 거라는 생각은 못 해봤어? 그리고."

지완은 주머니에서 휴대폰을 꺼냈다. 휴대폰 액정에는 녹음 중이라는 표시가 떠 있었다.

"우리 사이 대화, 지금 녹음 중이거든. 여기서 있었던 대화들, 아무래도 너나 풍월의 이미지에 도움이 될 것 같지 않은데. 어때? 이 손 놔주고 원래 자리로 돌아가서 마시던 술이나 계속 처마시는 건 어떨까?"

서로를 노려본 채 침묵이 흘렀다. 이윽고 민하가 웃으며 양손으로 지완의 어깨를 툭툭 두드렸다.

"너, 재미있는 놈 같다? 그런데 임지완, 난 너보다 나이가 많아. 선배님이라고 꼬박꼬박 불러. 그럼 양껏 귀여워해줄 테니까."

두 시간쯤 민하와 술을 마신 것 같다. 양주가 너무 독해서 밖으로 나왔을 때는 취기가 올라왔다. 민하가 데려다주겠다고 했지만 거절하고 혼자서 걸었다.

하늘은 어느새 진청빛으로 바뀌어 있었다. 흐릿한 밤하늘을 올려다보며 지완은 한숨을 내쉬었다.

'나는 또 겁에 질렸어.'

재희와의 첫 만남 이후, 남자와의 접촉에 동요하지 않겠다고 마음을 다잡았다. 그러한 상황을 몇 번이나 시뮬레이션했고, 덕분에 방송국에서 민하에게 손목을 잡혔을 때는 의연하게 대처할 수 있었다.

그러나.

'이길 수가 없었어.'

바에서 민하가 지완의 멱살을 잡았을 때, 지완은 그 힘을 이길 수가 없었다. 꼼짝도 할 수 없었다는 말이 옳을 것이다.

'그래도 겉으로 드러내지는 않아서 다행이야. 나도 조금 성장한 건가?'

4월의 밤은 조금 쌀쌀했다. 얇은 점퍼를 여미며 지완은 사람들 사이를 걸어갔다.

불과 얼마 전까지만 해도 이 시간에는 사람들 사이에 섞여 걸어다니며, 사냥감을 물색하곤 했다. 이렇게 목적도 없이 거리를 걷는 건 처음이었다.

'그리고 갈 곳이 있는 것도 처음이지.'

거리 생활을 할 때는 매일 밤 고민했다. 어디에 가서 잘까. 공원에서 잘까, 찜질방을 갈까, PC방에 갈까.

늘 궁금했다. 생활이 보장된 사람들은 무슨 생각을 하면서 살아가는지. 저 사람들에게도 고민이 있는지. 죽고 싶어 하는 사람들은 대체 무슨 고민이 있어서 그런 극단적인 생각까지 하는지.

그것을 이제 알게 되었다. 고민이라는 것은 결코 사라지지 않는다. 하나가 사라지면 또 다른 하나가 그 자리를 채워 넣는다. 지금 지완처럼.

잠잘 곳이 있고 먹을 것도 있고 조만간 신분도 생기게 될 완벽한 생활인데도, 다른 고민이 지완의 안을 채우고 있었다.

어떻게 해야 남자의 손길을 무서워하지 않을 수 있을까.

어떻게 해야 모든 일에 의연할 수 있을까.

어떻게 해야 과거를 잊고 살아갈 수 있을까.

'찬혁이 형 보고 싶다.'

이런 상황에서 불현듯 찬혁이 떠오른 이유를 알 수 없었다. 간혹 통화를 하는 재희도, 매일 붙어 있는 현준도 아닌 찬혁이 보고 싶었다. 그의 반듯한 이마와 짙은 눈썹을, 갸름한 눈과 오뚝한 코를, 날카로운 턱선 위에 자리 잡은 입술을, 길고 두꺼운 목과 넓은 어깨를, 투블럭컷이 무척이나 잘 어울리는 그 예쁘장한 얼굴을.

말도 못하게 보고 싶었다. 무심한 눈빛도, 무뚝뚝한 말투도, '하.' 하고 내뱉는 한숨 섞인 헛웃음도. 마치 몇 년을 못 본 것처럼 그리웠다.

휴대폰을 꺼내 들고 전화번호부를 띄웠다. 전화번호부에는 찬혁과 현준, 재희의 번호밖에 없었다. 세 사람의 이름 중 찬혁의 이름만이 시야에 새겨졌다.

어쩔까?

전화를 걸어도 될까?

전에는 쉬웠던 일이 왜 이리도 어렵게 느껴지는지 모르겠다. 아무렇지도 않게 통화 버튼을 눌렀던 그 시간이 꿈처럼 느껴졌다.

버튼을 누르면, 신호음이 울리면 찬혁이 전화를 받아줄까? 아니면 받지 않을까?

이런 걱정을 하는 것이 이상했다. 전화를 받지 않으면 받지 못할 상황이구나, 하고 끊으면 그만이다.

그런데 나는 뭐가 이렇게 무서워서 통화 버튼을 누르지 못하는 거지?

녹색 버튼 위에 올라간 손가락을 접었다가 펴기를 반복하며 계속 걸었다. 그렇게 하염없이 걷다가 정신을 차리니, 풍월 숙소 앞이었다. 오피스텔 안에 들어와 엘리베이터를 탔다는 것조차 자각하지 못하고 있었다. 손에 들린 휴대폰과 숙소 초인종을 번갈아 보다가, 지완은 힘겹게 손가락을 들어 초인종을 눌렀다.

딩동.

이 초인종을 눌렀을 때가 아주 먼 옛날 일처럼 느껴졌다. 그때는 응답이 있을 때까지 몇 번이고 눌렀었는데. 어떻게 그렇게 행동할 수 있었을까?

잠시 기다렸지만 인기척이 없었다.

한 번 더 누를까? 그래도 될까?

고민을 하다가 결국 관뒀다. 현관문에 등을 기대고 앉아, 지완은 다시 휴대폰을 내려다봤다.

'이렇게까지 고민할 일은 아닌 것 같은데, 나 진짜 왜 이러지?'

별것도 아닌 일로 망설이는 자신이 우습다고 생각하며, 지완은 통화 버튼을 눌렀다. 신호음이 울린 지 얼마 되지 않아 찬혁이 전화를 받았다.

"응."

나직하게 울리는 그의 음성을 듣자 가슴이 콱 죄였다.

"아, 형. 나야."

애써 아무렇지도 않게 말했다.

"응."

"바빠?"

"아니. 왜?"

"그냥. 형 목소리 듣고 싶어서."

거의 충동적으로 튀어나온 말에 당황했다. 잠시 시간이 흐른 후, 찬혁이 말했다.

"그래, 나도."

내가 제대로 들은 게 맞는 걸까? 방금 찬혁이 '나도.'라고 대답한 게 맞는 걸까?

다시 듣고 싶어서 "응?" 하고 되물었다.

"아니, 아무것도 아냐. 그동안 바빴어?"

"아, 응. 레슨 때문에 정신이 없어서. 형은 요새…."

거기까지 말했을 때였다.

"찬혁이 오빠. 거기서 뭐해?"

여자의 음성이 들려왔다.

순간 심장이 쿵 떨어졌다. 그의 음성으로 따뜻해졌던 공기가 순식간에 식어, 손가락 끝까지 차가워졌다.

간신히 정신을 차리고 황급히 말했다.

"아, 형. 누구 만나는 중이었나 보다. 방해해서 미안. 끊을게."

"아니, 잠…."

그가 무슨 말을 하려고 했지만, 지완은 듣지 않고 전화를 끊었다. 심장에서 시작된 차디찬 서리가 전신으로 퍼졌다. 지완은 떨리는 손으로 휴대폰을 주머니에 집어넣고, 도망치듯 오피스텔을 빠져나왔다.

조용한 재즈 선율이 흐르고 있었다. 이번에 찍은 영화 스태프의 지인이 운영하는 재즈 바를 통째로 빌려서, 영화 촬영 뒤풀이를 하는 중이었다.

찬혁은 이런 자리를 끔찍이 싫어했지만, 거절할 수가 없어서 참가한 터였다. 최대한 사람들의 눈에 띄지 않는 자리에 앉아 있던 찬혁은, 방금 전 끊긴 휴대폰을 물끄러미 응시했다.

"오빠. 왜 여기에 있어?"

제나가 높은 목소리로 말하며 찬혁의 앞에 멈췄다.

이 여자 때문에.

찬혁은 굳은 표정으로 제나를 노려봤다. 이 여자 때문에 지완이 전화를 끊었다. 아니었더라면 계속 통화할 수 있었을 텐데.

참으로 오랜만에 걸려온 전화였다. 체감상으로는 몇 년 만에 듣는 목소리인 것만 같았다. 하지만 따지고 보면 고작 보름이 흘렀을 뿐이다.

'그런데 난 왜 녀석이랑 통화하지 못한 기간을 기억하고 있지?'

"오빠, 방금 통화한 거지?"

제나는 찬혁의 불편한 표정을 무시하고 옆자리에 앉으며 물었다.

"누구랑 통화를 하는데 그렇게 표정이 심각해?"

찬혁은 당연히 대답을 하지 않았고, 제나 역시 찬혁의 대답을 기다리지 않은 듯 계속해서 떠들었다.

"그래, 뭐. 오빠도 여기저기서 연락 많이 오겠지. 나도 가끔 불편한 사람들한테 연락 올 때마다 어떻게 대처를 해야 할지 모르겠더라. 그런 거 있잖아. 여자들은 조금만 대응 잘못해도 더 욕먹는 거."

찬혁은 제나의 말을 흘려들었다. 제나의 한 톤 높은 목소리가 거슬리기는 했지만, 무시하지 못할 이유는 없었다. 차라리 제나가 옆에 있는 편이, 다른 사람들이 다가오지 않아서 좋았다. 멋대로 떠들어대도록 내버려둔 채, 찬혁은 지완을 생각했다.

지난번, 지완의 집에서 느꼈던, 정의 내릴 수 없는 그 감정. 그리고 결국 답을 찾지 못한 재희의 질문.

'너 지금 그렇게 예민하게 구는 거, 정말 풍월이 걱정돼서냐?'

지완을 만난 후로 삶에 변화가 생겼다.

의문도, 호기심도 없던 삶이었다. 분노도, 증오도, 기쁨도, 슬픔도. 남들이 다 느끼는 감정 중 무엇 하나 제대로 느끼지 못한 채 살아왔다.

지완을 만나면서 바람 한 점 없는 고요한 호수에 물결이 일기 시작했다. 방금 전, 지완과의 통화를 방해한 제나에게 느꼈던 감정은 명백한 분노였다. 부정할 수 없는, 또렷한 감각이었다.

"아무튼 오빠."

제나가 갑자기 손을 뻗어와 찬혁의 허벅지 위에 살며시 내려놓았다. 은밀한 접촉에 퍼뜩 정신을 차린 찬혁이 차갑게 그녀의 손을 뿌리쳤다.

매몰찬 거부에도 제나는 당황한 기색이 없었다. 오히려 도발적인 미소를 지으며 말했다.

"아, 맞다. 오빠는 몸에 손대는 거 싫어하지."

"알면 하지 마."

"우리 당분간 친한 척해야 돼, 오빠. 영화 홍보 때문에 예능 출연 잡힌 거 몰라?"

아직 못 들었다.

"문 대표님이 한동안은 긴가민가하게 이슈를 만들어보라고 지시하셨어."

찬혁은 말없이 제나를 노려봤다. 찬혁의 성격을 아는 문 대표가 먼저 그런 제안을 했을 리는 없었다. 아마도 제나가 투자자 중 누군가를 구슬려, 그런 소리가 나오게 만들었을 것이다.

주연배우들끼리의 스캔들을 이용한 영화 홍보. 적당히 흘리면 기사가 나올 거고, 대중은 좋아할 거고, 영화 제목이 자주 거론될 것이다. 영화가 개봉할 때쯤에 스캔들은 진실이 아니었다고 밝히면 그만. 그쯤에는 영화 홍보차 만들어낸 스캔들이라는 것이 알려져도 상관없었다.

"왜 그렇게 째려봐? 무서워 죽겠네, 진짜."

제나는 전혀 무섭지 않다는 표정으로 말했다. 우아한 포즈로 머리를 쓸어 넘긴 제나는 천천히 일어나 찬혁의 앞에 섰다. 그리고 찬혁을 내려다보며 말했다.

"그동안은 몸을 사렸는데 이제는 안 그러려고. 역시 난 오빠가 좋거든."

"…."

"난 이제부터가 시작이야. 긴장하고 있어, 오빠."

이번에도 제나는 찬혁의 대답을 듣지 않고 휙 돌아섰다. 찬혁이 대답하지 않을 줄 알고 한 행동이었는데, 의외로 찬혁의 음성이 제나의 발목을 붙잡았다.

"그렇다면 끝낼 준비도 해라. 내 마음이 너한테 가는 일은 죽었다가 깨어나도 없을 테니까."

지완은 거리를 달렸다. 소매치기를 하던 시절에도 이렇게 정신 없이 달린 적은 없었다.

쾅!

현관문이 거칠게 닫히는 소리를 듣고서야, 자신이 집에 들어왔다는 것을 깨달았다. 집으로 향한 것조차 깨닫지 못했을 만큼, 지완은 충격에 빠져 있었다.

왜?

왜?

왜?

달리는 내내 지완의 머릿속을 채운 의문이었다.

어째서?

어째서?

어째서?

사실은 답을 알고 있었다. 아무리 배운 게 없어도 그걸 모를 만큼 바보는 아니었다.

하지만 인정하고 싶지 않았다. 절대로 그 답을 받아들이고 싶지 않았다.

그러나 비틀비틀 걸어 들어간 욕실 거울에 비친 자신의 모습을 보는 순간, 지완은 인정할 수밖에 없었다.

거울 속에 여자가 서 있었다.

여전히 짧은 머리에, 남자 같은 차림새를 하고 있지만, 거울 안에 비친 임지완은 여자였다.

충격에 흔들리는 촉촉한 눈, 붉게 젖은 입술. 오래전에 버린 여자의 얼굴이, 저 안에 자리 잡고 있었다.

"말도 안 돼."

지완은 고개를 저었다.

"왜 이렇게 갑자기? 그럴 만한 이유가 없잖아. 대체 왜?"

여자의 얼굴을 한 자신의 모습을 보고 싶지 않았다. 지완은 두 손으로 얼굴을 감쌌다.

"왜 송찬혁을?"

목소리가 심하게 떨렸다.

"내가 왜 송찬혁을?"

손도, 어깨도, 다리까지도 떨렸다.

힘이 쭉 빠져, 지완은 욕실 바닥에 쭈그리고 앉았다.

"내가 왜 송찬혁을 사랑하게 된 거지?"

그것은 질투였다. 한 번도 느껴본 적이 없는 감정이지만, 지완은 알 수 있었다.

찬혁이 여자와 함께 있다는 것을 안 순간, 당혹스러울 정도로 커다란 질투가 지완을 덮쳤다.

질투와 서운함, 실망…. 원인 모를 감정들이 범벅이 되어 지완의 몸을 차게 식혔다.

그리고 집으로 달려오는 동안, 거울에 비친 여자의 얼굴을 발견한 순간, '원인 모를 감정'들이 '이유 있는 감정'들로 변했다.

사랑하기 때문이었다.

나도 모르는 새에 그를 사랑하게 되어서, 나도 모르는 새에 그를 갖고 싶어져서, 나도 모르는 새에 그의 전부를 소유하고 싶어져서. 그래서 그가 딴 여자와 있다는 사실에 실망하고 서운해하고 질투까지 했던 것이다.

"말도 안 돼."

지완은 다시 중얼거렸다.

"이건 정말 말도 안 돼. 난 남자고, 여자가 될 생각 없고, 송찬혁은 친구야. 친구이자 형. 남자끼리 사랑하는 건 정말 말도 안 되잖아. 말도 안 돼."

여자를 버렸다. 자신을 여자로 보는 사내의 시선이 싫고, 자신을 여자로 대하는 사내의 손길이 싫었다. 끔찍이도 싫기에 여자를 버린 것이 조금도 아깝지 않았다.

또래 여자들이 누리는 긴 머리카락도, 예쁜 원피스도, 가방도, 신발도. 그 무엇 하나 부러운 적이 없었다.

나는 남자니까.

오히려 어느 남자가 신은 한정판 운동화가, 어느 남자가 찬 시계가 부러울 때가 더 많았다.

그런데 왜.

"그래, 왜지?"

다른 남자들과 찬혁은 뭐가 다른 걸까?

왜 나는 하필이면 송찬혁이라는 사람을 사랑하게 됐을까?

"아니, 이건 중요한 게 아냐. 사랑하지 않을 거니까."

지완은 일어나서 거울을 노려봤다. 거울은 지완을 놀리듯 '여자 임지완'을 보여주고 있었다.

"절대 안 돼, 임지완."

지완은 한 손으로 거울에 비친 자신의 얼굴을 눌렀다.

"이건 정말 말도 안 돼. 바보 같은 생각하지 마. 멍청한 감정 품지 마. 넌 남자야, 임지완."

거울 속 자신을 향해 다짐하듯 말했다.

"남자야. 이 생활이 아늑하고 좋아서, 돌아갈 집이 생긴 게 기쁘고 안심이 돼서 잊었나 본데. 기억해, 네 과거를. 사내놈들이 네게 무슨 짓을 했는지 기억하고, 네 과거가 얼마나 비참했는지를 기억해. 네 인생에, 영원한 빛은 절대로 존재하지 않아."

지완은 벽장에 갇혀 있던 어린 소녀를 떠올렸다. 벽장의 작은 틈으로 들어오던 빛조차도 사라졌던 때를 기억해냈다.

"지금 이 온기도 조만간 사라질 거야. 이건 영원한 게 아니야. 최현준의 마음이 변하면, 혹은 중간에 트러블이 생기면 언제든 사라질 온기야. 이 집도, 카드도, 통장도, 연예인이라는 꿈도 전부. 내 것이 아니야, 임지완. 내 것은 아무것도 없어. 내가 가진 건 임지완이라는 이름, 이거 하나뿐이야. 그러니까."

지완은 주먹으로 거울을 깨뜨렸다. 날카로운 유리가 주먹을 베어 피가 흘렀지만, 지완의 눈동자는 균열 속에서 비웃듯 서 있는 '여자'에게 고정되어 있었다.

"넌 절대로 여자가 되어선 안 돼. 언젠가 다시 거리로 돌아가게 될 테니까."

찬혁의 번호를 지우지는 않았다. 그런 행동조차도 그를 의식하는 것처럼 보일 테니까.

의식하지 않고, 마음에 두지 않고, 그렇게 그를 대해야만 한다. 재희나 민하를 대하듯이, 현준을 대하듯이, 그렇게 아무렇지도 않게.

그러나 머릿속을 가득 채운 찬혁을 지우기란 쉬운 일이 아니었다. 레슨, 레슨, 레슨을 반복하는 바쁜 생활 속에서도, 문득문득 떠오르는 찬혁의 모습에 가슴이 아렸다.

그래서 댄스 레슨을 받는 곳에 민하가 찾아왔을 때는, 감사한 마음까지 들었다.

"으하하하하하하."

댄스 강사의 동작을 따라 하고 있는데, 커다란 웃음소리가 연습실을 채웠다. 지완은 동작을 멈추고 거울에 비친 민하를 노려봤다.

민하가 배를 부여잡고 웃고 있었다. 멈추려는 시도조차 하지 않는 민하가 얄미워 눈을 가늘게 떴지만 소용없었다.

“너 대체 뭐 하는 거냐? 하하하하하. 아, 진짜. 간만에 웃겼네.”

안으로 들어온 민하가 강사에게 살짝 눈인사를 했다. 서로 아는 사이인지, 강사도 웃으며 인사를 하고는 잠깐 쉬라는 말을 남기고 어딘가로 사라졌다.

“어쩐 일이야, 선배님? 요새 한가해?”

일부러 건방진 어조로 말했지만 민하는 불쾌한 기색 없이 지완의 머리를 툭툭 두드렸다.

“어, 한가해. 난 찬혁이나 재희처럼 잘나가지를 못해서. 근데 네 춤, 진짜 죽인다. 뭘 어떻게 해야 그런 모양이 나오는 거냐?”

“…”

이 부분에 대해서는 대꾸할 말이 없었다. 노래나 기타를 배울 때는 크게 지적을 받은 적이 없었다. 오히려 ‘잘한다.’라는 칭찬을 많이 받아서 조금은 으쓱했다. 하지만 댄스 레슨을 시작했을 때부터 분위기가 달라졌다.

현준은 한숨을 쉬었고, 댄스 강사는 무척이나 난처한 표정을 지었다.

“몇 달로는 안 되겠는데요.”

레슨을 시작한 지 일주일이 지났을 때, 댄스 강사는 현준에게 말했다.

"1년을 바짝 해도 간신히 흉내 내는 수준만 되겠어요. 노래할 땐 정말 괜찮습니까? 박자 감각이 전혀 없는 것 같은데."

그랬다. 지완은 도저히 '박자'라는 걸 맞출 수가 없었다.

노래할 때는 가능했다. 악기를 다룰 때도 어느 정도는 감을 잡을 수가 있었다. 그런데 이상하게 몸을 움직이면서는 박자를 따라잡기가 힘들었다. 박자를 신경 쓰다 보면 움직임이 이상해졌고, 움직임을 신경 쓰다 보면 박자를 놓쳤다.

"우선 할 수 있는 데까지 해보자."

댄스 레슨 시간을 세 배로 늘렸지만 나아지는 기미는 조금도 없었다. 그 결과 민하가 대놓고 비웃어도 할 말이 없게 된 것이다.

"춤은 어려워."

지완은 솔직하게 말했다.

"대체 어떻게 해야 몸이 제각각 따로 움직이는데, 박자까지 정확하게 맞출 수가 있는 거야? 선배님은 춤 잘 추지?"

"엉, 잘 추지. 공연 영상 못 봤냐?"

"봤지. 잘 추더라, 다들."

풍월의 칼군무는 유명했다. 풍월 멤버 네 명과 백댄서들의 움직임은 일사불란해서, 잠시도 눈을 떼지 못하게 만들었다.

"그 정도는 바라지도 않아. 박자나 제대로 좀 따라갈 수 있으면 좋겠어."

"그 정도를 바라야 그 반만이라도 따라가지, 멍청아. 꿈은 크게 꾸라는 말도 모르냐, 젊은이여?"

"꿈을 크게 꿔봐야 절망만 클 뿐이야."

지완의 자조적인 음성에, 민하는 잠시 말문이 막혔다. 꿈을 크게 꿔봐야 절망만 클 뿐이라는 건, 이런 식의 조언을 했을 때 종종 돌아오는 대답이었다.

그런데 왜 지완의 입에서 나온 말은 이토록 무게감이 있는 것일까. 언제나 가볍게 살아가는 민하조차도 느껴질 만큼 묵직하게 들려서 당황스러웠다.

"야, 너…."

무슨 말이든 해야 할 것 같아서 입을 여는데, 지완이 고개를 들어 민하와 눈을 맞췄다. 전에는 몰랐는데, 아몬드형 눈매 안에 갇힌 눈동자 색깔이 무척이나 옅었다. 조명을 받아서 그런지, 거의 금빛으로 빛나는 눈동자였다.

"아무튼 선배님. 놀리려고 온 거면 얼른 가. 나 연습해야 돼."

방금 전의 무게감이 거짓말로 느껴질 만큼, 지완의 목소리는 경쾌했다. 하지만 민하는 그 어두운 무게가 거짓이 아니라는 것을 확신했다. 그래서 지완에게 시선을 고정하고 말했다.

"꿈을 크게 꿔봐야 절망만 커질 뿐이라며? 그런데도 연습을 하시려고?"

약간은 비아냥거리는 말투였지만, 지완의 표정은 조금도 달라지지 않았다.

"난 꿈을 꾸지 않아, 선배님. 그저 오늘 하루 제대로 살아남는 것만 생각할 뿐이지."

운전석에 앉아 시동을 걸지 않은 채로, 민하는 핸들을 톡톡 두드리며 생각에 잠겼다.

'뭐지, 그 녀석은?'

재미있는 녀석이라고만 생각했다. 하늘 같은 선배한테 지지 않고 반말을 하는, 건방지지만 마음에 드는 녀석. 어지간한 일로는 결코 무너지지 않을 것 같은, 썩 괜찮은 녀석.

물론 쉬는 날 찾을 만큼 마음에 든 건 아니었다. 그저 간만에 한가해서 현준을 찾아갔더니 "지완이 춤 좀 봐줘라."라고 말하기에, 시간도 때울 겸 방문했을 뿐이다.

그런데 의외의 모습을 보고 말았다.

'난 꿈을 꾸지 않아, 선배님. 그저 오늘 하루 제대로 살아남는 것만 생각할 뿐이지.'

다른 사람이 말했더라면, 오기에 찬 당당한 말로 들렸을지도 모르겠다. 하지만 그 말을 하는 지완은 금방이라도 흩어질 듯 불안해

보였다. 존재하지만 존재하지 않는, 바람결에 따라, 빛의 움직임에 따라 사라질 것만 같은, 오로라처럼 보였다.

사내놈들뿐 아니라, 여자를 상대하면서도 이런 느낌을 받은 건 처음이었다.

신경 쓰인다. 그 표정이, 말투가, 부서질 것 같은 웃음이.

'이상한 녀석일세. 현준이 형도 그런 부분에 끌린 건가?'

민하는 핸들을 두드리는 걸 멈추고 시동을 걸었다.

'에이, 모르겠다. 하여간 춤추는 모습은 진짜 웃겼어. 내일 또 구경하러 와야지.'

"역시 댄스는 포기하자."

현준이 말한 것은, 민하가 놀리려고 찾아온 날로부터 한 달이 흘렀을 때였다. 날씨는 점점 더워지고 있었고, 지완은 슬슬 더위 대책을 어떻게 세워야 할지 고민하고 있었다.

"역시 포깁니까."

"그래. 어차피 댄스까지는 기대하지도 않았어. 네 노래로도 충분해. 댄스도 가능하면 더 좋을 것 같아서 시켜본 건데, 안 되겠다. 두 마리 토끼를 잡으려다가 다 놓칠 순 없지."

"아쉽게 됐네요."

이왕이면 잘해내고 싶었는데, 정말로 아쉽게 됐다. 하지만 아무리 노력해도 되지 않는 일이 있는 법이다. 지완은 가슴에 손을 얹고, 최선을 다했노라고 말할 수 있었다. 현준도 그것을 알기에, 이쯤에서 댄스를 포기한 것이리라.

"일단 댄스 레슨은 원래대로 한 시간으로 줄이고, 보컬이랑 기타 레슨에 조금 더 시간을 투자하자. 앞으로는 피부 관리도 받아야 할 거야."

"네."

"작곡가는 몇 명 섭외를 해놨는데, 네가 특별히 원하는 분위기가 있다면 최대한 맞춰볼게."

"제가 이쪽 일을 뭘 알겠습니까. 부대표님이 알아서 해주세요. 제가 맞추겠습니다."

"그래, 그럼."

주문한 요리가 나왔다. 몇 시간 전에 주문을 해둬야 먹을 수 있다는 유황오리였다. 지완은 젓가락을 들며 말했다.

"오늘은 어쩐 일로 이렇게 호화롭습니까?"

농담 삼아서 던진 질문인데 현준은 웃음기가 보이지 않는 얼굴로 대답했다.

"요새 네가 힘들어 보여서."

고기를 향하던 지완의 젓가락이 멈췄다. 지완은 고개를 들어 현준을 응시했다.

"제가 그래 보입니까?"

"그래. 어째 이 생활을 시작하기 전보다 더 힘들어 보인다, 너."

"네, 뭐. 그때보다 할 게 많아졌으니까요."

"아니, 그런 육체적인 문제가 아니라."

현준이 손가락으로 지완의 눈을 가리켰다.

"눈빛. 네 눈빛, 어두워졌어."

"아…."

아무렇지도 않은 척 젓가락을 움직여야 하는데 도저히 그럴 수가 없었다.

그렇게 티가 난단 말인가.

아니, 티가 나는 건 문제가 아니었다.

나는 송찬혁이 무어라고, 눈빛이 달라질 만큼 마음을 다잡지 못한단 말인가. 만난 지 얼마 되지도 않은, 언젠가는 연이 끊길 다른 세계의 사람일 뿐인데.

"슬슬."

간신히 할 말을 쥐어짜냈다.

"데뷔도 가까워오고 해서 긴장을 했나 봅니다."

"그러냐."

"춤도 마음처럼 되지 않고, 부대표님한테도 죄송하고."

"그런 걸로 미안해할 필요 없어. 애초에 네 노래를 들었을 때부터 발라드를 생각하고 있었고, 춤은 혹시나 해서 시켜본 거니까. 발라드 가수가 어느 날 댄스 가수로 이미지를 바꾸면 이슈가 될 수도 있으니까."

"네에."

사실 그런 건 아무래도 좋았다. 송찬혁을 떠올린 순간부터 그의 무심한 얼굴이 머릿속을 채웠기에, 그것을 털어내기 위해 애써야만 했다.

현준은 묵묵히 젓가락을 움직이는 지완을 지켜보다가 말했다.

"다음 주에 풍월 정규 앨범 건으로 회의를 할 거야. 너도 참석을 하는 게 좋겠다."

지완이 다시 젓가락을 멈추고 고개를 들었다.

"제가 거길 왜요?"

"너도 참가할 거니까. 풍월의 새 앨범에."

다음 주 월요일. 찬혁을 만나게 된다는 걸 알고 나니 마음이 수선스러웠다. 현준과 헤어져 집에 돌아온 지완은 소파에 책상다리를 하고 앉아 한쪽 볼을 부풀리고 생각에 잠겼다.

'큰일이네.'

인정하고 싶지 않지만 아직 마음의 정리가 끝나지 않았다. 풍월의 이름을 듣는 것만으로도 재희나 민하보다는 찬혁을 가장 먼저 떠올리니까. 풍월의 이름이 나왔을 뿐인데도, 송찬혁이라는 남자를 담은 심장이 움직이니까.

'정규 앨범에 참가를 하다니.'

현준은 지완이 풍월의 새 앨범 중 세 곡 정도에 게스트 보컬로 들어가게 되었다고 했다. 발라드 세 곡 중 꽤 많은 파트에 들어가게 될 거고, 이름도 실릴 거라고 말했다.

'데뷔 전에 사람들을 궁금하게 만들어줘야지. 네 목소리는 좋은 데다가, 윤진이 빠진 후 첫 앨범에 참가한 신인이라면 다들 궁금해할 거야. 한동안 이슈가 될 거고, 풍월이 잠잠해질 때쯤에 네가 혜성처럼 등장을 해주는 거지.'

즐거운 듯 계획을 말해주는 현준에게는 미안하지만, 사실 그때 지완은 찬혁만 생각하고 있었다.

어쩌지?

정규 앨범에 참가하게 된다면 그만큼 많은 시간을 함께 보내게 될 텐데, 어떻게 해야 하지? 아직은 그의 앞에서 아무 감정 없는 듯 행동할 자신이 없었다.

지완의 인생 이십이 년. 누군가와 친구가 된 것도, 누군가를 사랑하게 된 것도 처음이었다.

둘의 차이가 무엇인지 막연히 알고는 있지만, 그것을 실제로 경험하는 것은 생각과는 달랐다.

지금도 이렇게, 한 달간의 노력도 소용없이 심장이 제멋대로 뛰고 있으니까. 이제 곧 그를 보게 된다는 사실에, 기쁨 반, 당혹감 반을 담고 두근, 두근, 민망할 정도로 뛰고 있으니까.

"아, 진짜 싫다."

지완은 한숨을 내쉬었다.

"아, 정말 싫어. 임지완, 정신 차려. 넌 남자라고. 같은 남자를 좋아하는 게 말이 되느냔 말이야. 절대 안 돼. 안 된다고."

기억해내기 위해 애썼다. 아버지의 폭력, 원장의 손길. 사내들이 지완에게 준 그 상처를, 아픔을, 어둠을, 생생하게 기억해내기 위해 애썼다.

불과 몇 달 전까지만 해도, 끊임없이 찾아와 지완을 괴롭히던 기억들. 그것이 왜 이제는 잘 찾아오지 않는지 알 수 없었다.

그때는 지우고 싶어도 지워지지 않았으면서, 왜 지금은 그런 기억들을 떠올리려고 할 때마다 찬혁이 '하.' 하고 가볍게 웃는 얼굴이 떠오르는지 알 수 없었다.

"미치겠네, 진짜!"

지완은 두 손으로 머리를 북북 헝클어뜨린 후 소파에 드러누워 휴대폰을 꺼냈다.

"남자라고, 남자. 나는 남자야. 같은 남자를 좋아하게 될 리 없어. 남자니까. 송찬혁은 형이니까. 그래, 형이지, 형. 찬혁이 형은 나를 남자 동생이라고 생각해. 내가 자기를 좋아한다는 걸 알면 소름 끼쳐 하겠지. 나는 남자니까."

세뇌를 시키듯 그렇게 중얼거리며 휴대폰에 인터넷 창을 띄웠다. 찬혁의 이름을 검색하려고 했는데, 그럴 필요도 없었다. 메인에 그의 이름이 떠 있었다.

'송찬혁, 제나. 핑크빛 기류는 진실로?'

심장이 뚝 떨어졌다. 지완은 눈을 크게 뜨고 메인에 뜬 기사 제목을 다시 한번 확인했다.

제나.

그 이름은 알고 있었다. 영화를 함께 찍은 주연 여배우의 이름. 아역일 때부터 차근차근 실력을 쌓아온 연기파 배우. 각종 드라마나 영화에 자주 출연을 해서, 지완도 이름을 아는 배우였다.

예전에 갔던 영화 촬영장에서 그녀의 얼굴을 언뜻 보았다. 세련된 외모에 크고 예쁜 눈이 인상적이었던 기억이 났다. 얼굴도 굉장히 작고 단발이 무척 잘 어울렸다. TV로 볼 때보다 훨씬 예쁘다고 생각했었다.

'그 사람이랑….'

저도 모르게 기사를 클릭했다. 찬혁과 제나를 찍은 사진이 몇 장 실려 있었다. 나란히 서서 걸어가는 뒷모습, 커피숍에서 마주 보고 앉아 있는 모습, 제나가 찬혁의 머리를 정리해주는 모습…. 둘은 무척이나 다정해 보였고, 또한 잘 어울렸다.

가슴이 욱신욱신 아팠다. 찬혁이 누구와 사귀든, 핑크빛 공기를 만들어내든, 지완이 신경 쓸 일은 아니었다. 아니, 오히려 잘된 일이다. 찬혁에게 사귀는 사람이 생기면, 갈팡질팡 못 하는 이 마음을 정리하기가 더 쉬울 테니까.

'그래, 잘된 일이야. 나는 남자잖아. 나에게도, 찬혁이 형에게도 나는 남자야. 미래가 없는 사이야.'

그랬다. 미래가 없는 사이였다. 설령 내가 여자라고 해도, 찬혁과 자신 사이에는 미래가 없었다.

신분조차 없었던 여자. 출생일조차 제대로 알지 못하는 여자. 기본적인 의무교육도 받지 못한 여자. 거리에서 떠돌던 여자. 아무것도 손에 쥐지 못하는 여자. 언제나 어둠 속을 걸어가야만 하는 여자. 그런 여자와 찬혁은 조금도 어울리지 않았다. 빛 속에서만 살아온 그는, 모두의 관심을 받으며 살아온 그는, 그에 맞는 여자를 만나는 것이 옳았다.

'그러니까 잘된 거지. 그래.'

한 번도 원하는 것을 가져본 적이 없었다. 꿈을 꾸는 순간 그만한 크기의 절망만 돌아온다는 것을 알고 있었다. 그러니까 그를 향한 꿈을 꾸기 전에, 이렇게 끝내야만 했다.

'잘 어울리네, 두 사람.'

지완은 애써 입가의 근육을 끌어 올려 미소를 만들어냈다. 형편없는 미소일 것이 뻔하기에, 제 얼굴을 볼 수 없어 다행이라고 생각했다.

'나는 죽었다가 깨어나도 연기는 못 할 거야.'

지완은 거울 안의 자신을 보며 생각했다.

풍월 새 앨범 회의가 있는 날 오전. 회의 장소로 향하기 전, 지완은 거울 앞에 서서 표정 관리를 하기 위해 애쓰는 중이었다.

요 일주일간, 찬혁과 제나의 열애설 기사가 연예면 1위에서 내려오지 않았다. 검색어 순위도 1위, 사이트 게시판마다 의견이 분분해서 무엇을 해도 두 사람의 열애를 볼 수밖에 없었다.

원래 제나가 찬혁에게 관심이 있는 것처럼 보이기는 했다, 제나가 소속사 옮긴 이유가 찬혁 때문이다, 찬혁도 싫지는 않은 것 같다, 벌써 두 작품을 함께 하지 않았느냐. 열애설을 받아들이는 한편, 찬혁의 팬들은 그럴 리가 없다, 우리 오빠가 제나 따위를 좋아할 리 없다, 우리 오빠는 아직 연애할 마음이 없다고 했다, 영화 홍보를 위한 이슈를 만들어내려는 게 분명하다, 라고 반박했다.

게시판 댓글을 보면서, 지완은 일희일비라는 말을 실감했다. 반박하는 댓글을 보면 기분이 나아졌다가도, 인정하는 댓글을 보면 가슴이 싸하게 식기를 반복했다.

아무리 노력해도 아무렇지도 않게 받아들이기는 불가능하다는 것을 깨달았다. 그래서 찬혁을 마주하게 된 지금, 표정 관리에 힘쓰고 있는 것이다.

'너무 피하면 이상해 보일 거야. 평소처럼 대하면 되는데… 내가 평소에 어땠는지 모르겠어!'

화장실에서 처음 찬혁과 마주쳤을 때, 어떻게 아무렇지도 않게 바지를 내려 확인시켜주겠다는 말을 했는지도 모르겠다. 지금 다시 그 순간으로 돌아간다면, 제대로 대응도 못 하고 어버버 할 것이 분명했다.

"미치겠네, 진짜."

지완은 두 손으로 머리를 마구 문질렀다. 간신히 모양을 낸 머리가 엉망으로 헝클어졌지만, 차라리 그편이 나았다. 찬혁을 만난다는 생각에, 평소보다 공들여 치장한 머리였기 때문이다.

'난 대체 왜 새벽부터 일어나서 머리를 다듬고 있었던 거야? 이런다고 찬혁이 형이 날 예쁘게 봐줄 리도 없는데. 아니, 애초에 내가 찬혁이 형한테 예쁘게 보일 필요가 없잖아!'

사랑을 깨닫고 난 뒤, 혼란스럽게 헝클어진 머릿속은 여전히 정리되지 않은 채였다. 이런 감정은 처음이고, 의논할 사람도 없기에 더욱 엉망으로 휘저어지기만 했다.

정신을 차리고 보니 시간이 너무 많이 흘러 있었다. 지완은 서둘러 모자를 눌러쓰고 집을 나왔다. 택시를 타고 소속사로 향했다.

소속사 앞에는 풍월의 팬으로 보이는 여학생들이 진을 치고 앉아 있었다. 오늘 풍월이 소속사에 방문한다는 사실이 유출된 모양이다. 그들을 피해 안으로 들어가는 동안, 그들의 시선이 지완에게 꽂히는 게 느껴졌다. 저건 또 누군가, 라는 시선이었다.

'시선을 받는 건 되게 불편한 일이구나.'

타인의 시선을 받아본 적이 없기에, 갑자기 주목받는 건 역시 불편했다. 데뷔를 하면 더 많은 사람들의 앞에 서게 될 텐데, 과연 잘해낼 수 있을지 의문이었다.

"지완."

계단을 올라가려는데 재희의 목소리가 들려왔다.

"어, 재희야."

지완은 뒤를 돌아봤다.

재희가 지하층으로 연결된 계단을 올라오고 있었다. 지완은 난간으로 허리를 굽혀 재희를 내려다봤다.

"왜 엘베 안 타?"

"요새 살이 좀 붙어서. 활동 시작하려면 살 좀 빼야지."

"지금도 마른 것 같은데."

"카메라에 비치면 조금만 쪄도 확 쪄 보이거든. 넌 살이 안 찌는 체질인가 보다. 먹을 때 어마어마하게 먹던데."

"살이 쪄본 적은 없는 것 같아."

다행히 재희와는 편하게 대화를 할 수가 있었다. 지완을 따라잡은 재희가 지완의 머리를 꾹 눌렀다.

"이제 연예인이라 이거냐?"

"응?"

"모자, 챙 긴 걸로 잘도 챙겨 썼네."

"아아."

그런 의도로 쓴 건 아니었다. 찬혁을 상대할 때 드러날 표정을 보이고 싶지 않아 챙긴 모자였다. 하지만 솔직하게 말할 수 없기에 오해하게 내버려두었다.

"그런데 넌 왜 회의에 참석하는 거야? 들은 거 있어?"

"아, 그게."

거기까지 말했을 때였다. 누군가 목을 끌어안듯 어깨동무를 하는 바람에, 지완이 콜록거렸다.

"지완, 선배님 봤으면서 인사도 안 해?"

민하였다.

"못 봤어, 선배님. 나 지금 재희랑 얘기하는 거 안 보여?"

"하하하하. 여전히 건방지구만."

민하가 유쾌하게 웃으며 지완의 등을 팡팡 두드렸다.

아, 이 인간은 왜 이렇게 하이텐션일까. 이러다가 몸이 남아나질 않겠다.

그래도 재희와 민하 덕분에 곧 찬혁을 만난다는 긴장감에서 조금은 벗어날 수가 있었다. 현준은 회의실에서 간단한 다과를 준비해두고 기다리고 있었다.

"오, 같이들 왔어?"

현준이 맞은편 자리를 가리키며 말했다.

"찬혁이는요?"

민하가 물었다.

'찬혁'이라는 이름만 들었을 뿐인데 심장이 덜컹 내려앉았다. 지완은 모자를 쓰고 오기를 잘했다고 생각하며, 현준의 맞은편 자리에 앉았다.

“곧 도착할 거야. 다들 곡 준비는 잘 되어가고?”

“당연하죠. 전 거의 마무리 단계예요. 할 일 없어서 곡만 썼거든.”

민하가 유쾌한 어조로 말했다.

“할 일 없는 게 참 자랑이다, 정민하. 너 일 똑바로 안 할래?”

“불러주는 사람이 없는데 어떻게 해?”

“네가 건성으로 촬영하니까 그러는 거 아냐?”

“건성으로 한 적 없다니까. 사실 저번에 그 드라마는 작가가 미쳐 가지고 사람 가지고 놀았잖아요. 형 같으면 그걸 제대로 찍고 싶었겠어요?”

현준과 민하가 얼마 전 찍은 드라마에 대해 한창 얘기하고 있을 때, 회의실 문이 열렸다. 지완은 온 신경을 문소리에 집중하고 있었기에, 문고리가 돌아갈 때부터 누군가 들어오려 한다는 걸 알고 있었다.

“늦어서 죄송합니다.”

오랜만에 듣는 찬혁의 낮은 음성에 심장이 콱 죄었다.

“아주 주인공 납셨구만, 주인공 납셨어.”

민하가 비아냥거렸지만, 항상 있는 일인지 찬혁은 말없이 민하 옆에 앉았다.

“야, 이 자식아. 사람이 인사를 하면 대꾸 좀 하지?”

“그게 인사였냐?”

“그럼 내가 노래라도 부르는 것처럼 보였냐?”

"하."

찬혁이 가볍게 한숨을 쉬고는 재희에게 슬쩍 눈인사를 건넸다. 그다음에는 지완 쪽으로 시선을 옮겼는데, 그때 지완이 벌떡 일어나서 말했다.

"저 화장실 좀."

도망치듯 회의실을 나왔다.

'나, 진짜 이상해 보였을 거야!'

이 순간을 여러 번 시뮬레이션했다. 하지만 머릿속으로 상상만 하는 것과 실제로 경험하는 것은 확실히 달랐다.

그의 향기가 공간을 가득 채웠고, 그의 낮고 부드러운 음성이 청각을 뒤흔들었다. 그래서 도저히 진정이 되지 않았다. 심장이 쿵쾅쿵쾅, 아플 정도로 뛰었다. 다른 사람들의 귀에까지 들릴 것만 같아, 지완은 그 자리를 벗어날 수밖에 없었다.

화장실에 들어가 거울을 확인한 지완은, 서둘러 도망치기를 잘했다고 생각했다. 갑자기 화장실에 가겠다며 황급히 나간 모습이 이상해 보이기는 했겠지만, 이 얼굴을 보이는 것보다는 나았다.

붉게 상기된 볼과 촉촉하게 젖은 눈. 누가 봐도 사랑에 빠진 여자 같았다.

'와, 진짜 형편없다.'

이런 얼굴을 한 자신은 모른다.

'이게 뭐야, 진짜. 되게 웃기게 생겼네.'

지완은 모자를 벗고 차가운 물에 세수를 했다. 코가 시릴 때까지 한참 세수를 한 끝에 거울을 봤더니 조금은 나아졌다. 화장지로 대충 물기를 닦아내고 다시 모자를 눌러썼다.

준비 완료. 자, 이제 동요하지 말자. 괜찮아. 해낼 수 있어. 민하나 재희를 대하듯이 하면 되는 거야.

마음을 다잡은 지완은, 전쟁이라도 치르러 가는 병사처럼 굳은 표정으로 복도를 걸어갔다.

'쟤는 왜 저런 표정을 짓고 있지?'

재희는 궁금했다. 현준의 옆에 앉은 재희는 맞은편에 앉은 지완의 얼굴을 볼 수 있었다. 모자를 눌러쓰고 있기는 하지만, 언뜻언뜻 보이는 지완의 표정은….

'전쟁터에 나가는 것 같은 표정을 짓고 있네.'

지완은 상당히 굳어 있었다. 지완의 오른쪽에는 민하가, 왼쪽에는 찬혁이 앉아 있었다. 지완은 왼쪽 얼굴에 마비가 온 사람처럼, 왼쪽 근육을 거의 사용하지 않았다.

'흐응. 이거 참. 이렇게 노골적으로 보이는 것도 좀… 민망한데.'

그녀가 감추고 싶은 비밀을 엿보는 기분이 들었다. 보지 않으려고 했지만 시선이 자꾸만 그쪽으로 향하는 것을 막을 수가 없었다.

볼수록 예쁜 얼굴이다. 저런 얼굴로 어떻게 남장에 성공할 거란 생각을 했을까?

'현준이 형은 진짜 무슨 생각인지 모르겠네.'

오늘의 지완은 전에 봤을 때보다 훨씬 더 여자 같았다.

'여자는 사랑에 빠지면 예뻐진다더니, 찬혁이에 대한 마음을 자각하게 된 건가?'

내 친구가 사랑하는 여자가 내 친구를 사랑한다. 무척이나 기쁜 일이어야 할 텐데, 왼쪽 가슴에 뻐근한 통증이 일어났다.

'젠장.'

재희는 간신히 지완에게서 눈을 떼고 시선을 옆으로 돌렸는데, 하필이면 찬혁이 앉아 있는 자리였다.

찬혁은.

'즐거워 보이는군.'

이곳에 들어와 지완의 옆에 앉은 순간부터, 찬혁은 즐거워 보였다. 지완보다는 더 표정 관리를 잘하고 있긴 하지만, 재희까지 속일 수는 없었다.

'저 녀석은 자각조차 못 했으면서도 저 지경이군. 아주 중증이야, 중증.'

찬혁이 귀엽게 느껴지는 한편 짜증이 나기도 했다. 마음 같은 거, 얼른 인정하고 지완을 손에 넣으면 좋을 텐데. 그러면 아랫배가 부글부글 끓는 이 느낌, 받지 않을 수 있을 텐데. 순수한 마음으로 잘됐다, 응원해줄 수 있을 텐데.

'언제 이렇게 커진 거지?'

재희는 손가락으로 테이블을 톡톡 두드렸다.

'언제 이렇게까지 커진 거지?'

당혹스러웠다.

이사하는 날 지완의 또 다른 표정을 본 이후부터라는 것은 알고 있었다. 하지만 그때 느꼈던 묘한 동요가 이렇게까지 커질 줄은 몰랐다.

친구가 사랑하는 여자를 사랑하는, 그런 질척거리는 관계는 되고 싶지 않았다. 그래서 그날 이후로 지완을 직접 만나는 일은 피했다.

간혹 지완이 걱정되어 전화를 건 적이 있는데, 그것이 문제였을까? 휴대폰으로 들려오는 지완의 음성은 낮고 허스키하고 매혹적이었다. 그래서 나도 모르는 새에 첨벙 빠져든 걸까? 처음에는 작게 번진 물감이 어느새 흰 도화지를 전부 적셔버린 걸까?

'단지 목소리만으로?'

어이가 없었다. 수많은 여자들을 만나고 상대하면서도 커지지 않았던 감정이, 묘한 표정 한 번에, 목소리 몇 번에 이만큼이나 커져버리다니.

하지만 그럴 리 없다고 부정할 만큼, 재희는 바보가 아니었다. 사람의 마음은 그렇게 단순하지 않았다. 누군가에게 빠져드는 데에, 만난 횟수, 통화를 한 시간 같은 것은 중요하지 않다는 걸 재희는 알고 있었다. 이유가 있어 사랑에 빠지는 경우도 있지만, 그렇지 않은 경우가 더 많다는 것 또한 알고 있었다.

자기도 모르는 새에 분홍빛 감정이 가슴을 물들였다.

'미치겠군.'

찬혁이 슬쩍 지완의 얼굴을 훔쳐보는 모습을 지켜보며, 재희는 한숨을 삼켰다.

'진짜 미치겠네. 이걸 어쩌나.'

"그런데 지완이는 왜 여기 있는 거예요?"

새 앨범의 콘셉트에 대해 한참 이야기를 나누다가 잠깐 쉬는 시간, 민하가 물었다.

"아, 그래. 그 얘기를 먼저 했어야 하는데. 지완이도 이번 앨범에 참여할 거다. 게스트 보컬로."

"게스트 보컬로요?"

"그래. 노래할 때 목소리가 끝내주거든."

현준의 말에 모두가 지완을 돌아봤다.

"지완아, 한번 들려줘라."

"지금요?"

"그래, 지금."

"하지만 반주도 없는데."

"없어도 돼."

현준이 말했다.

지완은 당황스러웠다. 무반주로 노래를 하는 건 처음이었다. 게다가 지금 이곳에는 찬혁이 있다.

회의를 하는 내내 주먹을 꽉 쥐고 있어서, 손톱이 손바닥 살을 파고들 지경이었다. 찬혁은 이쪽에 전혀 관심도 없을 테지만, 지완은 표정 관리를 하느라 애써야만 했다.

이런 상황에서 노래를 하라니. 무리다.

하지만 안 할 수도 없는 노릇이었다.

'뭘 불러야 하지?'

보컬 레슨을 받으며 불렀던 노래들을 떠올리려 했지만, 머릿속이 하얗게 비어서 아무 생각도 나지 않았다. 단 네 명만 있는 회의실에서도 이렇게 긴장이 되는데, 몇백 명 앞에서 노래를 부를 수 있을지 걱정이었다.

"우리 노래 중에 아는 거 있어?"

그때, 재희가 부드러운 목소리로 말했다. 지완은 고개를 번쩍 들고 재희를 응시했다.

재희는 늘 그렇듯 다정한 미소를 짓고 있었다. 평소와 다름없는 미소를 보자 술렁이던 마음이 조금은 가라앉았다.

"응, 거의 다 알아."

"그래, 그럼 그중에 한 곡 해봐. 어렵지 않은 걸로."

지완은 눈을 감고 풍월의 노래 중 한 곡을 떠올렸다. 무반주에 노래를 해야 하지만, 음악이 흐르고 있다고 상상했다. 달콤하고 부드러운 전주가 지나가고, 지완이 입술을 움직였다.

회의실을 가득 채운 지완의 노랫소리에, 모두가 숨을 멈췄다.

다들 평소에도 지완의 목소리가 좋은 편이라고는 생각하고 있었다. 낮고 허스키하면서도 묘하게 중성적인 매력적인 보이스. 그러나 평소 목소리는 노래할 때의 아름다운 음색을 반의반도 담지 못하고 있었다.

음률을 따라 흘러가는 음색은 팔뚝에 소름이 돋을 정도로 매혹적이었다. 시간의 흐름도, 숨을 쉬는 것도 잊은 채 감상하게 만드는 마법이, 지완의 목소리에 걸려 있었다.

이윽고 지완이 노래를 끝냈을 때, 모두가 눈을 휘둥그레 뜬 채 아무 말도 하지 못했다. 그들의 모습을 본 현준이 씩 웃으며 말했다.

"이 목소리를 잘 표현할 수 있는 노래로 부탁한다."

시간이 날 때마다 만들어놓은 곡이 몇 개 있었다. 찬혁은 그중에서 가장 마음에 드는 곡을 반복해서 틀어놨다. 곡에 맞는 가사를 붙여야 하는데, 아무 생각도 떠오르지 않았다.

'어떻게 그런 목소리를 내지?'

지완의 노래를 들은 게 벌써 일주일 전 일이다. 그런데도 음률을 따라 자유롭게 움직이던 지완의 음성이 귓가를 떠나지 않았다. 그것은 마법처럼 귓바퀴에 달라붙어, 하루 종일 찬혁을 자극했다. 허스키한 듯하면서도 곱고 부드러운 음색이었다. 슬픔인지 기쁨인지 알 수 없는 감정이 가득 담겨, 심장을 두드렸다.

하지만 찬혁이 더욱 잊을 수 없는 것은, 노래가 끝난 순간 지완의 표정이었다. 찬혁은 회의 내내 자신이 지완의 얼굴을 훔쳐보고 있다는 걸 자각하고 있었다. 지완이 노래를 부를 때, 저도 모르게 아예 몸을 돌려 지완을 보게 되었는데, 그건 자각하지 못했다.

그리고 노래가 끝났을 때. 지완이 수줍은 듯 얼굴을 붉혔는데, 그 모습이 무척이나 사랑스러워서, 가슴이 시릴 만큼 귀여워서. 하마터면 그 자리에 타인이 있다는 것도 잊고 지완을 끌어안을 뻔했다.

'젠장.'

이제는 '왜?'라는 의문을 버렸다. 계속 의문을 가져봐야, 지완을 향한 이 감정을 설명할 길이 없다는 것을 깨달았기 때문이다.

지완을 만나면서 무언가 변해가고 있었다. 찬혁의 안에서도, 밖에서도 느린 듯하지만 빠르게 변화가 일어났다. 이 변화의 이유가 무엇인지, 사실은 알 것도 같았다.

하지만 애써 부정하는 중이었다. 그런 일은 벌어져서는 안 되니까. 그 이유만큼은 절대로 용납할 수 없으니까.

'가사나 쓰자.'

찬혁은 노트를 무릎 위에 펼쳐놓고 펜을 들었다.

재희는 노트를 책상에 펼쳐놓고 펜을 들었다. 가사를 한 줄 쓰다가 지워버린 이유는, '고양이처럼'이라는 첫 단어가 지완을 떠오르게 만들었기 때문이다.

"고양이처럼이라니."

지난번 지완의 노래를 들은 이후, 머릿속이 온통 지완으로 가득 찼다. 지완에게 마음이 생겼다는 것은 알고 있었지만 이 정도는 아니었는데. 이거 큰일이다. 이러다가는 조만간 가슴이 뻥 터지겠다. 임지완이라는 사람으로 가득 차서.

"죽겠군, 진짜."

재희는 후, 하고 입김을 불어 앞머리를 넘겼다.

"남장을 하고 있는 이유라도 알면 이렇게까지 신경 쓰이지는 않으려나?"

그렇지 않다는 걸, 재희는 알고 있었다. 자신의 마음이 어느 틈에 걷잡을 수 없이 커져버렸다.

사랑은 이슬비에 젖듯 느릿하게 삶에 녹아드는 것이라고만 생각해왔다. 하지만 아니었다. 무언가 계기가 있으면 폭우 아래에 서 있던 것처럼 흠뻑 젖기도 한다.

재희의 계기는 이사하는 날 지완의 그 표정이었다. 울 것 같은 미소. 단지 슬픔 때문이 아닌, 그 이상의 무언가가 담겨 있는 그 미소 때문에.

지완에게 빠져버렸다. 노래 가사 하나하나 전부 그녀를 표현하고 싶어 할 만큼. 자아내는 글과 생각이 전부 임지완, 그녀일 만큼. 내 친구의 마음이 부서질 것을 알면서도 갖고 싶을 만큼.

해림은 베를린 시내 카페에 앉아 하품을 하며 친구를 기다리는 중이었다.

'얘는 왜 이렇게 안 와?'

해림은 검고 긴 생머리를 성가시다는 듯 뒤로 넘기며 주위를 둘러봤다. 그러다가 구석 자리에 앉아 있던 금발 남자와 눈이 마주쳤다. 딱 봐도 여행객인 듯한 남자가 해림을 향해 한쪽 눈을 찡긋하며 미소를 지었다.

'사내놈들이란.'

남자들이 추파를 걸어오는 일에는 익숙했다. 이대로 가만히 있으면 다가와서 말을 걸 게 분명했다. 해림은 바쁜 척 휴대폰을 꺼냈다. 오랜만에 한국 포털 사이트에 들어간 해림은, 메인에 뜬 기사를 보고 인상을 찌푸렸다.

"이게 뭐야?"

'찬혁, 제나. 우리 사랑하게 해줘요.'

"흐응."

해림은 굳은 표정으로 기사를 클릭했다. 찬혁과 제나가 예전에 함께 찍은 영화에서 서로를 마주 보고 있는 사진이 실려 있었다. 두 번째 영화를 함께 찍으면서 조심스럽게 개인적인 만남을 주고받는 중이라는 기사였다.

"싫은데, 이런 기사."

해림은 차가운 눈으로 사진 속 제나를 노려봤다.

"거짓말일 게 뻔하지만 그래도 싫은데. 이런 저렴한 계집애랑 기사가 나는 건."

그때, 해림이 기다리고 있던 사람이 도착했다. 키가 큰 한국인 남자였다.

"늦어서 미안."

말하는 남자를 보지도 않고, 해림은 말했다.

"다음 달 일정은 취소해줘. 한국에 돌아가야겠어."

더는 안 되겠다. 재희는 숙소를 나와 차에 올랐다.

몇 번을 망설이다가 지완에게 전화를 걸었다. 지완은 바로 전화를 받았다.

"응, 왜?"

"지금 어디야?"

"피부 관리 받으러 가는 길."

"아아, 그래. 알겠다."

"그건 왜?"

"아냐, 그냥. 관리 잘 받아."

지완이 뭐라 하기 전에 전화를 끊고, 재희는 고개를 숙여 핸들에 이마를 댔다.

'어쩌지?'

지완의 목소리를 들었더니 더 보고 싶어졌다. 가사를 쓰는 내내 지완이 떠올라 견딜 수가 없었다. 그래서 통화나 하자 싶어 나왔던 건데, 이렇게나 보고 싶어질 줄은 몰랐다.

차라리 거실에 찬혁이 있었더라면 좋았을 뻔했다. 그러면 망설이지 않고 달려가는 이 마음의 속도를 줄일 수 있었을 텐데. 그 어떤 일에도 감정을 드러내지 못하는 친구를 위해, 어떻게든 제동을 걸려고 노력했을 텐데.

찬혁은 어떻게 생각할지 모르겠지만, 재희에게 찬혁은 소중한 친구였다. 차갑고 무심한 듯하지만, 재희가 연예계 생활에 어려움을 느낄 때마다 찬혁은 곁에 있어주었다. 그래서 버틸 수 있었다.

그러니까 찬혁을 방해하고 싶지 않았다. 친구의 사랑에 장애물이 되고 싶지 않은데, 마음이 멋대로 달려간다. 지완에게로. 감추는 게 많은, 그 비밀스러운 여자에게로.

재희는 시동을 걸었다. '난 정말 몹쓸 놈이야.'라고 생각하면서도, 액셀을 밟는 몸을 막을 수 없었다.

'빨리 자각해라, 송찬혁. 내 마음이 더 커지기 전에.'

아프다.

경락 마사지를 받으며, 지완은 생각했다.

'우와, 아파 죽겠네!'

경락 마사지와 피부 관리를 한꺼번에 받는 코스였다. 원래는 바디 관리도 받아야 하지만, 몸을 보일 수 없는 사정상 목 관리까지만 받기로 했다.

저 가녀린 몸 어디에 이런 힘이 있을까 싶을 정도로, 마사지사의 손길은 무지막지했다. 얼굴이 작아지다 못해 부서질 것만 같았다. 주먹을 꽉 쥐고 이를 악 물었더니, 마사지사가 말했다.

"힘 빼세요, 고객님."

힘을 빼보려고 했지만 무리다. 못 빼겠다.

"힘 빼세요, 고객님. 힘주고 계시면 더 아파요."

과연 그럴까? 힘을 빼도, 줘도 아픈 건 마찬가지일 것 같았다. 살면서 이렇게까지 아파본 건 처음이었기 때문에, 비명을 참는 것만으로도 벅찼다.

"하하하. 표정 봐라."

그때, 귀에 익은 목소리가 들려왔다.

재희였다.

지완이 눈을 번쩍 떴다. 재희는 관리하는 여자 옆에 서 있었고, 여자는 놀란 눈으로 재희를 올려다보고 있었다.

"어머, 재희 씨. 오늘 관리받는 날 아닌데 어쩐 일이에요?"

MS 엔터테인먼트에서 이용하는 관리실이라 그런지, 재희의 방문에도 마사지사는 그리 놀란 눈치가 아니었다.

"얘 좀 보러 왔어요. 우리 마스코트거든."

“아, 그래요? 안 그래도 부대표님이 직접 부탁하셔서 놀랐는데.”

“되게 예쁘게 생겼지? 사내놈인 주제에.”

“그러니까요. 처음 봤을 때는 정말 여자인 줄 알았어요.”

재희의 깜짝 방문에 마사지가 멈춘 것도 잠시, 다시 관리가 시작되었다. 지완은 이를 악물었다.

‘아파 죽겠네!’

재희의 방문 덕에 마사지를 좀 일찍 끝낼 수 있을 줄 알았는데 아니었다. 마사지사는 프로답게 재희와 수다를 떨면서도 마사지를 멈추지 않았다.

“으으.”

결국 참지 못하고 신음을 흘렸다.

“그렇게 아프냐?”

재희가 웃음기 묻은 목소리로 물었다.

“마사지는 처음이라고.”

“조금만 더 참으세요. 금방 끝나요.”

여자가 말했다. 지완은 조금 더 참으려고 했지만, 고통의 시간은 참으로 길게만 느껴졌다.

“이제 이어 캔들 테라피를 하고 나서, 팩 올릴 거예요. 잠시만 기다려주세요.”

마사지사가 방을 나가자마자, 지완은 간절한 눈으로 재희를 보며 물었다.

"이어 캔들 테라피라는 것도 아파?"

재희가 웃었다.

"아니, 그건 안 아파."

"아픈 거구나?"

"뭐야, 내 말 못 믿어?"

"어. 당신이 그렇게 웃으면서 말하는 건 못 믿겠어."

"아이고야. 내가 그렇게 신뢰가 없게 생겼나?"

재희가 손으로 턱을 문지르며 중얼거렸다.

"여긴 어쩐 일이야?"

"그냥. 보고 싶어서."

"뭐래."

지완은 눈을 감았다.

"가사를 쓰는 중인데 네 생각이 나더라고. 네 노래, 진짜 대단하더라."

"정말?"

"응, 정말."

지완은 눈꺼풀을 조금만 올리고 재희의 표정을 살펴봤다. 재희가 웃음기 없는 얼굴로 지완을 내려다보고 있었다.

어째서일까. 그 얼굴을 보는 순간 심장이 두근, 하고 뛰었다.

이렇게 진지한 표정을 짓는 재희는 처음 봤다. 늘 나른한 느낌을 풍기며 싱글거리는 남자라고만 생각했는데, 웃음기가 없으니 완전히 다른 사람처럼 보였다.

'깜짝이야.'

그 얼굴을 똑바로 보기가 민망해서, 지완은 다시 눈을 감았다. 대화가 없는 좁은 마사지실은 무척이나 고요했다. 숨 쉬는 소리마저 크게 느껴질 정도로 조용한 침묵이 유독 무거웠다. 지완은 가만히 주먹을 쥐었다.

'뭐야, 이 분위기.'

마사지사가 얼른 돌아와주었으면 했다. 다행히 얼마 지나지 않아 마사지실의 문이 열리는 소리가 들렸다.

지완은 안도의 한숨을 내쉬며, 마사지사가 '이어 캔들 테라피'를 준비하는 소리를 들었다. 차마 눈을 뜰 수는 없었다. 재희가 아까 같은 표정을 짓고 있을까 봐 두려웠기 때문이다.

그때였다.

"으앗!"

재희의 다급한 비명에, 지완은 눈을 뜨며 상체를 일으켰다.

"왜 그래?"

"어, 아니…."

재희가 하얗게 질린 얼굴로 벽을 집고 서 있었다. 재희의 눈은 마사지사가 들고 있는, 불붙은 종이로 향해 있었다.

"재희 씨. 미안해요. 너무 가까웠죠?"

"아뇨, 죄송합니다. 나가서 기다릴게요."

재희가 도망치듯 마사지실을 나갔다. 눈을 감고 있는 동안 무슨 일이 벌어졌는지 모르는 지완은, 어리둥절한 표정으로 마사지사를 돌아봤다. 마사지사도 지완과 비슷한 표정으로 손에 들린 종이를 내려다보며 중얼거렸다.

"그렇게 위험하진 않았는데."

"무슨 일인데요?"

"아니, 불을 붙이다가 끝을 놓쳐서 재희 씨 쪽으로 기울었거든요. 그랬더니 갑자기 비명을 질러서…."

"아아."

"하긴. 얼굴이 생명인 직업이니까 당황할 수도 있죠. 자, 누우세요. 이번 건 안 아파요."

마사지사는 대수롭지 않게 생각하는 듯 지완에게 말했다. 지완은 그녀가 시키는 대로 누워서 눈을 감았다.

'그냥 당황한 것처럼 보이진 않았는데.'

공포에 질린 얼굴이었다.

그런 표정을, 지완은 아주 잘 알고 있었다. 어린 소녀였던 지완이 거울 앞에 있을 때마다 봤던 표정이니까. 도저히 벗어날 수 없는 깊은 두려움만이 자아낼 수 있는 표정이었다.

'불을 무서워하나?'

세상에는 많은 공포증이 있다. 그저 싫거나 혐오스러운 수준이 아니라, 떠올리는 것만으로도 식은땀이 흐르고 심장이 멎을 것만 같은 두려움을, 공포증이라고 한다.

지완은 남자 공포증이 있었다. 남자의 눈빛이, 손길이, 욕망이, 분노가, 지완은 끔찍이도 무서웠다. 그런 것처럼 재희에게도 불 공포증이 있을지도 모르겠다. 지완은 사람의 심리를 잘은 모르지만, 약점을 밝히는 것이 무척 창피하고 힘든 일이라는 것은 알고 있었다.

'모르는 척해야지.'

오랫동안 재희를 관리해왔을 마사지사도 모르는 재희의 약점이라면, 지완도 굳이 아는 척하고 싶지 않았다. 자신의 약점과 공포를 아무도 몰랐으면 하는 것처럼, 재희 역시 그러하리라고 생각했다.

이어 테라피와 피부 관리까지 다 받은 지완이 마사지실에서 나왔을 때, 재희는 로비 의자에 다리를 꼬고 앉아 있었다. 휴대폰을 내려다보는 옆모습이 평소와 같아서, 지완은 안심했다.

"강재희. 나 끝났어."

"아아, 얼굴에 광채가 나네."

재희가 웃으며 일어났다.

"역시 사람은 관리를 받아야 돼. 예쁘다."

"남자한테 예쁘다는 말 실례야."

"하지만 예쁜 게 사실이잖아. 잘생겼다, 라는 건 나 같은 얼굴에 쓰는 거고."

"그래, 당신은 잘생겼지. 하지만 나도 그렇게 예쁜 건 아냐. 그 말, 싫어해."

"그래? 왜?"

"그냥, 싫어."

예쁜 얼굴은 남자들의 욕정을 자극하니까. 예쁜 얼굴은 남자들이 손을 뻗게 만드니까. 그러니까 이 얼굴 따위 엉망으로 만들어버리고 싶어. 단 한순간도 이 얼굴이 좋았던 적이 없었어.

그런 말은 당연히 할 수 없었다.

"배고프지 않아?"

재희는 더 이상 캐묻지 않고 다른 질문을 던졌다.

"어떻게 알았어? 아직 저녁 시간도 아닌데."

"이상하게 관리받고 나면 배가 고프더라고. 그냥 누워 있었을 뿐인데도 진이 쭉 빠지는 느낌이야."

"아, 맞아. 헬스 하고 난 직후보다 더 힘들어."

"그치? 헬스 하고 나서는 좀 이따 괜찮아지는데, 마사지 받으면 밥 먹고 한숨 자게 되더라고."

"맞아, 자고 싶어."

"그럼 좀 잘래?"

"뭐?"

재희가 휴대폰으로 시간을 확인하더니 말했다.

"지금 이 시간이면 가까운 바다까지 두 시간 걸리겠다. 가는 동안 좀 자."

생각지도 못한 말에 지완은 어안이 벙벙해졌다.

"저기 있잖아, 강재희."

"왜? 내 계획에 무슨 문제 있어?"

"어. 너무 많아서 뭐부터 지적해야 할지 모르겠는데. 우선… 우리가 오늘 바다를 가기로 약속했던가?"

"응, 방금."

"아니, 난 동의한 적 없는데."

"해물칼국수를 기가 막히게 하는 집을 알아. 이 시간에 가면 손님도 없고, 가게 주인아저씨도 무뚝뚝해서 조용하게 식사를 즐길 수 있지. 아, 거기 해물파전도 맛있어. 해물칼국수에 해물파전, 이렇게 딱 시켜서 먹으면 다 이루었다는 생각이 들걸."

배가 고픈 상태였기 때문에, 재희의 말을 듣자마자 입안에 침이 고였다.

꿀꺽.

침을 삼키는 지완을 보며 재희가 빙그레 웃었다.

"먹고 오면 딱 8시쯤 될 거야. 집까지 모셔다줄게."

집까지 모셔다준다는 말에 정신을 차렸다.

"지금 그거, 데이트 코스 같은데."

"아, 들켰나?"

재희는 부정하지 않았다.

지완이 미간을 좁히고 재희를 노려봤다.

"강재희. 몇 번을 말하게 만들지 마. 나는…."

"남자지."

"…."

"나는 남자랑 데이트를 하는 취미가 있고."

"웃기지 마."

"민하랑도 종종 그렇게 가서 노는 곳이야. 정 못 믿겠으면 가서 주인아저씨한테 물어보든가."

"…정말이야?"

"정말이지, 그럼. 봐봐, 나 안 웃으면서 말하잖아."

재희가 웃음기를 지운 자신의 얼굴을 톡톡 두드리며 말했다. 그런 말을 신경 쓰고 있었나 싶어서 웃음이 나왔다.

"알겠어, 그럼. 그런데 술은 안 마실 거야."

피곤하기는 피곤했는지, 지완은 차에 타자마자 잠이 들었다. 조수석에서 고개를 옆으로 기울이고 잠든 지완을, 재희는 운전하는 틈틈이 돌아봤다.

평소에는 막히던 길이 오늘따라 잘 뚫리는 게 아쉬웠다. 많이 막히면 좋을 텐데. 그러면 지완의 자는 얼굴을 좀 더 볼 수 있을 텐데.

제부도에 들어가기 전에 있는 해물칼국수 전문점 앞에 차를 세웠다. 곧바로 지완을 깨우지 않고 잠시 지켜봤다.

둥그스름한 이마와 가지런한 눈썹, 기름한 눈매와 오뚝한 코, 붉고 도톰한 입술. 입술에서 눈을 뗄 수가 없었다. 물기를 머금은 촉촉한 입술은 베어 물면 단맛이 날 것 같았다.

'안 돼, 강재희. 진정해.'

재희는 더 위험한 생각이 들기 전에 황급히 지완의 어깨를 두드렸다.

"다 왔어, 잘도 자네."

"헉. 벌써 두 시간이 지난 거야?"

"응. 진짜 잘 자더라. 차 타고 가면서 코 고는 사람은 처음 봤어."

"나 코도 고는구나."

순진하게 믿는 지완의 모습에 웃음이 나왔다.

"친구들이 코 곤다는 말 안 해줬어?"

"응, 친구가 없었으니까."

지완이 조수석 문을 열었다.

지완은 아무렇지도 않게 한 말인데, 오히려 재희가 당황했다. 친구가 없었다니. 왕따라도 당했던 걸까? 묻고 싶었지만, 물어보면 안 될 것 같았다.

지완이 내린 후 재희도 차에서 내렸다. 재희의 예상대로 가게에는 사람이 없었다. 재희를 알아본 주인에게 인사를 한 후, 해물칼국수와 해물파전을 시켰다. 밑반찬이 나오자, 지완은 젓가락을 들고 맛있게도 먹었다.

"넌 정말 잘 먹는다."

"응, 먹을 수 있을 때 먹어둬야지."

"먹을 수 없을 때가 있어?"

지완의 젓가락이 멈칫하는 것을, 재희는 똑똑히 목격했다.

"응, 뭐. 살다보면 그런 날도 있지 않을까?"

지완은 동요한 적 없다는 듯 다시 젓가락을 움직였다.

'얘는 대체 어떤 삶을 산 거지?'

지완과 함께하는 시간이 많아질수록 점점 더 알 수 없어졌다. 친구도 없었고, 먹지 못할 때도 있었고, 때로는 울 것 같은 미소를 짓는 이 여자는, 과연 어떤 삶을 살아온 걸까? 어떤 길을 걸어와, 이곳에 도달해 남장을 하게 된 걸까?

'아니, 어쩌면 남장이 먼저일지도 모르겠네.'

지금까지는 현준의 계획 때문에 남장을 한 거라고만 생각했다. 그것이 틀린 생각일지도 모른다. 먼저 남장을 한 채 살아왔고, 그 상태로 현준을 만났을 가능성도 있었다.

"뭘 그렇게 봐?"

시선을 느꼈는지, 지완이 투덜거렸다.

"얼굴이 반질반질해서."

"자다 일어나서 개기름이 끼었나."

전혀 여자답지 않은 말을 하며, 지완은 한 손으로 얼굴을 쓱 문질렀다. 재희가 팔을 뻗어 지완의 손목을 붙잡았다.

잡자마자 아차 싶었지만, 다행히 지완은 전처럼 겁에 질리지 않고 재희를 빤히 응시했다.

"왜 그래?"

"손으로 얼굴 만지는 거, 피부에 안 좋아."

"내 얼굴, 내 손으로도 못 만지는 거야?"

"애써 돈 들여 마사지를 받았는데 아깝잖아."

"그야 그렇지만… 어렵구나, 연예인이라는 거. 잘 씻지도 않고 살았는데."

"너, 대체 어떻게 살아온 거야?"

충동적으로 질문을 던지고 말았다. 지완은 어깨를 으쓱했다.

"남들처럼 살았지, 뭐. 우와, 해물칼국수 진짜 맛있겠다."

마침 주인이 요리를 가지고 오는 바람에 대화가 끊겼다. 각종 해산물이 가득한 칼국수를 보는 지완의 눈이 반짝반짝 빛났다.

"와, 진짜 비주얼 장난 아니네. 문어가 통째로 들어갔어!"

"낙지야, 그건."

"아, 낙지구나. 어쩐지 좀 작다 싶었지."

지완은 민망한 기색도 없이 낙지 한 마리를 자기 그릇으로 가져갔다.

"이거, 내가 먹는다?"

"그래, 먹어라. 먹어."

질긴 낙지를 자르지도 않고 입안에 밀어 넣는 지완이 귀여웠다. 다른 사람이 저렇게 먹었더라면, 게걸스럽게도 먹는다는 생각이 들었을 텐데.

'나도 중증이구나. 언제 이렇게 병이 깊어졌나.'

재희는 속으로 혀를 차며, 칼국수를 덜어왔다. 사심이 듬뿍 들어간 데이트 신청이었지만, 이 집 칼국수는 정말로 재희가 좋아하는 음식이었다.

둘은 한동안 먹느라 말이 없었다. 해물파전이 나왔고, 둘이 먹기에는 상당히 많은 양이었지만 전부 다 먹어치웠다. 지완은 해물칼국수 국물까지 싹 비운 후에야 젓가락을 내려놨다.

"대박. 진짜 맛있었어."

"그래, 입맛에 맞았다니 다행이다. 다음에 또 오자."

"응, 고마워."

지완의 기분이 좋아 보여서, 재희도 좋았다. 지완이 웃어서, 재희도 자꾸 웃음이 나왔다.

그만큼이나 지완을 사랑하게 되어버린 자신의 마음이 고스란히 느껴져, 재희는 슬펐다. 친구에게, 찬혁에게 상처를 입히게 될지도 모른다는 사실에, 마음이 쓰렸다.

하지만 이제는 어쩔 수 없다. 요 몇 시간 함께 있었을 뿐인데도, 이 마음이 폭발할 지경이 되었으니까. 저 고양이 같은 눈이 나만을 봐주었으면 좋겠다고 생각하게 되었으니까.

"배부른데 산책 좀 할래?"

재희가 물었다.

"응. 저번에 부산에서 바다 갔었는데, 되게 좋더라. 그, 바다 짠 내라고 해야 하나? 그 냄새, 좋은 것 같아."

맛있는 걸 먹어서인지, 지완은 거절하지 않았다.

차를 좀 세워두겠다고 주인에게 양해를 구한 후, 둘은 바다를 향해 걸어갔다. 밀물 때라 물이 들어와 있었다.

"부산에서 봤던 바다랑은 좀 다르다."

지완이 산책길을 따라 걸으며 말했다.

"다르지. 부산은 물이 깊잖아. 여긴 안 깊어."

"여기가 서해지?"

"응. 바다 별로 안 와봤어?"

"저번에 부산 바다에 간 게 처음이었어. 해운대였나? 거기."

"아아, 그래."

지완은 후드 점퍼 주머니에 손을 찔러 넣고 있었다.

"안 더워?"

후드 점퍼를 입기에는 조금 더운 날씨였다.

"응, 별로. 당신이야말로 안 더워?"

지완이 재희의 긴소매 티셔츠를 가리키며 말했다.

"응, 나도 별로."

그렇게 대답하다가 생각을 바꿨다.

"사실 더워."

"그럼 반팔 입어. 그러고 보니, 당신이 반팔 입은 걸 본 적이 별로 없는 것 같아."

"응, 흉터가 있거든. 손목 근처에."

지완의 표정이 굳었다. 재희는 지완이 무언가 오해했다는 것을 깨닫고는 황급히 덧붙였다.

"물론 자살 시도를 했다거나, 그런 건 아냐."

"아, 깜짝 놀랐잖아. 당신 같은 사람이 자살 시도를 하면 곤란하다고."

"하하하. 나 같은 사람이 어떤 사람인데?"

"약한 척하지만, 사실은 강한 사람."

지완의 눈이 가늘어졌다.

"하지만 칭찬하는 건 아니니까 칭찬으로 받아들이진 마. 당신이 너구리처럼 음흉하다는 말을 하고 싶은 거야."

반달 모양으로 접힌 지완의 눈이 사랑스러웠다. 굳이 칭찬이 아니라고 덧붙이는 그녀의 행동도 귀여웠다. 그래서 재희는 저도 모르게 내뱉고 말았다.

"난 강하지 않아. 약해. 무서운 게 많거든."

장난스럽게 가늘어졌던 지완의 눈이 원래대로 돌아왔다. 아몬드형 눈매 안에 갇힌 눈동자는, 햇빛을 받아 아름다운 모래 빛깔로 빛나고 있었다.

저 맑고 예쁜 눈동자에, 나만 비치면 좋겠다. 저 눈동자가 향하는 곳이 오로지 나뿐이면 좋겠다.

그런 욕심이 생겼다.

"나는."

비열한 짓이라는 걸 알고 있었다.

"불을 무서워해."

치부를 드러내 동정심과 모성 본능을 자극하는 짓이, 얼마나 비겁한 짓인지 알고 있었다. 하지만 입술이 제멋대로 움직였다. 어떻게든 그녀의 마음을 열고 싶었다. 저 마음의 한 조각이라도 얻어내고 싶었다.

"어릴 때 집에 불이 났거든. 나랑 형이랑 둘이 있을 때 난 불이었어. 우리가 낸 건 아니고, 옆집에서 난 불이 옮겨붙은 거지."

이제라도 멈춰야 한다고 생각했지만, 그럴 수가 없었다. 누구에게도 하지 못한 이야기는, 한번 입 밖으로 내자 기다렸다는 듯 흘러나왔다.

"그 불로 형이 죽었어."

"형이…."

"뭐가 무너졌는데 형이 빠져나오질 못했어. 나는 형을 잡으려고 손을 내밀었고."

재희는 소매를 걷었다. 희미하게 화상 흉터가 남아 있었다.

"잡았어. 형의 손을 잡았는데 금방 놓쳤어. 너무 뜨거웠거든."

"…."

"흉터는 점점 옅어졌어. 하지만 기억은 또렷하지. 조금도 희미해지지 않아."

희미해지지 않는다. 그때 잡았던 손이, 그때 놓았던 손이 생생하게 기억났다. 화마의 뜨거움보다 그 손의 감촉이 더 또렷하게 떠올랐다. 그래서 싫었다, 이 흉터가.

"거의 안 보여. 대부분 몰라, 이 흉터를. 하지만… 나는 알아. 알기 때문에 반팔이 싫어. 볼 때마다 그날로 돌아간 기분이 드니까."

재희는 입을 다물었다.

'아, 나는 정말 비겁해.'

이건 정말로 비겁한 짓이다. 약한 부분을 드러내서 여자의 마음을 얻으려고 하다니. 자신의 비밀을 말해서 상대의 비밀도 알아내려고 하다니. 끔찍이도 비열하고 옹색하다.

그러는 한편, 마음이 편하기도 했다. 부모님에게도 말할 수 없는 이 고통을 누군가에게 털어놓자, 콱 막혀 있던 숨구멍이 조금쯤 트인 느낌이었다. 이래서 사람들이 상담사를 찾는 모양이다. 누구든 자기 이야기를 들어주었으면 해서. 꽉 막힌 숨통에 조금이나마 공기가 들어왔으면 해서.

지완은 재희를 가만히 올려다보고 있었다. 그 정직한 눈동자를 똑바로 응시하기가 힘들었다.

이 여자는 모르겠지. 내가 어떤 마음으로 내 과거를 털어놨는지. 내가 얼마나 옹졸한 마음으로 이 아픔을 공유하려 하는지.

"미안. 기분 좋은 산책길에 이런 얘기 해서."

뒤늦게 정신을 차리고 사과를 했다.

지완은 대답하지 않았다. 무슨 말이든 해주면 좋겠는데, 굳게 다물린 그녀의 입술은 벌어질 생각을 하지 않았다.

평소처럼 미소를 지어주려고 했지만, 입가 근육이 얼어붙은 듯 움직이지 않았다. 어색한 공기가 둘을 에워싸고 있었다. 밀물이었던 바다가 썰물로 바뀔 때까지, 둘은 무거운 침묵 속에서 서로를 응시하고 있었다.

해가 조금씩 저물어갈 무렵, 지완이 입을 열었다.

"당신이 그렇게 말하면, 내가 내 비밀을 말해줄 것 같았어?"

비난하는 기색 없는 차분한 질문이었지만, 날카로운 송곳처럼 재희의 심장에 박혔다.

눈치챘구나.

심장이 뚝 떨어지는 기분이었다. 재희는 속으로 한숨을 삼켰다.

"당신의 고통이 거짓일 거라고 생각하지는 않지만, 그런 걸로 내 비밀을 알려고 하는 건 비겁한 짓이야."

"그래, 맞아. 미안하다."

"하지만 말해줄게."

"아니, 괜찮아."

"말해줄게. 어차피 당신은 눈치챈 것 같고, 나는 그런 비겁한 짓을 해서라도 내 비밀을 알고 싶어하는 당신이 싫지 않으니까."

"…."

"게다가 내 비밀, 그렇게 대단한 것도 아니거든."

지완의 입가에 쓴웃음이 묻었다. 그녀를 웃게 만들어주고 싶었지만 저런 식의 미소는 아니었다. 재희는 그녀가 저렇게 웃게 만든 자신을 경멸했다.

"그래, 당신 생각이 맞아. 나는 여자야."

집에 돌아온 지완은 욕실에 들어가 공들여 씻고 나와 침대에 누웠다. 지완이 긴 이야기를 끝냈을 때, 재희는 가만히 지완을 끌어안았다.

'미안해.'

재희는 그렇게 말했다.

무엇이 미안한 건지, 지완은 알 수 없었다. 자기 과거를 말하고 지완의 비밀을 알아내려고 해서 미안하다고 한 걸까? 그런 거라면 괜찮다고 말해주고 싶었다.

괜찮다. 대단한 비밀도 아니다. 그저 필요에 의해 감추고 있었을 뿐이다.

'어차피 부대표님도 알고 있고. 한 명쯤 더 늘어난다고 해서 큰일이 나진 않겠지. 게다가… 강재희는 처음부터 내가 여자라는 걸 확신하고 있었던 것 같고. 차라리 내 편으로 끌어들이고 이해를 받는

편이 나아.'

문제는 그다음이었다.

'이제부터 나랑 같이 하자. 네가 했어야 하지만 못했던 것들. 전부 다 나랑 같이 하자.'

'그걸 왜 당신이랑 해?'

'네 친구니까.'

그렇게 말한 재희는 지완에게서 떨어져, 지완의 이마에 붙은 머리를 살며시 쓸어 넘겼다.

'나는 네 친구니까.'

부드럽고 다정한 음성이었다. 따뜻하고 정직한 눈빛이었다.

재희는 장난을 치고 있지 않았다. 진지하게 지완을 상대하고 있었다.

나는 네 친구야. 네가 못해본 것들을 함께할 친구야.

그렇게 말하고 있었다. 그리고 그 눈을 마주하는 순간, 지완의 심장이 반응했다. 그의 다정함에, 따뜻함에 두근, 두근, 평소보다 빠른 속도로 뛰었다.

'나는 송찬혁을 사랑하는데, 왜 강재희를 보면서도 두근거리는 거지?'

찬혁을 볼 때와 비슷한 속도였다. 아니, 찬혁을 볼 때보다 더 편안하고 기분 좋은 울림이었다.

찬혁과 함께일 때는 보이지 않는 손이 심장을 움켜쥐고 멋대로 주무르는 것 같은 통증이 느껴진다. 하지만 아까 재희와 함께일 때는 그렇지 않았다. 좀 더 부드럽고 따스한 것이 심장 위에 내려앉았다. 그래서 재희의 그 말들이 설령 동정에 불과하더라도, 괜찮다는 생각이 들었다.

'아, 이놈의 심장은 어떻게 된 거야, 진짜.'

지완은 누운 채로 젖은 머리를 수건으로 닦으며 생각했다.

'나, 진짜 헤프네.'

지완을 내려주고 돌아온 재희는, 차에서 내리지 않은 채 고개를 숙였다.

'빌어먹을.'

그렇게 대단한 것도 아니라던 그녀의 비밀은, 참으로 아팠다. 듣는 내내 아파서, 심장이 쥐어뜯기는 기분이었다.

지완은 듣는 사람조차 아픈 이야기를 하는 동안, 표정 변화가 없었다. 담담하게, 남 얘기를 하듯 그렇게 말했다. 그래서 더 슬펐다.

자신이 겪은 그 고통이 별일 아니라는 듯, 누구나 겪는 것들 중 하나일 뿐이라는 듯, 그리 받아들이며 살아야 했던 그녀의 삶이 안타깝고 슬펐다.

'그랬던 거였군.'

이제야 지완의 행동이나 말이 이해가 됐다. 신분이 없어서 통장조차 가질 수 없었기에, 이사를 하던 날 그런 표정을 지었던 거였다. 언제 돈을 못 벌지 모르기에, 먹을 수 있을 때 잘 먹어야만 했던 거였다. 학교를 다니지 못했기에 친구가 없었고, 친구가 없었기에 '친구'라는 말에 약했던 거였다.

그랬던 거였고, 그랬던 거였고, 그랬던 거였다. 재미있고 흥미롭다고만 생각했던 그 모든 것들이, 사실은 그랬던 거였다.

'내가 무슨 짓을 한 거지?'

그리하여 모든 것을 알게 된 재희는 더더욱 자신을 경멸할 수밖에 없었다. 자신의 아픔을 기회 삼아 그녀의 비밀을 캐내려고 했던, 자신의 과거를 발판 삼아 그녀의 마음을 얻으려고 했던 자신을 역겨워할 수밖에 없었다.

그럼에도 그녀를 사랑해서, 그 어떤 이유를 붙여서라도 그녀를 위해 뭐든 해주고 싶어서.

'나는 네 친구니까.'

그렇게 말하고 말았다.

'친구라니.'

재희는 쓰게 웃으며 머리를 뒤로 기댔다.

'나도 진짜 형편없는 놈이야. 최악이다, 진짜.'

"야, 너 또 밥 안 먹냐?"

방에 틀어박혀 가사를 고민하고 있는데, 민하가 방문 밖에서 말했다.

새 앨범을 준비하면서 풍월 멤버들은 숙소에 있는 일이 많아졌다. 찬혁에게 그리 유쾌한 일은 아니었다. 재희는 조용한 편이지만, 민하는 귀찮을 정도로 시끄러웠다.

"안 먹어."

"먹어라, 좀. 너 어제도 굶었잖아. 라면 끓였어."

방문에서 쿵쿵 소리가 났다. 아마도 민하가 방문을 발끝으로 차고 있는 것이리라. 민하가 이런 식으로 나올 때는, 자기 목적을 달성할 때까지 포기하지 않는다. 정말로 성가신 녀석이다.

'슬슬 밥 먹을 때도 됐군.'

찬혁은 한숨을 삼키며 일어났다. 곡 작업이 어렵지, 가사 작업은 쉬울 줄 알았다. 입에 착 붙는 가사를 적당히 붙이면 되는 거니까.

하지만 떠오르지 않았다. 가사를 고민하고 있자면 생각의 작은 틈바구니 속에 지완이 비집고 들어왔다. 처음에는 작았던 지완이 점점 커져서, 어느 틈에 생각의 주제가 지완으로 바뀌었다.

처음 만났을 때, 숙소로 찾아왔을 때, 촬영장에서 봤을 때. 특별할 것 없는 그 장면들이 하나, 하나, 진한 색채를 띠며 찬혁의 머릿속을 채웠다. 그래서 정신을 차리고 보면 노트에 적힌 가사는 지완을 향한 이야기가 되어 있었다.

"나올 거면서 튕기긴."

방문을 열고 나갔더니 민하가 씩 웃으며 말했다. 거실에는 라면 냄새가 가득했다. 냄새를 맡았더니 그제야 허기가 느껴졌다. 어제 들어온 민하는 모르겠지만, 찬혁이 지난 사흘 동안 먹은 거라곤 코코아 한 잔밖에 없었다. 재희가 식탁에 그릇과 수저를 놓고 있었다.

"잘 데려왔다, 정민하. 난 이놈이 이제 슬슬 굶어 죽으려나 싶었거든."

재희가 말하며 턱으로 의자를 가리켰다. 찬혁은 그 자리에 앉아, 컵을 꺼내는 재희의 뒷모습을 빤히 응시했다.

멤버들이 숙소에 모여 있어서 안 좋은 또 다른 이유 중 하나는 바로 재희였다. 재희는 조용하고 찬혁을 귀찮게 하지 않지만, 찬혁은 최근 재희의 행동이 거슬려서 견딜 수가 없었다.

'언제 그렇게 친해졌지?'

재희가 지완과 통화를 하는 것을 몇 번 목격했다.

"어, 지완아."

"아까 거기 괜찮지? 다음엔 커리 먹으러 갈까?"

"너, 아까 그 춤은 진짜 웃기더라."

통화 내용에는 '만남'을 짐작케 하는 내용들이 있었다. 둘은 자주 만나는 것 같았고, 그런 이야기를 들을 때마다 찬혁은 뱃속이 부글부글 끓는 기분을 느꼈다.

이건 좋지 않다. 아니, 아주 나쁘다.

부정하고 싶은 감정에 정의를 내리게 될 것만 같아서, 재희와 지완의 통화 내용을 듣고 싶지 않았다. 그런데도 거실에서 재희의 목소리가 들려오면 귀를 기울이는 자신이 있었다. 바보 같고 한심한데, 몸이 저절로 움직였다.

"요새 곡 작업은 어때?"

재희가 라면을 먹으며 물었다.

"난 끝났어. 니들은 어떤데? 하, 이 라면 맛있네. 이거 라면 이름이 뭐냐?"

민하가 물었다.

"무슨 부대찌개 라면? 그랬던 것 같은데. 새로 나왔기에 주문해 봤어. 나도 거의 마무리 단계야. 가사만 조금 다듬으면 될 것 같아."

재희와 민하의 대화를 들으며, 찬혁은 늘 그렇듯 아무 맛도 느끼지 못한 채, 배를 채우기 위해 라면을 입에 밀어 넣었다. 둘의 시선이 찬혁에게 향했지만, 모르는 척했다.

사실 말이야. 난 전혀 안 되고 있어. 가사만 적으려고 하면 임지완이 뛰어들거든. 첨벙 뛰어들어서 머릿속을 엉망으로 헤집어놔.

그런데 웃기는 게 뭔지 알아? 그게 싫지가 않아. 내 생각을 방해받는 게 싫지가 않아서, 나는 하염없이 임지완을 생각해.

그래서 말이야. 곡 작업을 전혀 못했어.

풍월 멤버들이 이제는 가족보다 더 가까운 사이가 되었다고는 해도, 이런 이야기를 할 수는 없었다. 이것은 정말이지, 말도 안 되는 감정이니까.

"찬혁, 우리 무시하냐? 작작 좀 처먹고 대답 좀 해봐라."

민하가 채근했다.

그때, 재희가 주머니에 있던 휴대폰을 꺼내며 일어났다.

"어, 지완아."

심장이 뚝 떨어졌다. 찬혁은 동요를 드러내지 않으려고 노력했지만 쉽지 않았다.

"아, 그래? 아니, 부대표님은 집 좀 잘 알아보고 구할 것이지. 벌써부터 문제가 생기면 어째. 그거 사람 부르면 되긴 하는데…. 아니다, 번거로우니까 내가 갈게. 나도 고칠 줄 알거든. 아냐, 괜찮아. 어차피 할 일도 없었어. 30분쯤 후에 도착할 거야. 그래, 이따 봐."

거실에서 들려오는 재희의 음성은, 민하와 찬혁을 대할 때보다 훨씬 다정하고 달콤했다. 재희의 한마디, 한마디에 심장이 술렁거렸다. 아랫배에 힘이 들어가 토할 것만 같았다.

"요새 재희랑 지완이랑 겁나 자주 만나는 것 같더라. 둘이 아주 절친이야, 절친."

민하가 속도 모르고 중얼거렸다.

"뒷정리 좀 부탁할게. 나, 나가봐야겠다."

통화를 끝내고 돌아온 재희가 민하의 어깨를 잡으며 말했다.

"왜? 집에 무슨 일 있대?"

"싱크대에 물이 안 내려가나 봐."

"싱크대 쓸 일이 있나?"

"지완이가 요새 요리를 하거든. 남는 시간에 집에서 이것저것 만들어보는 것 같아."

"오, 그래? 다음에 얻어먹으러 가야겠네."

"응, 맛있더라."

재희가 싱긋 웃었다.

"뭐야, 넌 벌써 먹어본 거냐?"

"당연하지."

"임지완, 그 자식. 이 하늘 같은 선배님한테는 밥 한 번 사준 적 없으면서."

"네가 뭘 잘했다고 밥을 사주겠냐?"

"저번에는 내가 술 사줬다고. 얻어 마셨으면 사주는 게 인지상정이지!"

"보나마나 억지로 데려다가 먹였겠지. 하여간 나간다."

재희가 휙 돌아서서 주방을 나갔다.

찬혁은 젓가락을 멈췄다는 것도 깨닫지 못하고 그릇 안에 담긴 라면을 가만히 노려봤다. 이거 정말 좋지 않다.

'안 돼. 비켜.'

머릿속에 떠오른 단어를, 찬혁은 간신히 밀어냈다. 지금 느끼는 이 감정의 이름을, 사실은 알고 있었다. 하지만 알고 싶지 않고 인정하고 싶지 않기에, 찬혁은 부정해야만 했다.

이것만큼은 안 된다. 절대로 안 된다.

이 감옥 안에서는 절대로 인정받지 못할 이름의 감정이다. 인정하는 순간, 이 감옥은 독방으로 바뀔 것이다. 공기조차 통하지 않는 아주 좁은 독방.

그러니까 절대로 인정해서는 안 된다.

가위바위보에서 지는 바람에, 설거지는 찬혁이 하게 되었다. 기분 전환을 하고 싶었기에, 오랜만에 설거지를 하는 것도 나쁘지 않았다.

고무장갑을 끼고 그릇들을 꼼꼼히 닦고 정리했다. 그것만으로는 기분이 나아지지 않아 아예 본격적으로 주방 청소를 시작했다.

"으하하하하! 이게 뭐야?"

민하의 웃음소리가 들려온 것은, 찬혁이 냉장고 안을 정리하고 있을 때였다.

"뭐가 이렇게 절절해?"

민하의 목소리는 찬혁의 방 쪽에서 들려오고 있었다. 찬혁은 냉장고 문을 열어둔 채 방으로 달려갔다. 민하가 가사를 적은 노트를 손에 들고 있었다.

"내려놔, 정민하."

"이거 정말 네가 쓴 거 맞냐?"

민하는 웃음기가 가시지 않은 얼굴로 찬혁을 돌아봤다.

"내려놔."

"이거 장난 아닌데? 가사 좋다, 야."

"내려놓으라고."

"그런데 너무 애절해. 너, 이루지 못할 사랑이라도 하고 있는 거냐? 아, 혹시 제나랑 진짜로 그렇고 그런 사이? 아니, 그런데 제나랑은 이루지 못할 게 없잖아. 그 계집애도 너 좋아서…."

팟!

찬혁은 민하의 손에 들린 노트를 빼앗고, 어두운 눈으로 민하를 노려봤다. 찬혁의 이런 모습을 처음 본 민하가 웃음을 지웠다.

"왜 그래, 너?"

"나가, 정민하."

"야, 어차피 겹치는 거 없나 공유해야 하잖아. 뭘 그렇게 예민하게 굴어?"

"나가라고."

민하가 슬쩍 두 손을 들어 올렸다.

"알겠다, 알겠어. 까칠하게 굴긴. 남들이 보면 네가 진짜로 사랑이라도 하고 있는 줄 알겠다. 무서워 죽겠네."

민하는 별 뜻 없이 던진 말이었을 것이다. 그러나 찬혁에게는 아니었다.

이루지 못할 사랑.

애절한 사랑.

지금껏 찬혁은 간신히 무시하고 있었다. 힘겹게 부정하고 있었다. 이 감정에 이름을 붙이고 싶지 않았다. 그냥 흘러가는 대로 놓아두면 언젠가는 희미해질 거라고, 이름만 붙이지 않으면 언제 그랬냐는 듯 사라질 거라고. 그렇게 믿었다.

사실은 이 감정의 이름을 진즉에 알고 있었다. 싫을 정도로, 슬플 정도로 알고 있었다. 온 힘을 다한 그 노력을, 민하가 깨뜨려버렸다. 있는 힘껏 부정했던 단어를, 민하가 내뱉고 말았다. 그리하여 찬혁은, 지완에게로 달려가는 이 감정에 이름을 붙일 수밖에 없었다.

사랑.

사랑이었다.

아니라고, 그럴 리 없다고 세뇌하듯 되뇌어도.

결국은 사랑이었다.

지완은 주방 벽에 기대어, 싱크대 아래에서 하수관을 손보는 재희의 뒷모습을 지켜봤다.

재희가 전화 한 통에 달려올 줄은 몰랐다. 최근에는 무슨 일이 생기면 재희에게 연락을 하는 것이 습관이 되었다.

지난번 바다에 함께 다녀온 이후, 재희와는 자주 만났다. 지완이 해야만 했지만 못 했던 것들을 함께 하겠다고 말했던 것은 그냥 던진 말이 아니었나 보다. 재희는 소소하지만 지완에게는 특별한 추억들을 하나씩 만들어주고 있었다.

비밀을 밝혀서일까. 아니면 재희가 원래 그런 사람이라서일까.

지완은 재희와 함께인 시간이 편하고 좋았다. 대화를 나누는 것도, 장난을 치는 것도 즐거웠다. 그래서 재희와 보내는 시간은 늘 빨리 지나갔다.

“시간 좀 걸릴 것 같으니까 가서 할 일 하고 있어.”

재희가 말했다.

“아냐, 어차피 할 것도 없어. 다음에 또 이러면 내가 할 수 있어야 하니까 보고 있을래.”

“그냥 다음에도 날 불러.”

“에이, 매번 부를 순 없지.”

재희가 고개를 뒤로 젖혀 지완을 응시했다.

“나는 매번 불러주면 좋겠는데? 이런 걸 핑계로 네 얼굴도 보고.”

두근- 심장이 반응했다.

때때로 재희가 다정한 말을 해줄 때마다 심장이 뛸 때가 있어서 당혹스러웠다.

‘원래 친구가 이런 말을 해주면 심장이 뛰나? 아니면 정말로 내가 헤픈가?’

찬혁을 사랑하고 있다. 부정하고 싶지만, 이미 가슴에 새겨진 감정이 하루아침에 사라지지는 않았다. 사실은 매일 보고 싶고, 목소리를 듣고 싶고, 함께 시간을 보내고 싶었다. 그의 잠든 모습을 한 번 더 보고 싶고, 그의 머리를 쓰다듬어주고 싶었다.

‘나는 남자야. 찬혁이 형도 남자고.’

찬혁이 생각날 때마다 세뇌를 하듯 몇 번이고 되풀이했지만, 이 감정은 그리 쉬이 사라지지 않았다. 그래서 이제는 그냥 받아들이기로 했다. 언젠가는 없어지리라고 믿으며. 하지만 아직은 아니다. 아직은 이 가슴에 송찬혁이 새겨져 있다.

그런데 왜 재희의 말에 두근거리는 걸까?

사랑이었다.

이름 없던 감정에 이름이 생겼다. 그러자 아무리 노력해도 알 수 없었던 모든 의문부호에 답이 내려졌다.

사랑이기 때문이었다.

'사랑이라.'

찬혁은 가사를 끄적여놓은 노트를 내려다보며 쓴웃음을 지었다.

'그렇게 절절한가?'

무엇을 쓰는지도 모르는 채 적어 내려간 가사였다. 거기에 둔한 민하까지 눈치챌 만큼의 감정이 담겨 있을 줄은 몰랐다.

'그래, 절절할 만도 하지.'

누군가에게 사랑은 축복일 수도 있었다. 만약 지완이 아닌 다른 사람을 사랑하게 되었더라면, 찬혁 역시 그것을 기쁨으로 받아들였을지도 모른다. 제대로 된 감정을 느끼지 못한 채, 좁은 감방에 갇힌 죄수처럼 살아가는 삶. 그 삶에 사랑이 분홍빛 달콤한 행복이 되었을지도 몰랐다.

하지만 그 상대가 지완일 때는 그럴 수가 없었다. 지완을 사랑함으로써, 안 그래도 좁은 감방이 더 좁아졌다. 창살만 있던 창문에 암막이 드리우고, 그나마 높았던 천장이 내려앉았다.

'하다 하다 사내놈을 사랑하게 되다니.'

지완은 남자였다. 똑같은 것이 달린 남자. 사회적으로도, 개인적으로도 인정받지 못할 사랑이었다. 최근에는 동성 커플을 인정해주는 분위기이고, 사랑은 취향의 문제라며 두둔해준다는 것은 알고 있다. 그러나 찬혁은 그들과 달랐다.

차라리 평범했더라면 나았을 것이다. 평범한 부모에게 태어나, 평범한 스물일곱 살의 삶을 살아가고 있다면, 오히려 이 사랑을 쉬이 인정하고 받아들였을 것이다.

하지만 찬혁은 평범하지 않았다. 물 한 잔을 마시는 것조차 이슈가 되는데, 남자를 사랑한다는 사실이 알려지면 난리가 날 것이다. 손발에 수갑이 채워지고, 목에는 풀 수 없는 목줄이 매이겠지. 이 바보 같은 눈동자가 지완을 향할 때마다, 목줄이 숨통을 조이겠지.

'아니, 그런 건 문제가 아냐.'

어차피 그렇게 살아왔으니 손발이 묶인다고 해서 달라질 것은 없었다.

문제는 지완이었다. 지완까지 이 숨 막히는 감옥에 끌어들일 수는 없었다.

지완은 자유로운 것이 어울렸다. 시선의 감옥에 갇혀 자유를 박탈당한 지완의 모습은 절대로 보고 싶지 않았다. 그러하기에 이 마음을 드러내서는 안 된다. 사랑이 속을 썩어 문드러지게 하더라도, 결코 들켜서는 안 된다.

임지완은, 남자라는 걸 확인시켜주겠다며 거침없이 바지를 내리려고 했던 임지완은.

찬혁은 눈을 감았다.

그러자 환하게 웃는 지완의 얼굴이 떠올랐다.

그래, 임지완은 햇살 같은 미소를 짓는 게 좋으니까.

그러니까 이 심장이 새까맣게 타 들어가더라도 절대 드러내지 말자. 이 터질 것 같은 사랑을. 이 폭발할 것 같은 마음을.

현준이 사무실에 앉아서 앞으로의 일정을 체크하고 있는데, 문 대표가 찾아왔다. 문 대표가 먼저 찾아오는 건 드문 일이었다.

"무슨 문제라도 생겼습니까?"

현준이 소파로 향하며 물었다.

"꼭 문제가 있어야 찾아오나? 내 회사인데."

"대표님 회사라는 거 자랑하러 오셨습니까? 커피 드실래요?"

"아니, 금방 나갈 거야. 임지완은 잘하고 있나?"

"네, 노래 실력도 훨씬 나아졌고 요새 관리를 받아서 피부에서 아주 광채가 납니다. 거리에서 생활하던 애처럼 보이진 않아요."

"다음 주에 신분증이 나올 거야. 학업 관련해서도 기본 교육 과정은 밟은 걸로 해뒀으니까 알아두고. 신분증 받는 대로 계약서 작성하도록 해."

"역시 우리 대표님은 일 처리도 빠르시지. 분부대로 진행하겠습니다."

지완에게 신분증을 줄 생각을 하니 기분이 좋아졌다. 최근 지완이 기운이 없어 보여서 걱정이었는데, 신분증을 받으면 표정이 좀 밝아지지 않을까 싶었다.

"그리고 제나랑 찬혁이 열애설은 종료시키도록 해."

"벌써요? 영화 개봉은 아직 멀었는데."

"압박이 들어왔다."

"압박이라니…."

"한성에서."

"아."

한성의 이름을 들은 현준의 표정이 굳었다.

"활동에는 터치하지 않기로 되어 있었던 거 아닙니까?"

"그랬지. 그런데 그 댁 공주님께서 기사를 읽고 심기가 불편하셨던 모양이야. 한국에 돌아오겠다고 다음 달 일정을 전부 취소했다

더군."

"이런."

현준은 예전에 몇 번 보았던 해림의 고집스러운 얼굴을 떠올렸다. 어른스럽고 성숙한 분위기를 풍기는 외모였지만, 현준의 눈을 속일 수는 없었다.

"거참."

할 말을 잃었다. 영화 홍보를 위한 전략이라는 게 빤히 보이는 수단이고, 해림도 그것을 알 것이다. 그런데도 이렇게 나오다니.

'찬혁이는 정말 숨이 막히겠군.'

어느 쪽에서도 찬혁을 자유로이 놓아두지 않았다. 여러 곳에서 목줄을 움켜쥐고 사방으로 당겼다. 목이 졸린 찬혁이 아무것도 느끼지 못한 채 하루하루를 살아가는 것이 당연했다.

"하여간 깔끔하게 마무리 지어. 다른 소리가 나오면 찬혁이만 더 힘들어질 테니까."

지완은 찬혁과 제나의 열애설이 터진 후, 매일 아침 습관처럼 인터넷으로 뉴스를 확인하고 있었다.

사람의 마음이란 참 이상하다. 보면 기분이 상할 것이라는 걸 알면서도 결국은 보고 만다.

본다고 해서 상황이 달라지는 건 아무것도 없는데, 아니, 오히려 우울해질 뿐인데도 확인을 하고 싶어 한다.

어쩌면 인간은 마음 깊은 곳에서는 우울함을 즐기고 싶어하는 습성이 있는지도 모르겠다. 사랑도 그런 습성의 일환이 아닐까.

사람이 사랑을 하게 되면 감정이 격하게 움직인다. 별것도 아닌 일에 웃기도 하고, 울기도 하고. 그렇게 일희일비하게 된다.

거리에서 아무것도 없이 살아갈 때조차 이러한 우울감을 느낀 적이 없었다. 어쩌면 먹고살기에 바빠서 우울할 틈조차 없었는지도 모르겠다.

오늘 아침에도 눈을 뜨자마자 휴대폰을 집어 인터넷 창을 켰다. 요 몇 주, 찬혁과 제나의 열애설 기사는 수시로 업데이트되고 있었다. 항상 연예계 뉴스 랭킹을 차지했는데, 오늘은 다른 기사가 올라와 있었다.

'지레짐작은 그만. 동료일 뿐.'

기사의 내용은, 둘은 소속사가 같은 좋은 동료일 뿐, 아무 관계도 아니라는 것이 요지였다. 영화 작업 때문에 가끔 만났을 뿐, 항상 매니저를 대동했다. 개인적으로 만난 적은 한 번도 없다. 서로 연락처도 모른다. 그런 내용이 담겨 있었다.

조잡한 변명이었다. 아무도 믿지 않을 것 같은 내용인데, 댓글들은 의외로 기사 내용을 두둔하고 있었다.

'아무 사이 아니었다고?'

조잡하다거나 댓글창의 반응이 수상하다는 건 아무래도 좋았다. 지완에게는 그저 '아무 사이가 아니었다.'라는 내용만이 중요했다.

두 사람이 아무 사이도 아니라고 해서, 지완과 찬혁의 관계가 변화하지는 않는다. 지완은 여전히 남자였고, 여자로 그의 앞에 설 생각이 없었다.

그럼에도 기분이 한결 좋아졌다. 매 순간 가슴에 자리 잡고 있던 빼근함이 깨끗이 사라졌다. 지완은 기사를 읽고 또 읽다가 침대에서 일어났다.

"아, 늦었다!"

지완은 헬스를 끝내고 보컬 레슨을 받은 후에, 피부 관리실로 향했다. 피부 관리가 끝난 후에는 풍월의 작업실에 방문할 예정이었다. 지완이 부를 민하와 재희의 곡이 마무리되어서, 한번 맞춰보기로 한 것이다.

마사지를 다 받은 후 로비로 나왔을 때, 눈에 익은 얼굴이 불만스러운 표정으로 소파에 앉아 있었다. 그녀를 보는 순간 심장이 쿵 떨어진 이유는, 그녀가 어제까지 찬혁과의 열애설을 만들어낸 제나였기 때문이다.

다리를 꼬고 앉아 휴대폰을 노려보던 제나가, 인기척을 느낀 듯 고개를 들었다. 지난번에도 느꼈지만 참으로 예쁜 얼굴이다.

최근에는 연예인을 실제로 볼 기회가 많아졌다. 다들 TV나 사진으로 볼 때보다 훨씬 예쁘고 잘생겨서 깜짝깜짝 놀라곤 했다.

제나도 마찬가지였다. 자그마하고 균형 잡힌 얼굴에 담긴 큼직큼직한 이목구비. 갸름하게 잘 정리한 눈썹과 쌍꺼풀이 진한 커다란 눈, 하늘을 찌를 듯 오뚝한 코와 얇고 붉은 입술. 칼단발 헤어가 무척이나 잘 어울리는 도시적인 이미지였다.

지완의 얼굴을 확인한 제나가 인상을 찌푸렸다. 눈썹 끝이 살짝 올라가는 모습이 매력적이었다.

"뭐야, 얘는? 얘 때문에 내가 대기한 거야?"

제나가 날카로운 목소리로 말했다.

"얘가 왜 원장님한테 관리를 받아? 너, 대체 누구니? 어디서 본 얼굴인데."

제나가 적대적으로 물었다. 근처에 있던 마사지사들이 긴장한 표정으로 두 사람을 지켜보고 있었다. 제나가 이러는 게 하루 이틀이 아닌 모양이었다.

"나는…."

침착하게 이름을 말하려는데, 제나가 갑자기 "아." 하고 탄성을 내뱉었다.

"너, 개구나? 저번에 찬혁이 오빠랑 같이 있었던 애. 맞지?"

지완은 가볍게 고개를 끄덕였다.

"너, 남자라면서? 나, 처음에 네가 여자인 줄 알고 살짝 질투할 뻔했지 뭐야."

지완이 찬혁의 지인이라는 걸 알게 된 제나가 빠르게 태도를 바꿨다. 그런 제나가 귀여워서, 지완은 피식 웃으며 말했다.

"남자야, 난."

"그래, 그런 것 같네. 그런데 너, 진짜 예쁘게 생겼다. 피부도 진짜 좋네. 너, 우리 소속사 연습생 맞지? 이름이…."

"임지완."

"아, 그래. 맞아. 임지완."

제나가 생글생글 웃자 분위기가 조금 달라졌다. 인상을 찌푸리고 있을 때는 차가운 느낌이었는데, 웃는 얼굴은 꽤나 귀여웠다.

"난 누군지 알지?"

"응, 제나."

"제나 씨. 이쪽으로 오세요."

그때, 지완을 관리해준 마사지사가 나와서 말했다. 지완은 이제까지 그녀가 원장님인 줄은 까맣게 모르고 있었다. 제나가 원장을 돌아보며 말했다.

"아, 원장님. 나, 오늘은 패스할게요. 얘랑 할 얘기가 좀 있어."

제나의 말에 원장이 걱정스럽다는 표정으로 지완을 돌아봤다. 성격이 까다롭기로 유명한 제나가 지완에게 해코지를 할까 봐 우려하는 것 같았다.

"오늘 감사했습니다. 다음에 또 봬요."

지완은 꾸벅 인사를 하고는 입구를 향해 걸음을 옮겼다. 제나가 따라왔다.

"나랑 커피 한잔하자."

"나, 가야 할 곳이 있는데."

"연습생 주제에 뭘 튕기고 그래?"

"정말이야. 가야 할 곳이 있어."

"어디 가는데? 레슨 받으러? 그러고 보니, 넌 어느 쪽이야? 얼굴만 보면 배우 쪽 같은데."

"얼굴만 봐도 그런 걸 알아?"

"원래 너처럼 생긴 애들은 연기 쪽으로 많이들 빼더라고."

나처럼 생긴 게 어떤 건지 모르겠지만, 지완은 알아들은 척 고개를 끄덕였다.

"아무튼 어디 가는데?"

제나는 생김새와 달리 집요했다.

풍월의 다음 앨범에 참여하게 되었다는 사실을, 제나에게 말해도 될지 알 수 없었다. 그래서 뭐라 대답해야 할지 고민하며 가만히 제나를 응시했다. 한참 동안 지완의 시선을 받던 제나가 얼굴을 붉혔다.

"뭐야, 너. 왜 그렇게 빤히 쳐다봐? 나한테 반했니?"

"응, 너 진짜 예쁘다. 처음에 봤을 때 깜짝 놀랐어. 너무 예뻐서."

솔직하고 담백한 칭찬에 제나의 얼굴이 더 붉어졌다.

"뭐야, 갑자기. 나야말로 깜짝 놀랐다, 얘."

제나가 지완의 팔을 툭 때렸다. 그러다가 갑자기 도끼눈을 하고 지완을 쏘아봤다.

"그나저나 너, 몇 살이야? 나보다 어려 보이는데 아까부터 하늘 같은 선배한테 반말을 하네."

"그래서 싫어?"

"아니, 싫은 건 아닌데… 아무튼 너 몇 살이야?"

"스물두 살."

"뭐야, 너 나보다 한참 어리잖아. 나 스물여섯 살이거든? 너, 너 하지 마."

"그럼 뭐라고 부를까?"

"당연히!"

선배라고 불러야지, 라고 말하려던 제나는 생각을 바꿨다. 선배보다는 누나가 친근하게 느껴질 것이고, 찬혁과 친해 보이는 지완과 돈독한 사이가 되고 싶었기 때문이다.

"누나라고 불러."

지완이 빙그레 웃었다.

"알겠어, 누나."

순간, 지완의 얼굴에 번진 부드러운 미소에 제나는 숨이 턱 막혔다. 연예계 생활을 오래 하면서 예쁘고 잘생긴 사람들 사이에서 살아왔다. 지완이 예쁘게 생긴 남자이기는 해도, 다른 연예인들과 비교했을 때 특별히 뛰어날 것은 없었다.

그런데 이 미소는.

'뭐야, 이건.'

달랐다. 다른 사람들이 짓는 미소를 볼 때와 완전히 다른 느낌이었다.

다정하고 부드러우면서도 무언가 다른 감정이 섞이는 미소.

그래, 애잔함. 지완의 미소에는 그것이 섞여 있었다.

심장이 두근, 두근, 뛰어서 당혹스러웠다. 연습생 따위의 미소를 보면서 심장이 뛰다니.

제나가 황급히 시선을 옆으로 돌렸다.

"아, 아무튼 너. 찬혁이 오빠랑 친하지?"

"글쎄. 이걸 친하다고 해야 하나?"

"그때 보니까 친해 보이던데, 뭐. 너 다칠 뻔했을 때, 찬혁이 오빠가 걱정해줬잖아."

"사람이 다칠 뻔하면 걱정해주는 게 정상 아냐?"

"뭐, 다른 사람들이라면 그렇겠지만. 찬혁이 오빠는 그런 타입이 아니라서. 감정이 거의 없잖아, 찬혁이 오빤."

감정이 거의 없다니. 제나의 말을 이해할 수가 없었다.

지완이 보기에 찬혁은 누구보다도 감정이 풍부한 사람이었다. 넘치는 감정을 드러낼 기회를 얻지 못했을 뿐.

"찬혁이 오빠랑 자주 연락해?"

"그냥 뭐, 요샌 거의 안 해."

거의 안 하는 정도가 아니라 아예 안 하고 있었다. 찬혁을 향한 마음을 자각한 이후로, 그를 피하는 중이었다. 그러면 이 마음이 옅어질까 해서. 하지만 마음은 그리 쉬이 옅어지지 않았다. 그리움이 진해질수록 마음의 크기도 커졌다.

오늘 풍월의 작업실에 가는 것도 걱정이었다. 재희와 민하의 곡을 불러보러 가는 것이긴 하지만, 혹시라도 그 자리에 찬혁이 있으면 어떻게 해야 할까. 표정을 갈무리하지 못하고 자꾸만 시선을 피하게 될 텐데.

"연락을 안 한다는 말은… 찬혁이 오빠가 답을 해준다는 말이겠네? 전화도 해?"

제나가 눈을 반짝반짝 빛내며 물었다.

"그거야 당연히… 연락을 하면 받아는 주지."

"뭐야, 좋겠다."

"누나가 연락하면 안 받아?"

"응, 안 받아. 찬혁이 오빠는 원래 통화하고 문자하고 그러는 거 안 좋아한대."

"아, 그래."

'안 좋아하는구나.'

새로운 사실을 알게 되었다.

그렇다면 내 연락은 왜 받아준 걸까? 한 시간이고, 두 시간이고 통화를 했는데. 문자를 하면 답도 왔는데.

'부대표님이 챙겨주라고 해서 그런 거겠지.'

괜한 기대감이 싹트기 전에, 그렇게 답을 내렸다. 기대를 하고, 소망을 품는 건 금물이다. 지완의 인생에 그렇게 반짝반짝한 일은 일어나지 않을 테니까.

'불편했겠다. 내가 연락하는 거.'

어쩌면 자신의 연락이 그의 숨통을 죄였을지도 모른다고 생각하자, 그동안의 행동들이 후회되기 시작했다.

"지금 연락해 봐봐."

제나가 얼굴을 불쑥 들이밀며 말했다.

"응?"

"찬혁이 오빠한테 한번 연락해 봐봐. 요새 스케줄 없는 것 같은데, 만나자고 하면 만나지 않을까? 그럼 거기 나도 같이 갈래."

찬혁을 향한 마음을 스스럼없이 드러내는 제나가 싫지 않았다. 그러는 한편 질투도 났다.

'좋겠다. 좋아하는 마음을 이렇게 표현할 수 있어서. 아니, 아니. 내가 뭔 생각을 하는 거야.'

지완은 떠오른 생각을 황급히 지워버렸다.

"찬혁이 형한테는 연락하지 않을 거야, 누나. 아무 때나 연락할 만큼 친한 사이 아니니까."

"뭐야, 친한 사이 맞아. 찬혁이 오빠가 되게 잘해줬잖아."

"그거야 부대표님이 나한테 이것저것 좀 알려주라고 부탁을 하셔서….”

“그런 말을 듣는다고 그렇게 행동할 사람이니, 찬혁이 오빠가?”

제나는 끈질겼다.

‘슬슬 가봐야 하는데.’

지완은 시간을 확인했다. 지금 출발해도 약속 시간에 조금 늦게 생겼다.

“누나, 나 이제 가봐야 돼.”

“어디 가는데?”

“다음 스케줄.”

“연습생한테 스케줄이 어디 있어? 비싸게 좀 굴지 마, 너. 나랑 이렇게 얘기할 기회가 흔한 줄 알아?”

“응, 누나랑 대화할 수 있어서 영광이었어.”

지완의 말에 제나가 얼굴을 붉혔다.

“뭐야, 오글거리게. 영광은 무슨.”

“진짜로 가봐야 돼.”

“그럼 같이 갈래.”

“응?”

“같이 갈래. 나 어차피 마사지 스케줄이었는데, 너 때문에 뺀 거잖아. 시간 남아.”

‘나 때문이 아니라 스스로 뺀 거잖아.’

그렇게 생각했지만, 그 말은 하지 않았다.

"안 돼, 누나."

"싫어. 같이 갈 거야."

제나가 고집스럽게 말하며 지완의 팔짱을 꼈다. 지완은 한숨을 삼켰다.

이걸 어찌해야 하나.

"으하하하하. 뭐야, 매미냐?"

지완의 팔에 매달려서 따라온 제나를 보며, 민하가 웃음을 터뜨렸다. 제나가 불만스러운 표정으로 민하를 노려봤다.

"웃지 마."

"웃기잖아. 뭐야, 대체? 여기가 어디라고 따라와? 미쳤어?"

"뭘 미쳐? 내가 못 올 데 왔나, 뭐?"

"어떻게 된 거야?"

팔짱을 끼고 지켜보던 재희가 지완을 돌아보며 물었다.

"마사지 받으러 갔다가 마주쳐서…."

"제나가 그냥 따라왔구만? 하여간 이 계집애는 낯도 두꺼워요."

민하가 지완의 뒷말을 이었다.

"아니거든. 지완이가 같이 가자고 했어. 그치, 지완아?"

그렇게 말하고는 제나가 지완을 올려다봤다. 지완은 피식 웃으며 고개를 끄덕였다.

"응, 내가 같이 오자고 했어."

"구라 까네. 하여간 착해가지고."

민하가 웃으며 지완의 머리를 쓰다듬는데, 재희가 반사적으로 민하의 손목을 쳐냈다. 민하가 놀란 눈으로 재희를 응시했다.

"뭐야?"

"헤어 스타일링 한 것 같은데, 너무 흩어놓지 마."

재희가 변명했다. 지완은 헤어 스타일링을 받은 적이 없지만, 민하는 순순히 고개를 끄덕였다.

"아하, 머리 했던 거? 그래서 오늘따라 예뻐 보였나?"

"예쁘다고 좀 하지 마."

지완의 말에 민하가 씩 웃었다.

"그런데 아무리 봐도 넌 예쁜 쪽이란 말이지. 제나보다 더 예쁜 것 같은데?"

"아, 뭐야? 그럴 리가 없잖아!"

제나가 투덜거렸다.

그때였다.

"다들 여기 서서 뭐 해?"

찬혁의 음성이 들려온 것은.

풍월의 작업실은 지하에 있었고, 그들은 지금 작업실 입구에서 대화를 하는 중이었다. 그리고 찬혁은 계단에 서서 이쪽을 내려다보고 있었다.

예상치 못한 찬혁의 음성이 들려와 지완은 딱딱하게 굳었다. 천천히 고개를 돌려 목소리가 들린 쪽을 올려다봤다. 빛을 등지고 있어서, 그의 실루엣만 보였다.

다행이었다. 그의 얼굴을 보면 표정을 갈무리하지 못할 테니까. 목소리만 듣고도 터질 것 같은 이 심장을 주체하지 못할 테니까.

“어, 왔냐? 제나가 지완이 따라왔다.”

민하가 말했을 때에야, 지완은 정신을 차릴 수 있었다. 찬혁이 천천히 계단을 내려왔다.

“제나가 왜?”

“오빠 보고 싶어서.”

제나가 도발적으로 말했다.

“하.”

찬혁은 한숨인지 웃음인지 모를 소리를 내고는, 입구를 막은 사람들을 피해 작업실 안으로 들어갔다. 흘긋 본 그의 표정이 평소보다 어두워 보이는 것이 마음에 걸렸다.

무슨 일이 있는 걸까?

“아직 시작 안 한 거야?”

찬혁이 물었다.

“어, 저 계집애가 오는 바람에.”

민하가 엄지로 제나를 가리켰다. 찬혁이 제나를 돌아보자, 제나가 움찔했다.

“아니, 난 그냥 오빠 보고 싶어서… 우리 열애설 기사도 다 내려

갔고… 왜 갑자기 그렇게 됐는지 궁금한데, 대표님도 부대표님도 아무 말도 안 해주시고….”

“가라. 귀찮게 하지 말고.”

제나를 향한 찬혁의 음성은 차가웠다. 지완이 한 번도 들어본 적 없는 냉기가 묻어나와, 제나보다도 지완이 더 찔끔했다. 정작 제나는 자주 겪는 일인지, 입술을 비쭉거리며 대꾸했다.

“뭐야, 얘도 여기 있잖아.”

“지완이는 우리랑 같이 작업해.”

재희가 말했다.

“뭐야, 진짜야? 지완이 너, 가수였니?”

“너, 그것도 모르고 따라왔냐?”

민하가 어이없다는 듯 물었다.

“아니, 뭐. 오늘에야 알았으니까. 나도 작업하는 거 구경하면 안 돼? 절대 유출 안 할게. 나 입 무거운 거 알잖아.”

“지랄한다. 네 입이 무거우면 세상에 가벼운 게 하나도 없겠다.”

“아, 민하 오빠는 좀 빠져!”

“닥치고 나가라, 김순미.”

“아씨. 그 이름으로 부르지 말라고!”

본명을 불린 제나가 날카롭게 외쳤다.

“불리기 싫으면 나가라고. 왜 이렇게 경우 없이 구냐, 너? 우리가 지금 놀고 있는 거 같냐?”

민하의 목소리에도 짜증이 실리기 시작했다. 민하의 짜증은 무시할 수 없었나 보다.

"알겠어. 간다, 가!"

제나는 신경질적으로 지완의 팔을 놔주더니 홱 돌아섰다.

"진짜 되게 비싸게들 구네."

작업실을 나가면서 한마디 덧붙이는 것도 잊지 않았다.

쾅!

세게 닫혔던 문이 곧바로 다시 열렸다. 그런 식으로 나가버렸으면서 도로 들어온 제나를, 다들 어이없다는 듯 쳐다봤다. 하지만 제나는 모두의 시선을 무시하고 또각또각 도도하게 걸어와 지완의 앞에 멈췄다. 그리고 지완을 올려다보며 말했다.

"폰 내놔."

"어?"

"폰."

"아, 으응."

기세에 눌려, 지완이 휴대폰을 꺼내 제나에게 건넸다.

"이거, 내 번호야."

제나가 휴대폰에 자신의 번호를 찍어서 돌려줬다.

"연락해. 오늘 저녁에."

"아, 응."

"꼭 해."

"응, 알겠어."

"그럼 진짜로 갈게."

제나는 흥, 하고 콧방귀를 뀌더니 다시 작업실을 나갔다. 이번에는 아까보다 거칠지 않게 문을 닫았다.

"뭐냐, 잰?"

민하가 어리둥절한 표정으로 물었다. 재희가 대답했다.

"몰라. 쟤가 저러는 게 하루 이틀이야? 얼른 곡 작업이나 하자."

민하의 곡을 노래하는 지완을, 찬혁은 물끄러미 응시했다. 보면 안 되는데, 안 보려고 노력하는데, 자꾸만 지완에게 향하는 시선을 막을 수가 없었다.

사실은 오늘 작업실에 올 생각이 없었다. 곡은 완성되었지만 지완을 마주하고도 이 감정을 드러내지 않을 자신이 없었기 때문이었다.

하지만 언젠가는 지완과 함께 곡 작업을 해야 한다는 걸 깨달았다. 단둘이 작업을 하게 되면 더 위험하리라는 것도.

게다가 오늘은.

'최해림.'

제나와의 열애설 기사가 완전히 내려간 이유가 무엇인지, 찬혁은 알고 있었다. 따로 연락을 받지는 못했지만, 뒤에서 무슨 일이 있었는지는 안 봐도 뻔했다.

잠시나마 잊고 있던 해림의 존재가 다시금 떠오르자, 목이 더 죄는 느낌이 들었다. 목을 졸라맨 목줄이 숨 막혔지만, 아무리 노력해도 풀리지 않을 것이다. 그것을 알기에, 찬혁은 벗어나고 싶다는 소망조차 버렸다.

문득 시선이 느껴져서 돌아보니, 재희가 찬혁을 보고 있었다.

"너, 괜찮냐?"

찬혁은 대답하지 않고 다시 지완에게로 시선을 돌렸다. 재희도 대답을 기대하지는 않았는지 더는 묻지 않았다.

네게 질투가 난다, 강재희. 거리낌 없이 감정을 표현하고, 지완과 대화할 수 있는 네게 질투가 난다.

찬혁은 쓴웃음을 삼키고 눈을 감았다.

그만 보자. 저 예쁜 얼굴, 계속 보면 가슴만 죄니까 이제 그만 보자. 보면 볼수록 사랑이 커지고, 사랑이 커질수록 헛된 욕심만 생기니까. 그러니까 보지 말자.

하지만 눈을 감았더니, 지완의 음성이 더욱 강렬하게 청각을 자극했다. 참으로 아름다운 음색이었다. 허스키한데도 부드럽다는 느낌이 들었고, 달콤한데도 서글프다는 느낌이 들었다. 오만 가지 감정이 목소리에 담겨, 심장을 뻐근하게 만들었다.

"괜찮았어?"

노래를 끝낸 지완이 민하를 보며 조심스럽게 물었다.

"어, 음."

민하가 미간을 좁혔다.

“왜? 이상해? 내가 어딘가 잘못 불렀나?”

“아니, 잘 불렀어. 잘 불렀는데. 목소리가 너무.”

민하가 난처한 듯 검지로 코를 긁으며 멤버들을 돌아봤다.

“안 되겠다. 가사가 너무 초라하게 느껴져. 그치?”

“어. 목소리에 비해 가사가 좀….”

재희가 동의하듯 고개를 끄덕였다.

“가사를 좀 수정해야겠는데. 이렇게 가벼우면 안 되겠어. 일단 재희야, 네 거 한번 불러보라고 하자.”

그래서 지완은 재희의 곡을 불렀고, 이번에도 같은 반응이 돌아왔다.

“아, 이거 민망하네.”

재희가 악보를 톡톡 두드렸다.

“가사가 왜 이렇게 없어 보이냐?”

“미안해.”

지완의 사과에 재희가 손을 저었다.

“아니, 네가 왜 미안해? 가사가 문제인데. 아무래도 요새 트렌드에 맞추긴 좀 힘들 것 같은데.”

“이걸 어쩌나.”

“야, 혁아. 네 것도 한번 해보자.”

그제야 찬혁이 눈을 떴다. 하필이면 시선이 향하는 곳이 지완이 있는 방향이었다.

눈이 마주쳤다. 고양이 같은 눈매 안에 갇힌 연갈색 눈동자를 보는 순간 참을 수 없는 감정이 심장 부근에서 휘몰아쳤다.

찬혁은 주먹을 꽉 쥐고 힘겹게 시선을 옆으로 돌렸다.

"해봐."

찬혁이 MR 파일을 틀었다. 빠른데도 애잔한 느낌을 자아내는 곡이었다.

지완이 눈을 감고 음률을 머릿속에 집어넣었다. 찬혁이 만든 곡이라고 생각해서인지, 아니면 곡 자체가 그래서인지, 심장이 죄는 느낌이 들었다.

곡이 끝난 후, 지완은 가사를 읽었다. 길을 잃고 걷던 사람이 작은 빛을 발견하지만, 그것조차 놓치게 된다는 어두운 노랫말이었다. 앞부분은 느린 랩으로 시작하고, 중간에 노래가 들어갔다.

"대화를 주고받는 느낌인데."

재희가 말했다.

"어. 랩이랑 노래 전부 대화체야. 주고받을 거다."

"가사 좋네. 그런데 평소보다 어둡다?"

"응."

'어둡지.'

찬혁은 인정했다.

'내 마음이 평소보다 어두우니까.'

어둠조차 모르고 살았다. 처음부터 빛도, 바람도 들어오지 않는 감옥에 갇힌 인생이었으니까.

그러나 지완을 사랑한다는 걸 자각하면서, 그보다 더 깊은 어둠이 존재할 수도 있다는 것을 알게 되었다. 사랑하는데도 사랑할 수 없다는 것이, 이토록 아프고 고된 일인 줄은 몰랐다. 손만 뻗으면 잡힐 가까운 거리에 있는데도 뻗을 수조차 없음이, 이토록 서글픈 일인 줄 몰랐다.

"이건 지완이 목소리랑 어울릴 것 같은데. 지완아, 한번 불러봐. 내가 랩 부분 대충 해볼게."

재희가 흥얼거리듯 랩을 했고, 지완은 노래를 불렀다.

이 노래에 담긴 감정을 제대로 표현하고 싶었다. 그가 만든 노래니까, 조금 더 잘 부르고 싶었다. 그게 문제였던 걸까?

노래가 끝난 후, 재희가 손가락으로 지완의 앞머리를 뒤로 걷어 내며 말했다.

"왜 그렇게 힘이 들어갔어?"

심장이 철렁했다. 지완이 재희의 눈을 빤히 응시했다.

혹시 재희가 내 마음을 눈치챈 건 아닐까?

눈치가 빠른 사람이니, 그럴 가능성이 있었다.

"너네 연애 하냐?"

서로를 마주 보고 있는 재희와 지완의 모습에, 민하가 놀리듯 말했다.

"응, 그래 보여?"

재희가 싱긋 웃으며 지완의 어깨에 손을 얹었다.

"사내놈들끼리 그러지 좀 마라. 징그럽다."

"왜? 우리 썩 잘 어울리지 않아?"

"작업 중이다. 장난치지 마."

찬혁이 날 선 목소리로 지적하자, 민하가 의아하다는 듯 찬혁을 돌아봤다.

"웬일이냐, 네가? 그런 소리를 다 하고?"

"…."

"평소엔 우리가 무슨 짓을 해도 관심도 안 주더니. 무슨 바람이 부셨대?"

"쓸데없는 소리 하지 말고 곡 평가나 해. 놀 때 아니잖아."

"그럼 우린 언제 놀아?"

"허구한 날 놀잖아. 곡 평가 안 할 거면, 난 그만 들어간다."

찬혁이 악보를 들고 일어나자, 민하가 일어나 찬혁의 손목을 덥석 잡았다.

"나 버리고 가게?"

"적당히 해."

"곡, 좋아. 수정할 부분, 없는 것 같아. 이건 이대로 진행해도 될 것 같다. 다른 곡은 없냐?"

"아직. 반 정도 완성했어."

“일단 난 내일까지 가사 수정 좀 해야겠다. 재희, 너도 내일까지 할 수 있겠냐?”

“응, 그래야지. 일정 맞추려면. 가사 쓰면 찬혁이 네가 먼저 좀 봐 줘. 지완이 목소리에 어울릴지 안 어울릴지.”

“내가 그런 걸 어떻게 알아?”

“지금 딱 맞는 곡을 썼잖아.”

재희가 일어나서 찬혁에게 다가왔다.

“우린 가사 수정 좀 하러 먼저 들어갈게.”

“나도….”

“넌 연습시켜야지, 지완이. 맞출 부분 맞춰보고. 네 말대로 놀 때 아냐. 먼저 완성한 사람 것부터 연습하고 녹음 들어가야지.”

“너희도….”

“우린 랩이잖아. 그 부분은 알아서 할게. 가자, 정민하.”

“오케이.”

민하가 벌떡 일어나더니 짐을 챙겼다. 재희와 민하가 미련 없이 작업실을 떠나는 뒷모습을, 지완과 찬혁이 바짝 얼어붙은 채로 지켜보고 있었다.

숙소로 돌아가는 길에, 조수석에 앉아 있던 민하가 말했다.

"찬혁이랑 제나 열애설, 진짜 빨리 사라졌더라. 그거 영화 개봉 전까지 계속되는 거 아니었냐?"

"그러게."

"기이한 일일세. 영화 개봉이 미뤄졌나?"

"글쎄."

어떻게 된 일인지, 재희는 짐작할 수 있었다.

민하는 모르지만, 재희는 예전에 숙소에 왔다가 우연히 해림을 마주친 적이 있었다. 풍월로 활동한 지 이 년쯤 지났을 때였다. 연습생 시절까지 합치면 찬혁과 함께 지낸 지가 사 년이 되어갈 무렵이었는데도, 이상하게 찬혁에게는 거리감이 느껴졌었다. 민하와는 거의 가족 같은 사이였는데도, 찬혁과의 거리는 좁힐 수가 없었다. 그리고 그 이유를, 그날 알게 되었다.

재희가 들어갔을 때, 해림과 찬혁은 거실에서 마주 보고 있었다.

"행동 조심해서 해. 나, 질투 많은 거 알지?"

재희가 들어오는 소리를 분명히 들었을 텐데도, 해림은 찬혁의 볼에 살며시 손을 가져다 대고 말했다.

"그 애는 활동 접게 할 거야. 나, 안 그래도 다음 달에 독일 가서 불안한데, 이런 일로 내 마음 복잡하게 만들지 마."

'그 애'라는 것이 얼마 전 찬혁과 스캔들이 날 뻔한 여자 아이돌 멤버 중 한 명이라는 걸, 그때는 까맣게 몰랐다.

"나 돌아올 때까지 예쁘게 단정하게 살고 있어. 알겠지?"

찬혁은 대답하지 않았다. 하지만 해림은 싱긋 웃으며 찬혁의 볼에 입을 맞추고 돌아섰다.

해림과 재희의 눈이 마주쳤지만 해림은 재희가 그곳에 없는 사람이라는 듯이 재희를 스쳐 지나 숙소를 나갔다.

"누구야, 대체?"

아마 지금이었다면 그런 질문을 던지지 않았을 것이다. 하지만 그때의 재희는 어리고 미숙해서, 찬혁의 어두운 눈빛을 눈치채지 못했다. 찬혁은 피식 웃으며 돌아섰고, 짧게 대답했다.

"내 비밀 약혼녀."

1년쯤 지나서야 그 여자가 한성 그룹 아가씨라는 것을 알게 되었다. 유명한 부모를 두고 대단한 기업을 등에 업은 송찬혁. 부러워해야 마땅했지만, 재희는 단 한 번도 찬혁이 부러운 적이 없었다. 찬혁과 같은 삶을 살아본 적은 없지만, 만약 그것이 부러워할 만한 삶이었다면 찬혁이 저렇게까지 감정을 지우고 살아가지는 않았을 테니까.

그래서 오늘은 자신이 물러나는 수밖에 없었다. 지완이 노래를 하는 내내 찬혁이 눈을 감고 있었던 이유를 아니까, 재희가 지완에게 친한 척할 때에 찬혁의 얼굴에 떠오른 고통을 눈치챘으니까, 찬혁이 지완의 일에는 예민하게 구는 이유를 너무도 잘 알고 있으니까. 그러니까 오늘은 찬혁을 위해 한발 뒤로 물러설 수밖에 없었다.

'몰랐더라면 좋았을 텐데.'

찬혁의 괴로운 삶 같은 거, 전혀 몰랐더라면 좋았을 텐데. 그러면 망설임 없이 지완을 향해 성큼성큼 걸어갔을 텐데.

우정 때문에 사랑을 포기하는 성격은 아니었다. 그러나 찬혁을 향한 재희의 감정은 우정과는 조금 달랐다. 우정이라는 이름 위에 덧대어진 동정, 혹은 안쓰러움. 그것이 지완을 향한 재희의 걸음을 머뭇거리게 만들었다.

'정말 몰랐으면 좋았을 텐데.'

둘만 남았다!

지완은 비명을 지르고 싶어졌다. 여럿이 함께 있을 때도 그가 같은 공간에 있다는 것이 버거웠다. 그런데 단둘이, 이런 밀폐된 공간에 있게 되다니.

'어쩌지?'

그러고 보면 찬혁과 단둘이 있었던 게 처음은 아니었다. 처음에 풍월 숙소에서도, 영화 촬영장 트레일러에서도 둘이서만 있었다.

그땐 어떻게 그렇게 의연할 수 있었을까. 지금은 호흡을 하는 당연한 행위조차도 이렇게나 어려운데. 숨을 쉬는 것조차 힘들었다. 어떻게 자연스럽게 숨을 쉴 수 있었는지도 알 수 없었다.

'아, 진짜. 어쩌지? 미치겠네.'

지완이 속으로 안절부절못하고 있을 때 찬혁도 같은 생각을 하는 중이었다.

'미치겠군.'

지완이 앉아 있는 쪽을 돌아볼 수가 없었다. 재희와 민하가 나간지 한참이 되었는데도, 입구만 하염없이 응시하고 있었다. 이 상황을 어떻게 해야 하나.

커다란 지우개가 머릿속을 싹싹 지워버린 것 같다. 아무 생각도 떠오르지 않았다. 하얗게 빈 머릿속을 가득 채운 것은 단 하나.

임지완이랑 단둘이 있어! 그것도 밀폐된 공간에!

엄밀히 따지자면 밀폐된 공간은 아니었다. 이 상항이 견디기 어려우면 저벅저벅 걸어가, 저 문을 열고 나가버리면 그만이다. 하지만 그러고 싶지는 않다는, 모순된 감정이 있었다.

'임지완은 뭘 하고 있지?'

지완이 있는 쪽도 조용했다.

'왜 저렇게 조용하지?'

찬혁이 아는 지완은 조용한 성격이 아니었다. 끊임없이 떠들고, 끊임없이 무언가를 하려고 했다. 하지만 지금, 지완이 있을 그 방향이 이상할 정도로 조용했다. 그럼에도 지완이 그곳에 있다는 사실만큼은 확신할 수 있었다. 지완의 향기를, 온기를, 찬혁은 고스란히 느낄 수 있었다.

'미치겠네. 향기와 온기를 느낀다니. 뭐 이런 말도 안 되는….'

이쯤 되면 중증이다. 품어서는 안 되는 마음이 저도 모르는 새에 무서울 정도로 커졌다. 간신히 누르고 있던 마음은 지완을 보자 비집고 흘러나와 넘치기 시작했다.

돌아보고 싶었다. 지완이 무엇을 하고 있는지 알고 싶었다. 아니, 그냥 보고 싶었다. 지완의 눈을, 코를, 입술을, 얼굴을. 그저 마음껏 보고 싶었다. 질리도록, 아마도 질리지 않겠지만, 그래도 질리도록 그 얼굴을 보고 또 볼 수 있다면 좋을 텐데. 아무것도 하지 않고 그 얼굴을 계속 볼 수 있다면 바랄 것이 없을 텐데. 이 숨 막히는 감옥조차, 지완과 함께라면….

'안 돼.'

찬혁은 무서운 속도로 달려가는 마음에 제동을 걸었다.

'안 돼, 이 감옥에 임지완을 끌어들이면 안 돼.'

지완의 햇살 같은 미소를, 찬혁은 똑똑히 기억하고 있었다.

'그 미소가 사라져서는 안 돼. 임지완은 계속 그렇게 웃어야 돼.'

햇빛 한 조각 비치지 않는 좁은 감옥 안으로, 지완을 밀어 넣어서는 안 된다. 그리 생각하자, 넘치는 마음을 붙잡아 콱콱 밟아 누를 수 있었다.

"연습하자."

찬혁이 돌아서며 말했다.

"아, 어. 응."

지완이 열심히 고개를 끄덕였다. 머리가 팔락거릴 정도로 끄덕이는 모습이 귀여워서, 찬혁은 들고 있는 악보로 시선을 내렸다.

"아까는 재희 말대로 노래할 때 너무 힘이 들어가 있더라. 힘 좀 빼고 불러."

"얼마나 뺄까?"

"재희랑 민하 곡 부를 때만큼."

"응, 그리고?"

"그리고…."

무슨 말을 할까 생각하며 시선을 들다가, 그만 지완과 눈이 딱 마주쳤다.

심장이 쿵, 쿵, 쿵.

"그리고."

또다시 머릿속이 새하얘졌다.

"그리고."

"형?"

고장 난 로봇처럼 똑같은 말을 반복하는 찬혁을, 지완이 걱정스럽게 불렀다. 하지만 찬혁의 귀에는 그 목소리가 들어오지 않았다. 보이는 것이라고는 지완의 고양이 같은 눈과 맑은 눈동자, 그리고 아까부터 몹시도 신경을 건드리는 붉고 도톰한 입술뿐.

저도 모르는 사이에 올라간 손이 지완의 뺨에 닿았다. 지완의 볼은 심장이 쿵 내려앉을 만큼 보드랍고 따스했다. 피하면 좋을 텐데, 뿌리치면 좋을 텐데, 지완은 눈을 크게 뜰 뿐 움직이지 않았다.

쿵, 쿵, 쿵.

뇌를 뒤흔드는 소리가 자신의 심장 소리인지, 상대의 심장 소리인지 알 수 없었다. 찬혁의 머리를 채운 것은 그저 저 도톰한 입술에 입을 맞추면, 무척이나 달콤할 것이라는 생각뿐이었다.

허리가 천천히 기울어지고, 얼굴이 점점 가까워졌다. 코와 코가 닿을 만큼, 숨결과 숨결이 섞일 만큼, 입술과 입술의 온기가 느껴질 만큼.

그만큼 거리가 가까워졌을 때 찬혁의 목줄을 잡아당기는 음성이 들려왔다.

'단도리 잘해라.'

'스캔들 조심해. 때가 탄 남자는 싫으니까.'

'네가 잘못하면 네 부모 이름에도 먹칠을 하는 거야.'

사방에서 목줄을 잡아당겼다. 숨통이 콱 조이며, 마법처럼 에워싸고 있던 공기가 사라졌다.

"이만큼만."

흘러나오는 음성이 제 것 같지 않았다. 낮게 가라앉은 목소리가 잔뜩 쉬어 있었다.

"이만큼만 힘을 빼."

그렇게 말하며, 찬혁은 손을 내렸다.

"어? 아, 어어. 알겠어. 나 잠깐 화장실 좀!"

'깜짝 놀랐네.'

지완은 세면대 거울을 응시했다. 얼굴이 새빨갰다. 누가 봐도 사랑에 빠진 '여자'의 얼굴이었다. 하지만 지금은 그런 것보다.

'우와, 진짜 깜짝 놀랐네.'

정말로 깜짝 놀랐다. 찬혁이 키스라도 하려는 줄로만 알았다. 그럴 리 없다는 걸 알면서도, 가까워지는 그의 숨결에 아찔해졌다. 입술이 닿을락말락한 거리까지 왔을 때는, 하마터면 눈을 질끈 감을 뻔했다.

'그러기 전에 끝나서 다행이야. 안 그랬으면 정말 이상했겠지. 남자끼리 키스라니. 찬혁이 형이 그런 짓을 할 리 없잖아.'

쏴아아아. 쏟아지는 차가운 물에 세수를 하고 났더니 정신이 번쩍 들었다.

'그래, 나한테 힘 좀 빼라고 그런 짓을 한 거겠지. 내가 너무 긴장하고 있었으니까. 재희도 내가 찬혁이 형 노래 부를 때 힘이 들어갔던 걸 눈치챘고. 정신 좀 차리자, 임지완.'

지완은 젖은 얼굴로 거울 속 자신을 노려봤다.

'너는 남자야. 떠올려, 그때를.'

그때를 떠올리는 건 어려운 일이 아니었다. 마음이 약해질 때마다, 두려울 때마다 그때를 떠올렸다. 아무 힘도 없어서, 어둠 속에 갇혀 울어야만 했던 소녀를. 욕지기 나는 손길을 견뎌야만 했던 어린 소녀를.

그때보다는 낫다. 그때보다는 괜찮다. 그러니까 나는 살 만하다.

그렇게 생각하기 위해 가끔씩은 그때를 떠올리며 마음을 다잡곤 했다.

그런데 왜.

'안 떠오를까?'

떠오르지 않았다. 눈을 감자마자 떠오르던 그때의 영상과 기분이, 그 공기와 숨결이, 조금도 그려지지 않았다.

머릿속을 채운 것은 딱 하나.

지완을 물끄러미 응시하는 찬혁의 검고 검은 눈동자뿐. 바람이 부는 듯한 그의 미소뿐.

아마도 세 시간 정도 노래를 맞춰보았던 것 같다. "다음 곡은 이것보다 밝은 분위기일 거야."라는 말도 들었던 것 같다. "잘 들어가라."라고 하기에, "응, 형도."라고 대답했던 것 같다.

정신을 차렸을 때는 집에 돌아와 욕실 안에 서 있었다. 거울에 비친 얼굴은 바보 같아 보일 정도로 넋이 나가 있었다. 볼에는 홍조가 떠올랐고 입술은 평소보다 빨갰다.

'큰일이야.'

지완은 생각했다.

'진짜 큰일이야. 이러다가는 찬혁이 형이 눈치채겠어.'

찬혁뿐만이 아니었다. 재희도, 현준도 눈치를 챌 것이 분명했다. 재희에게 들키는 건 괜찮지만, 현준에게 들키는 건 문제였다. 남자로 데뷔하기로 했는데, 여자의 얼굴을 하고 있다는 걸 알게 되면 현준이 어떻게 나올지 알 수 없었다.

'여자로 데뷔해도 상관없다고 할지도 몰라. 하지만….'

그건 싫었다. 여자의 모습이 되고 싶은 건 아니다. 여자로서 사내들의 욕정 어린 시선을 받고 싶은 게 아니었다. 그저 찬혁을 사랑하게 되어서, 어쩔 수 없이 여자의 얼굴을 하게 되는 것뿐.

찬혁이 자신을 사랑하기를 바라지도 않았다. 그저 그를 사랑해서 술렁이는 마음이 잠잠해지기를 바랄 뿐이었다.

'언젠가는 연예계 생활을 하지 못하게 될 날이 올 거야. 그때 나는 남자여야만 해. 여자를 대하는 눈빛은 정말로….'

끔찍하다. 끔찍한데 왜, 어째서 찬혁의 시선이 그리도 다디달게 느껴질까.

'그야 당연하지. 찬혁이 형은 날 여자로 보는 게 아니라, 남동생 정도로 보고 있으니까.'

깊은 한숨을 내쉬고 옷을 벗었다. 가슴을 꽉 조인 붕대를 풀고 바지와 팬티를 벗었는데, 팬티에 피가 묻어 있었다. 요새 유독 피곤하다 싶었는데 그날이 왔나 보다. 다행히 생리통은 심하지 않았지만, 양이 많은 편이었다.

'내일은 일정 소화하기 힘들겠네.'

다음 날 아침 지완은 헬스장에 들르기 전에 현준의 사무실에 먼저 들렀다.

"저, 오늘은 좀 쉴게요."

"응? 왜? 어디 아파?"

"생리해요."

"아, 그래."

처음에 이런 대화를 했을 때, 현준은 무척이나 당황했지만 이제는 담담하게 받아들였다.

"아프진 않고?"

"네, 뭐. 심한 편은 아니라서. 그래도 매달 하는 게 진짜 귀찮아요. 떼어버리고 싶어."

"뭐?"

"자궁, 떼어버리고 싶다고요."

지완 때문에 '생리'라는 말에는 익숙해졌지만, 이 말까지 의연하게 받아들일 수는 없었던 모양이다. 현준이 하얗게 질린 얼굴로 말했다.

"저기, 지완아. 그런 말은 좀…."

"그렇잖아요. 있어봐야 뭐 해. 한 달에 한 번씩 귀찮기만 하지."

"그래도 언젠가 너도 결혼을 해서 아이를 낳고 행복하게 살려면,

있는 편이 훨씬 좋지 않을까?"

현준의 말에 지완이 후, 하고 건조하게 웃었다.

"부대표님은 정말로 제가 그런 삶을 살 수 있을 거라고 생각하십니까?"

"그러지 못할 건 없잖아. 데뷔가 머지않았어. 넌 뜰 거야. 어마어마하게 뜨겠지. 물론 오래 활동할 수 있을 거란 보장은 못 하겠어. 언젠가 여자라는 게 들통날 테니까. 하지만 그전에 죽을 만큼 일해서 돈을 벌고 모아. 집 사고, 땅 사고, 건물 사고. 들통나서 그만두든, 네가 질려서 그만두든 은퇴를 한 후에 월세 받으면서 유유자적하게 살아가면 되잖아. 연애도 하고, 결혼도 하고, 아이도 낳고."

현준의 말이 끝나자 지완이 또 웃었다. 이번에도 역시나 건조한 미소였다.

"그런 문제가 아닙니다, 부대표님. 저는, 못 해요, 그런 거. 남자와 그런 짓을 하는 저를 상상도 할 수가 없어요."

"아…."

그제야 현준은 지완의 과거를 떠올린 듯 입을 다물었다.

"연애, 결혼, 스킨십, 섹스. 그런 건 평범하게 살아온 사람들이나 하는 거겠죠. 저는 불가능합니다, 그거."

지완은 소파에서 일어났다.

"가볼게요. 내일 봬요."

지완이 나간 후, 현준은 크게 한숨을 내쉬었다.

어째서일까. 최근 지완은 무척이나 어두워 보였다.

무언가 잘못되어 가고 있나 되짚어봤지만, 문제가 될 만한 건 아무것도 없었다.

'일정이 너무 빡빡한가?'

그럴 리는 없었다. 지완의 성격이라면 힘들다고 말했을 것이다. 그렇다면 다른 문제가 있다는 건데, 그것이 무엇인지 짐작조차 할 수 없었다.

'나도 참 임지완한테는 약해져서 큰일이야.'

연습생이 힘들어한다고 해서 꼼꼼하게 챙기는 성격은 아니었다. 오히려 누구나 힘드니 약한 모습 보이지 말라고 질책하는 성격이었다. 그런데 지완에게는 그럴 수가 없었다.

현준은 보고 싶었다. 어린 시절, 어두운 옷장 속에 갇혀 있던 어린 소녀가 환하게 웃는 모습을. 그때의 어둠을 잊고 빛 한가운데로 걸어가는 모습을.

풍월의 새 앨범은 차근차근 진행되었다. 앨범 발매 한 달 후부터 콘서트 일정이 잡혀, 콘서트 연습도 함께 하고 있었다. 새 앨범 소식이 흘러나가 팬들의 활동도 활발해졌고, 지난주에는 찬혁과 제나가 주연한 영화도 개봉했다. 지완은 지난주에 재희, 민하와 함께 그 영화를 보고 왔다.

그리고 지금, 지완은 제나와 함께 지완의 집 식탁에 마주 앉아 있었다. 식탁 위에는 반쯤 먹은 배달 찜닭이 놓여 있었다.

"하. 맛있다."

제나가 손가락을 쪽쪽 빨며 말했다.

저번에 연락처를 주고받은 후, 제나는 종종 지완과 비슷한 시간에 관리를 받으러 왔다. 가끔 같이 관리를 받기도 해서, 어느 틈에 이런저런 대화를 나누는 사이가 되었다. 오늘은 일주일 만에 제나를 만났는데, 지난주 내내 제나와 찬혁은 영화 무대 인사를 다니느라 바빴다고 했다.

"활동 중에는 관리를 해야 해서 이런 걸 먹을 수가 없어. 내가 물만 마셔도 살이 찌는 체질이거든. 넌 진짜 많이 먹는데도 살 안 쪄서 좋겠다."

"좋은 건가, 그게?"

차라리 살이 뒤룩뒤룩 쪄서 형편없는 외모가 되면 좋겠다.

"좋은 거지. 축복받은 몸이야, 넌."

축복이라니. 자신과는 어울리지 않는 단어에, 지완은 쓴웃음을 지었다.

제나가 그런 지완을 빤히 응시하다가 말했다.

"넌 가끔씩 그렇게 웃더라."

"그렇게?"

"응. 우는 것처럼."

"아하하하. 그게 뭐야?"

"몰라, 나도. 그런데 가끔 그렇게 보일 때가 있어. 얘가 우는 건지, 웃는 건지 알 수 없을 때."

"아, 그래?"

자기의 웃는 얼굴을 한 번도 본 적이 없기에, 지완은 그게 어떤 건지 짐작도 할 수 없었다.

"하여간 영화는 봤어?"

"응, 봤어."

"어땠어?"

"재미있더라. 시간 가는 줄 모르고 봤어."

"그런데 평이 왜 이렇게 안 좋지? 찬혁이 오빠랑 러브신 때문에 풍월 팬들이 평점을 낮게 주나?"

"에이, 그럴 리가."

"하긴. 오빠가 주연이니까 재미없어도 별점 좋게 줄 텐데. 지난번에 같이 찍은 영화는 드럽게 재미없었는데, 평점이 9점이었어. 그때, 풍월 팬들의 무서움을 새삼 깨달았다니까."

자기가 주연한 영화를 '드럽게' 재미없다고 표현할 수 있는 것이, 제나의 매력이었다. 새침해 보이는 외모와 달리, 친해진 제나는 의외로 털털하고 재미있었다.

"아, 술 당긴다. 집에 뭐 있어?"

"저번에 맥주 사둔 게 있긴 한데."

"그것 좀 마시자. 먹을 수 있을 때 실컷 먹어둬야지. 나 지난번에 영화 끝나고 나서는 8킬로그램이나 쪘다?"

"우와. 그걸 다시 다 뺀 거야?"

"응. 이제 익숙해져서 금방 빼. 좀 덜 먹고 운동하면 되거든."

지완은 냉장고를 열고 맥주를 꺼냈다. 전에 재희와 민하가 놀러 왔을 때 사온 술이었다.

재희와 민하는 곡 작업을 하다가 종종 지완의 집에 방문하곤 했다. 말로는 '가사가 괜찮은지 확인하기 위해'라고 하지만, 가사 확인보다는 술 마시고 노는 데 시간을 더 많이 썼다.

"소주는 없어? 찜닭에는 소맥이 딱인데."

맥주 한 캔을 단숨에 비운 제나가 말했다.

"안타깝게도 소주는 없어. 누나, 근데 내 앞에서 이렇게 막 술 마셔도 돼?"

"안 될 게 뭐야? 네가 나한테 무슨 짓을 하는 것도 아닌데."

"하면 어쩌려고?"

"그러게."

제나가 손에 턱을 괴고 지완을 빤히 응시했다.

"진짜 이상하지. 나 원래 남자들 집에 절대 안 가거든. 먹을 때도 이런 식으로는 안 먹고. 살쪘다는 얘기는 죽어도 못 하지. 그런데 왜 너한테는 그런 소리가 잘 나올까?"

"다른 남자들 앞에선 안 이래?"

"당연하지. 나 이래 봬도 여배우야. 미쳤다고 이런 치부를 드러내겠니? 흐음. 넌 여자처럼 생겼잖아. 그래서 여자 친구처럼 편한가?"

"하하…."

지완은 뭐라고 대답해야 할지 몰라 어색하게 웃었다.

"하여간 보면 볼수록 예쁜 얼굴이야, 너. 넌 애인 만들기 힘들겠다. 여자들은 자기보다 예쁜 남자, 별로 안 좋아하거든."

"누나도, 나 별로야?"

"좋아. 그런데 섹스 하고 싶다는 생각은 안 들어."

생각지도 못한 평가에 지완은 당황했다.

섹스라니. 자기가 자기 입으로 말할 때는 몰랐지만, 남의 입에서 나오는 섹스라는 단어는 무척이나 사람을 당혹스럽게 만들었다.

현준도 이런 기분이었을까? 그렇다면 미안한 일이다. 현준의 앞에서 그런 소리를 스스럼없이 여러 번 했으니까.

"나는 누군가를 만날 때 중요하게 여기는 게, 이 사람이랑 하고 싶냐, 하고 싶지 않냐야. 그런데 넌, 글쎄. 이건 네 남자로서의 기능을 문제 삼는 게 아니니까 자존심 상하지는 마. 그냥 너랑은 그걸 하고 싶다는 기분이 안 들어. 민하 오빠나 재희 오빠도 그렇고, 찬혁이 오빠는 말할 것도 없고. 다들 섹시하거든. 그런데 너한테는 왜 그런 기분이 안 들까?"

"그러게. 그런데 찬혁이 형도 예쁘장하게 생긴 건 마찬가지잖아."

"하지만 키가 크고 어깨가 떡 벌어졌잖아. 그리고 예쁘장한 느낌이기는 해도, 의외로 남자다운 구석이 있어. 손도 크고, 발도 크고. 안기면 진짜 기분 좋거든."

"안겨봤어?"

"영화 찍을 때. 그 오빠, 약간 결벽증 있어. 사람들이랑 접촉하는 거 되게 싫어해."

"아, 그래?"

"성격도 까칠하잖아. 그래서 더 매력적이야. 그 오빠랑 한번 자보고 싶은데."

"찬혁이 형을 많이 좋아해?"

"응, 좋아해. 난 원래 잘생긴 사람 좋아하거든."

"재희랑 민하 선배도 잘 생겼잖아."

"그렇다고 해서 내가 풍월 멤버들이랑 다 잘 순 없잖아."

"누나 머릿속엔 잘 생각밖에 없어?"

"그럼 그 이상 뭐가 필요해? 난 아직 결혼 생각도 없는데."

이런 게 여자들의 대화일까? 여자 친구를 한 번도 사귀어본 적이 없는 지완은, 생각지도 못한 방향으로 흘러가는 대화 주제에 당혹감을 느꼈다. 하지만 다행히도 제나가 여자라서 그런지, 거부감이 느껴지진 않았다. 만약 남자가 앞에서 이런 소리를 했다면 토할 것 같은 기분이 들었을지도 모른다.

"찬혁이 오빠는 틈이 없어서, 열애설 위장했을 때 어떻게든 꼬셔 보려고 했는데 망했어."

"그 열애설이 위장한 거였어?"

"응. 영화 홍보차. 내가 해달라고 엄청 졸랐거든. 찬혁이 오빠, 놓치기 진짜 아깝잖아. 다른 여자들이 아무리 공략하려고 해도 못 가진 남자, 내가 갖고 싶었는데. 이제 슬슬 포기해야 할까 봐."

"좋아한다면서?"

"야, 그래도 배우 자존심이 있지. 열애설이 내 마지막 보루였단 말이야. 아, 너무 짜증 나. 한성의 그 계집애만 아니었어도, 내가 갖는 건데."

"한성의 그 계집애?"

한성이라는 이름은, 지완도 알고 있었다.

대한민국 3대 기업 중 하나. 한성의 손이 미치지 않는 산업 분야가 없을 만큼 큰 대기업이었다.

"이건 비밀인데, 나도 얼마 전에 알게 된 거거든."

제나가 목소리를 낮췄다.

"한성 회장 손녀들 중에 최해림인가 뭔가 하는 애가 있는데, 찬혁이 오빠랑 걔랑 어릴 때부터 친구였대. 찬혁이 오빠가 출생이 좀 대단하잖아. 그래서 친구들도 평범하지가 않은 모양이야."

"아아."

"그런데 최해림 걔가 소유욕이 엄청 강한가 봐. 찬혁 오빠가 다른 여자랑 관계되는 꼴을 못 본대."

"그래?"

"응. 그거 알아? 이번 영화 대본 처음 받았을 때, 오빠랑 나랑 베드신이 있었어. 그런데 본촬영 들어가기 전에 그게 빠졌거든. 왜 빠졌나 싶었는데, 아무래도 입김이 작용한 것 같아."

"그럴 수가 있어? 아무리 한성이라도…."

"이번 영화, 한성에서 투자했거든. MS 쪽에서 하는 사업에도 한성이 많이 투자하고. 만약 한성이 손을 딱 떼어버리면 MS도 여러모로 힘들어질걸."

"그럼 그 여자 때문에 베드신도 빠지고, 열애설도 종료되고 그런 거야?"

"그렇다는 소문이 있더라. 아무래도 상대가 한성이다 보니 다들 쉬쉬하는 분위기인데, 내가 발이 좀 넓잖아. 열애설 갑자기 끝난 이유가 너무 궁금해서, 여기저기 좀 알아봤지. 최해림이 찬혁 오빠 약혼녀라는 거, 알 만한 사람들은 다 알더라."

"약혼녀…라고?"

"그렇대. 풍월 십 주년 채우고 아이돌 은퇴할 때까지 기다려주는 거라는 얘기가 있던데? 뭐, 100프로 확실한 건 아니지만."

제나가 돌아간 후, 지완은 어질러진 식탁 위를 치우며 생각에 잠겼다. '약혼녀'라는 말을 들었을 때 가장 먼저 느낀 감정은 질투가 아니었다. 물론 심장이 쿵 떨어지는 느낌은 받았지만 길지 않았다. 그보다는 안쓰러움이 더 컸다.

'사랑해서 약혼을 한 거라면 다행이겠지만, 그게 아니라면….'

찬혁이 너무 안됐다. 최해림이라는 여자의 얼굴을 몰라서인지, 실존하는 인물이라는 생각이 들지 않았다. 그래서 제나와 찬혁의 열애설이 터졌을 때와 달리 담담할 수 있는 것이리라. 만약 최해림이라는 여자가 실재하고, 정말 약혼한 사이라면.

'그전에 이 마음이 사라져야 할 텐데.'

제나와 찬혁의 열애설이 한창일 때 느꼈던 그 기분을 두 번 다시는 느끼고 싶지 않았다. 찬혁의 사랑을 받기를 소망하지는 않지만, 아직은 그가 다른 여자와 연애하는 모습을 보고 싶지 않았다. 이 사랑의 색이 바래, 그의 사랑을 진심으로 축하할 수 있을 때. 그때 그가 연애를 하든, 약혼을 하든 했으면 좋겠다는 소망을 품었다. 이기적이라는 것을 알지만, 더 이상은 질투와 슬픔으로 범벅 된 공기 안에 갇히고 싶지 않았다.

전화가 걸려왔다. 해외에서 걸려온 전화였다. 받지 않고도 누구인지 알 수 있었다. 숨이 턱 막혔다. 반짝이는 번호를 가만히 응시하다가 전화를 받았다.

"어."

"원래는 이번 달에 한국에 들어가려고 했어."

해림은 자신이 누군지 밝히지도 않고 본론으로 들어갔다.

"그래. 들었다."

"나, 기분이 별로였어. 제나라는 애, 너랑 자주 엮이더라. 저번 영화 때부터."

"일이야."

"제나가 MS로 소속사 옮긴 것도 일 때문일까?"

"…."

"한 번 엮이는 건 이해해. 일이니까. 하지만 그게 두 번, 세 번이 되면 재미없어. 나는 내 남자가 깨끗하면 좋겠거든."

"…."

"대답, 안 해줄 거야?"

"어떤 대답을 바라는데?"

"내가 기분 좋아질 만한 말이 필요해. 안 그러면 내 스케줄이고 뭐고 다 때려치우고 한국으로 돌아갈 것 같거든."

"나는 그 어떤 여자에게도 관심이 없어."

그래, 여자에게는 관심이 없다. 사실은 누구에게도 관심이 없었다. 그런데 그 관심이 사내놈에게 생길 줄은 몰랐다.

"그건 안심이 되는 말이긴 해도 기분이 좋아질 말은 아닌데. 나도 여자거든."

"넌 친구잖아."

"아직은, 이지. 아직은. 조만간 우리 사이가 바뀔 거라는 건 알 텐데. 이제 풍월 10주년까지 2년 남았어."

"그럼 2년 기다려."

"무심한 남자야, 정말. 왜 이런 남자를 사랑하게 된 건지. 아무튼 알겠어. 일단은 두고 볼게. 한 번만 더 제나랑 엮이면, 그땐 나 한국에 갈 거야."

"그래."

"다음 주에 새 앨범 나온다면서? 축하해. 아버지한테 축하 선물 보내라고 말해뒀어. 마음에 들 거야."

필요 없어, 라는 말은 물론 하지 않았다. 해림은 전화를 걸었을 때처럼 끊겠다는 말도 없이 전화를 끊었다. 휴대폰을 꽉 쥐었다가 내려놓았다.

눈을 감았더니 곧바로 지완의 얼굴이 떠올랐다. 최근에는 녹음 작업 때문에 거의 매일 지완을 만났다. 자주 보면 익숙해질 줄 알았는데, 익숙해지기는커녕 볼 때마다 새로운 기분이 들었다. 질렸으면 좋겠는데 볼 때마다 더 예쁘게만 보여서, 더 눈이 부셔서, 이제는 이 바보 같은 마음이 짜증 날 지경이었다.

거실로 나갔더니, 재희가 현관 앞에서 신발을 신고 있었다. 어디 가는지는 묻지 않아도 뻔했다. 지완을 만나러 가는 것이리라. 여자들을 만날 때에도 이렇게 부지런하지 않았던 녀석이, 지완만큼은 매일 만나려고 하는 걸 보면 신기했다. 신기하고 질투가 나서 견딜 수가 없었다.

저렇게 거리낌 없이 만나러 갈 수 있다면 좋을 텐데. 보는 눈 개의치 않고 감정을 표현할 수 있다면 더는 바랄 것이 없을 텐데. 지완을 사랑한다는 걸 자각한 후, 부질없는 소망을 자꾸만 품게 되었다.

"일어났냐? 나, 지금 지완이 집에 놀러 가는데 같이 갈래?"

"아니."

"민하도 일 끝나고 오기로 했어. 가서 술이나 마시자. 지완이 술 취하면 춤추는데 진짜 웃겨."

"됐다."

"찬혁아."

"왜?"

"너, 표정이 왜 그러냐?"

"내 표정이 뭘?"

재희는 대답하지 않고 찬혁을 빤히 응시하다가, 신발을 벗고 안으로 들어왔다.

"너, 표정 진짜 안 좋다. 무슨 일 있어?"

"없어, 그런 거."

표정에 드러날 정도인가? 이 바보 같은 질투심이?

찬혁은 쓴웃음을 삼키며 돌아섰다.

"신경 끄고 지완이 집에나 가."

"인마. 네 표정이 그런데 어떻게 놔두고 가?"

"내 표정은 원래 이래."

"안 그래, 송찬혁."

재희가 찬혁의 손목을 잡았다.

"너 지금."

찬혁과 시선을 맞춘 재희가 걱정스럽다는 듯 말했다.

"울 것 같아."

울 것 같다니.

찬혁은 인상을 찌푸렸다. 울고 싶은 기분은 아니었다.

그런 기분을 느껴본 게 언제인지 기억도 나지 않았다. 울어봐야 달라지는 것은 아무것도 없다는 것을, 아주 어린 나이에 알게 되었다. 비명을 질러도 벗어날 수 없다는 것 또한, 너무 어린 나이에 배우게 되었다.

그런데 이제 와서 왜 운단 말인가. 우는 건, 연기할 때로 족하다.

"놔, 그런 거 아니니까."

"찬혁아. 나랑 얘기 좀 하자."

재희의 음성이 전에 없이 진지했다. 재희의 행동을 이해할 수가 없었다. 민하라면 모르겠지만 재희는 찬혁을 귀찮게 하지 않았다. 낄 때와 빠질 때를 잘 아는 재희가, 왜 이렇게까지 달라붙는지 알 수 없었다.

'내 표정이 그렇게 형편없나?'

그렇게 생각하며 말했다.

"할 얘기도, 문제도 없다. 신경 꺼."

"나는 지완이를 사랑해."

느닷없는 고백에 움찔, 동요를 드러내고 말았다. 찬혁은 눈을 질끈 감았다가 떴다.

"네가 누구를 사랑하든, 그 역시 내가 신경 쓸 일은 아니지. 그런 말을 하려고 한 거라면…."

"너도 그렇잖아."

"무슨 말을 하는지 모르겠군."

"왜 사랑하게 된 건지는 모르지만 사랑하게 되었어. 지완이가 뭐든 그 애를 사랑해. 그래서 매일 보고 싶고 챙겨주고 싶어. 너도 그렇잖아."

"아니. 네가 왜 그렇게 생각하는지 모르겠지만, 나는 아냐. 난 임지완에게 그런 마음 없다, 강재희."

넘치도록 있었다. 친구의 자유를 질투할 만큼, 지완을 사랑한다. 사랑을 부정하는 말을 내뱉는 것조차 아플 만큼, 임지완을 사랑하고 있다.

그러나 인정해서는 안 된다.

"사람이 사람을 사랑하는 데에 성별이 중요한 건 아니라고 생각한다, 찬혁아. 중요한 건…."

"나는!"

재희는 잘못 짚어도 한참 잘못 짚고 있었다. 재희의 말대로, 성별은 아무래도 좋았다. 임지완을 사랑하게 되었다. 시선의 감옥에 갇혀 꾹꾹 누르고만 있던 감정이, 가장 최악의 이름으로 생겨나고 말았다.

사랑.

빌어먹을 사랑.

"임지완이 남자든, 여자든 그따위 것은 아무래도 좋아. 그런 걸 신경 써본 적도 없고!"

"그런데 왜…."

"모르겠냐, 강재희?"

아무것도 모르면서 사랑 타령을 하는 재희가 원망스러웠다.

너는 자유로우니까 그럴 수 있겠지. 치고 빠지면 그만이니까, 들켜서 욕먹으면 연예계 생활을 관두면 끝이니까. 그러니까 그런 말을 할 수 있겠지.

하지만 나는.

태어날 때부터 목줄에 묶여 있던 나는.

"내 상황을 정말 모르겠냐?"

가슴속에서 소용돌이치는 수많은 말들을 꾹꾹 누르고 간신히 내뱉었다. 재희가 모른다는 것을 알면서도 끄집어낸 말인데, 의외로 재희의 눈동자가 흔들렸다. 그래서 찬혁은, 재희도 알고 있다는 것을 깨달았다. 바람 한 점 들지 않는 나의 좁은 감옥을.

"나와 엮이는 순간 임지완도 이 지옥을 함께 걷게 돼."

찬혁은 힘이 빠진 재희의 손을 조심스럽게 뿌리치며 덧붙였다.

"그 애를 이 지옥에 끌어들이고 싶지 않아. 절대로."

'절대로.'

찬혁은 힘주어 말했다. 그 목소리가 귓가에서 떠나지 않았다.

'지옥이라니.'

지완의 집으로 향하며, 재희는 한숨을 내쉬었다.

'지옥이라니.'

찬혁이 속마음을 드러낸 건 처음이었다. 언젠가는 속을 보여주기를 바랐다. 오늘따라 괴로워 보여서 조금 도발했을 뿐인데, 그렇게 감정을 보여줄 줄은 몰랐다.

다만 아쉬운 것은, 그런 상황에서도 전부 보여주지 않았다는 점이었다. 찬혁은 폭발할 것 같은 감정을 꾹꾹 누르고 갈무리해, 아주 작은 부분만 꺼내 보였다. 그래서 안타깝고 안쓰러웠다.

그런 상황에서조차 모조리 보여주지 못하다니.

차라리 신경 쓰지 말라고, 아는 체하지 말라고 소리라도 질러주었더라면 좋았을 텐데.

재희는 지완의 집 앞에 차를 세우고 들어가 초인종을 눌렀다.

"네, 나갑니다."

밝은 목소리와 함께, 곧 문이 열렸다. 현관문 사이로 지완의 얼굴이 보였다. 자그마하고 예쁜 얼굴이 재희를 올려다보며 환하게 웃었다.

"왔어? 일찍 왔네."

가슴이 저밀 정도로 사랑스러운 얼굴이었다. 사랑을 자각하고 나자, 무슨 짓을 해서라도 손에 넣고 싶을 만큼 마음이 커졌다. 봐도, 봐도 자꾸만 보고 싶고 들어도, 들어도 자꾸만 듣고 싶었다. 이토록 누군가를 사랑한 것은 처음인지라, 재희 역시 이 마음을 어떻게 갈무리해야 할지 알 수 없었다.

하지만.

'그 애를 이 지옥에 끌어들이고 싶지 않아. 절대로.'

소중하고 불쌍한 친구의 목소리가 여전히 귓가에 붙어 떨어지지 않았다.

'이럴 땐 어떻게 해야 하지?'

지완은 술을 마시면 춤을 추다가 갑작스럽게 잠이 들었다. 그런 지완을 안아 들고 침대에 눕히는 건 재희의 일이었다. 그런 쪽으로 둔한 민하는 항상 재희가 귀찮은 일을 도맡아 하는 걸 이상하게 생각하지 않는 듯했다. 방에 지완을 눕힌 재희가 늦게 나오는 이유에 대해서도 신경 쓰지 않는 것처럼 보였다.

잠든 지완을 가만히 내려다봤다. 지완은 잠잘 때에만 마음의 상처를 드러낸다. 깨어 있을 때 짓고 있던 미소는 사라지고, 고통과 슬픔이 그 자리를 채운다. 찡그린 눈썹, 좁아진 미간, 턱이 아플 만큼 꽉 다문 입.

지완은 모를 것이다. 자신이 잘 때 어떤 표정으로 자는지. 속에 담긴 것들을 얼마나 드러내는지. 그것을 누구에게도 보이고 싶지 않아, 재희는 지완이 잠들자마자 방에 데려다가 눕히곤 했다.

"지완아."

재희는 지완의 흐트러진 앞머리를 살며시 쓸어 넘겼다.

"많이 힘드니? 그래, 힘들겠지."

찡그린 얼굴이 펴지지 않아서, 그걸 보는 재희의 얼굴도 덩달아 일그러졌다.

"내가 해주고 싶어. 네가 힘들지 않게. 잠을 잘 때조차도 웃을 수 있게. 끔찍한 과거를 잊을 수 있게. 그것들을 내가 해주고 싶어."

해주고 싶었다. 그리고 해줄 자신 또한 있었다.

찬혁도, 지완도 어둠을 안고 있었다. 어쩌면 두 사람은 각자의 어둠에 취해, 서로에게 상처만 주는 사이가 될지도 몰랐다. 그러니까 자신이, 어둡고 힘든 송찬혁 대신에 자기가 지완을 행복하게 만들어주고 싶다.

지완과 찬혁의 마음이 서로에게 향하고 있다는 것을 모르는 체하고, 그녀의 마음을 이쪽으로 가지고 오고 싶다.

"그런데 지완아. 나는 내가 생각했던 것보다 좀 더 괜찮은 녀석인가 봐. 자꾸만 제동이 걸리거든."

여자의 마음을 얻기 위해 무엇을 해야 하는지 정도는 알고 있었다. 지완이 특이한 삶을 살았다고는 해도, 그녀의 마음을 움직이게 만드는 것도 어렵지 않았다.

사실은 알고 있었다. 지완이 조금씩 끌려오고 있다는 것을. 간혹 재희가 남자 같은 모습을 보일 때마다 동요한다는 것을. 거기서 더 밀어붙이면, 찬혁에게만 향해 있는 지완의 마음이 이쪽으로 돌아올지도 모른다는 것을.

아는데도 멈추는 이유는, 찬혁 때문이었다.

"그래서 정말 어떻게 해야 할지 모르겠어."

재희는 한 번 더 지완의 머리를 쓰다듬어주고 나서 일어났다. 민하가 식탁을 깨끗하게 정리해놓고 거실에 앉아 휴대폰을 들여다보고 있었다.

"가자."

"오냐."

민하가 일어났다.

"찬혁이도 왔으면 좋았을 텐데. 이제 콘서트 준비하면 진짜로 놀 시간도 없는데."

"그러게."

"그런데 임지완은 어떻게 저렇게 술을 마시고서도 춤을 못 추냐?

몸치도 타고나는 건가?"

"그렇겠지."

"부대표님도 용해. 춤은 드럽게 못 추는데 목소리 하나는 끝내주잖아. 저걸 캐치해서 스카우트하기도 힘든데, 용케 데리고 왔다니까?"

"지완이, 뜰 것 같지?"

"당연하지. 저 얼굴에, 저 목소리인데 안 뜨면 이상하지. 게다가 부대표님 보면 팍팍 밀어주려는 것 같던데. 뜨겠지."

민하는 사람을 보는 눈이 있었다. 지금껏 민하가 '뜰 것 같다.'라고 말하는 신인들은 항상 잘됐으니, 지완도 잘될 것이다.

진심으로 지완이 잘 되기를 바랐다. 지완은 연예계에 발을 내딛고, MS의 아낌없는 지원을 받으면서도 소망을 품지 않았다. 밝은 미래를 상상하지 않았다. 그러하기에 재희는 지완이 정말로 잘되어서, 꿈과 소망이라는 것을 품는 것이 죄악이 아니라는 걸 알기를 바랐다.

민하의 차는 매니저가 가지고 돌아갔기에, 재희의 차를 타고 함께 이동했다. 민하는 창밖을 보며 새 앨범에 들어갈 곡을 흥얼거리고 있었다.

"민하야."

"어."

"진지하게 하나만 묻자."

"어."

"만약에 말이야. 너한테 친구가 한 명 있는데, 여러 가지로 어려운 상황에 있는 친구야. 어릴 때부터 좋은 일이 하나도 없어서 감정도 드러내지 못하고 살아가는 친구. 슬픔도 분노도 꾹꾹 누르면서 살아가야만 하는 친구."

"어, 대충 상상했다."

"그래. 그런 친구가 처음으로 한 여자를 사랑하게 됐는데, 너도 그 여자를 사랑하게 된 거야. 그러면 너, 어떻게 할 거냐? 친구를 위해 그 여자를 포기할 수 있겠냐?"

민하가 피식 웃었다.

"뭔 개소리야? 내가 왜 포기해? 안 포기해."

"하지만 아마 그 친구는 그 여자를 잃으면, 두 번 다시는 사랑을 하지 못할 거야."

"그럼 난?"

"어?"

"나도 그럴지도 모르잖아. 살면서 사랑하는 사람을 만나는 게 쉬운 일도 아니고. 나도 그 여자 이후로 아무도 사랑하지 못할지도 모르는 거잖아. 그런데 내가 왜 포기하냐?"

"그 여자가 친구의 유일한 빛인데도?"

"나한테도 유일한 빛이겠지. 그리고 중요한 건 결국 여자 마음 아냐? 나나 친구가 백날 사랑한다고 해봐야, 그 여자가 다른 놈을 선택하면 말짱 도루묵인 거지."

"만약… 만약에, 네가 그 여자 마음을 알고 있다면? 그 여자가 사실은 친구를 사랑하고 있다는 걸 알고 있다면? 단지 그 여자와 친구만 서로 마음을 모르고 있는 거라면?"

"흠. 그건 좀 어렵군."

민하가 턱을 긁적거리다가 말했다.

"아니, 그래도 역시 나는 포기 못 하겠다. 포기한 걸 평생 후회하게 될 테니까. 그리고 내가 만약 그 친구 놈 입장이라면, 내 친구가 날 위해 사랑하는 여자를 포기했다는 거, 기분 더러울 것 같거든. 별로야, 그런 거."

민하가 딱 잘라 이야기했다. 재희는 답을 들었지만 그래도 개운하지 않았다.

'어쩌면 나는 이미 답을 내렸는지도 몰라. 그저 확인받고 싶은 거겠지.'

재희가 그렇게 생각하고 있을 때, 민하가 물었다.

"그런데 그거, 네 이야기냐?"

재희는 후, 하고 입김을 불어 앞머리를 넘기고 말했다.

"아니. 만화에서 본 거야."

"그 만화, 재미 드럽게 없을 것 같다, 야."

"응, 정말 재미없어."

곡은 완벽하게 준비가 끝났다. 새 앨범 발매가 코앞으로 다가왔고, 풍월은 콘서트 준비에 여념이 없었다.

윤진이 퇴출당한 일 때문에, 풍월을 떠난 팬들이 많았다. 의리가 없다, 풍월 멤버는 윤진까지 네 명이어야 완전체다, 라는 것이 그 이유였다. 떠나간 팬들도 돌아오게 하는 것이 목적이라서, 이번 콘서트는 다른 때보다 규모도 크고 러닝타임도 길 것이라고 했다.

아직 데뷔를 하지도 않은 지완은 어깨가 무거웠다. 콘서트 무대에 전부 올라가지는 않지만, 게스트 보컬로 몇 곡을 무대에서 함께 불러야만 했다. 긴 소절을 부르는 건 아니지만, 수많은 사람들 앞에서 떨지 않을 수 있을지 자신이 없었다.

하지만 당장 코앞에 닥친 문제가 더 큰일이었다.

"너, 목 관리 안 하냐?"

낮은 음성에, 지완은 악보를 향하던 시선을 천천히 들어 올렸다. 찬혁이 맞은편에 앉아 무표정하게 지완을 응시하고 있었다. 이게 문제였다.

4인조 그룹이었던 풍월은 찬혁과 진이 보컬을 담당하고 있었다. 진이 빠지면서 보컬은 찬혁만 남게 되었고, 게스트 보컬인 지완은 찬혁과 합을 맞춰야만 했다. 연습 시간이 길지는 않았지만, 매일 하루에 두 시간씩은 만나서 연습을 했다. 재희와 민하가 함께할 때도 있지만 보통은 찬혁과 둘이 연습하는 시간이 많았다.

조용하고 밀폐된 공간에 찬혁과 단둘이 있는 시간이, 지완에게는 가장 큰 문제였다. 찬혁을 처음 알게 되었을 때처럼 대화를 많이 하지는 않았다. 아니, 오히려 사적인 대화는 한마디도 하지 않았다. 인사를 하고, 중요한 부분을 체크하고, 노래를 하다가 고쳐야 할 부분에 대해 의견을 나누고, 시간이 되면 또다시 인사를 하고, 각자 돌아가고. 그뿐이었다.

그런데도 마음이 커졌다. 더 커질 마음도 없는 것 같은데, 그를 볼 때마다 한 겹, 한 겹씩 추억이 쌓이며 마음이 부풀어 올랐다. 감당하기 힘들 만큼 부푼 마음은 욕심을 만들어냈다. 더 가까이 앉고 싶고, 더 오래 같이 있고 싶고, 손을 잡고 싶고, 안고 싶고, 그리고, 그리고, 그리고.

'안 돼, 임지완.'

입 맞추고 싶다. 그의 입술에 키스를 하고 싶다.

이해할 수가 없었다. 여전히 사내가 무섭고 역겨웠다. 욕정 어린 시선들이 싫었다. 잊히지 않는 과거도 끔찍했다. 그 숨결, 그 손길은 두 번 다시 느끼고 싶지 않았다.

그런데도 어째서 찬혁에게 입을 맞추고 싶어질까?

왜 저 입술이라면, 저 손이라면 괜찮을 거란 생각이 들까?

왜 저 눈이 나만 봐주기를 원하게 될까?

사랑이, 그 모든 것들을 가능하게 하는 걸까? 이해되지 않는 이 모든 감정들을 만들어내는 걸까?

"목 관리?"

지완은 간신히 상념을 떨쳐내고 물었다.

"목소리, 쉬었다."

"아, 정말?"

지완은 아아아, 하고 소리를 내봤다.

"난 잘 모르겠는데."

"쉬었어."

찬혁이 단호하게 말했다.

"왜 쉬었지? 감기는 아닌데."

"설마 계속 노래해?"

"응, 연습해야지. 녹음이야 몇 번씩 해도 되지만, 콘서트 때는 실수하면 안 되잖아."

"연습도 좋지만 목 관리 제대로 안 하면 다 소용없어. 끝나고 돌아가면 꿀물 타서 마시고 최대한 목을 쉬게 해."

"응. 알겠어, 형."

거기서 대화가 끊겼다. 시선이 마주친 채로 말이 없으니 숨이 막혔다. 슬쩍 시선을 피하면 그만인데, 그런 쉬운 행위조차도 쉽지 않았다.

다른 사람들과 함께 있을 때는 아무리 조용해도 괜찮은데, 찬혁과 있을 때만 유독 긴장하게 된다. 이 행동은 괜찮을지, 저 행동은 이상하지 않을지. 그런 것들을 생각하다 보니, 도리어 아무것도 할 수가 없었다.

그런 자신이 바보 같았다. 찬혁은 아무 생각이 없을 텐데, 찬혁에게 나는 그저 같이 일하는 동료, 혹은 남동생일 뿐일 텐데. 혼자서 그의 시선과 생각을 의식해 쩔쩔매는 꼴이라니. 우습다고 생각하지만 어쩔 수 없었다.

"일단 오늘은 여기까지 하고, 집에 가서 꿀물 타서 마셔. 집에 꿀 있어?"

"아니, 없는데."

"하."

찬혁이 한숨인지 웃음인지 모를 소리를 내고는 일어났다.

"그럼 가는 길에 사. 나가자."

"어, 응."

지완은 황급히 짐을 챙겨서 일어났다.

아쉬웠다. 벌써 헤어지다니.

다행이었다. 벌써 헤어져서.

함께 있는 시간이 길면 길수록 덧없는 마음도 커져갈 뿐이었다. 그런데도 헤어져 돌아가야만 한다는 게 싫었다. 그와 함께 있으면 항상 모순된 감정이 동시에 찾아왔다.

"어디 가?"

자연스럽게 1층에서 내리려는 지완을, 찬혁이 불러 세웠다.

"응? 집에 가려고. 마트 들렀다가."

"지하에 차 있어. 타고 가. 데려다줄게."

이 어찌나 갈대 같은 마음인지. 데려다준다는 말에 언제 그랬냐는 듯 기분이 좋아져서 "응!" 하고 고개를 끄덕이고 엘리베이터의 닫힘 버튼을 눌렀다. 마트로 향하는 내내 대화가 없었는데도 같이 있다는 게 참 좋아서, 가는 그 시간이 너무도 빠르게 느껴졌다.

"같이는 못 가."

마트 앞에 차를 세운 찬혁이 말했다.

"응, 알아."

"꿀, 좋은 걸로 사."

"응."

"오늘은 목 쓰지 말고."

"응."

"너."

거기까지 말하고 찬혁은 하, 하고 한숨을 내쉬었다.

"넌 노래 잘해. 콘서트 때도 잘할 거야."

"응."

"실수하면 내가 어떻게든 해줄게."

"응."

"걱정하지 마."

"응."

무심한 듯하면서도 다정한 그의 말에, 하마터면 말할 뻔했다.

사랑해.

사랑해, 형.

그가 한마디, 한마디 덧붙일 때마다 심장이 쿵쾅, 쿵쾅 뛰었다. 위험했다. 부풀고 부푼 마음이 드디어 뻥 터져, 정말로 말할 뻔했다

사랑한다고.

사랑하게 되어버렸다고.

나는 남자인데, 여자로 살고 싶지 않은데, 그런데도 당신을 사랑하게 되어버렸다고.

그렇게 말할 뻔했다.

"가볼게."

입안에 맴도는 말을 간신히 삼키고 조수석 문을 열었다.

"그래, 잘 가."

도망치듯 차에서 내려 마트를 향해 달려갔다.

하아, 하아, 숨을 몰아쉬며 뒤를 돌아봤다. 그의 차는 보이지 않았다. 하지만 그의 음성이 전한 따스함은 여전히 가슴에 남아, 심장을 쥐어짰다.

사랑해.

사랑해, 송찬혁.

찬혁은 숙소로 돌아가는 대신 한강으로 향했다. 날씨가 좋은 저

녁이라 주차장에는 차가 많았다.

간신히 빈자리를 찾아 주차를 했다.

찬혁의 차가 오래되고 낡은 소형차라는 것은 아직 팬들도 알지 못했다. 조만간은 알게 되겠지만. 팬들이 모르는 차를 끌고 다니기 위해, 찬혁은 일 년에 몇 번씩 차를 바꿨다. 이번 자동차만 해도 올해 들어 세 번째로 바꾼 차였다.

차에서 내리지 않고 가만히 창밖의 정경에 시선을 두었다. 퇴근한 직장인들이, 학교가 끝난 학생들이 삼삼오오 모여서 앉아 있기 편한 장소를 찾아가고 있었다. 돗자리를 펴고 앉아 치킨을 먹고 맥주를 마시는 평범한 일상을, 그들은 마음껏 누리고 있었다.

찬혁은 때로 너무나 답답할 때에, 이렇게 사람들이 많은 곳에 와서 구경을 하곤 했다. 자신이 갖지 못한, 평생 가질 수 없는 평범함을 멀리서나마 지켜보곤 했다.

하지만 오늘은 자꾸만 연인들에게 시선이 향했다. 손을 잡고, 어깨를 껴안고 걷는 연인들. 멀리서 봐도 행복하다는 것이 느껴지는 그들에게서 눈을 뗄 수가 없었다. 걷다가 눈이 마주치면 입을 맞추고, 혹은 말다툼을 하는지 표정이 안 좋고, 어딘가를 가리키며 함께 웃고. 그런 모습들이 자꾸만 시야 안으로 들어왔다.

행복한 모습을 보고 있는데도 가슴이 미어졌다. 자신은 저럴 수 없다는 것을 알기에. 자신이 손잡고 걷고 싶은 이를 결코 얻을 수 없다는 것을 알기에. 심장이 잘게 저미었다.

'보내고 싶지 않았어.'

지완과 함께하는 시간이 늘어날수록 욕심이 커졌다. 갈 데 없는 욕망도, 소망도. 자꾸만 불어나 찬혁을 뒤흔들었다.

오늘은 정말이지, 큰일날 뻔했다. 마트에 데려다준다는 말에 환하게 웃으며 열심히 고개를 끄덕이는 지완의 모습이 사랑스러워서. 가슴이 아릿해질 만큼 예뻐서. 하마터면 끌어안을 뻔했다.

'위험해.'

마트에 도착했을 때도, 헤어지고 싶지 않아서, 조금이라도 더 그 얼굴을 보고 싶어서. 그래서 자꾸만 할 말을 만들어냈다.

함께 장을 볼 수 있으면 좋을 텐데. 함께 걸을 수 있으면 좋을 텐데. 이 사랑 이루어지지 않아도 좋으니, 평범한 일상이나마 공유할 수 있다면 참으로 좋을 텐데.

지완을 사랑할수록 한숨만 늘어났다. 깊은 한숨을 내쉬면 아픔도 같이 흘러나갈까 싶었는데, 아무리 내쉬어도 아픔은 여전했다.

지완을 볼 때마다 가슴이 따끔따끔, 지완을 생각할 때마다 심장이 욱신욱신.

그럼에도 보고 싶고 그리웠다. 자신의 인생에서 지완을 아주 못 보게 되는 것은 상상하고 싶지 않았다. 사랑하면 사랑할수록 모순된 감정들이 자꾸만 찾아와 찬혁을 괴롭혔다.

찬혁은 고개를 숙여 핸들에 이마를 댔다. 헝클어진 머릿속을 정돈하는 건, 이제 포기했다. 이 마음을 접기 위해 노력하는 것 역시 이제는 관두었다. 아무리 발버둥 쳐도 마음대로 되지 않는 일이라는 걸 알게 되었으니까. 아무리 애써도 지완을 향해 달려가는 이 마음을 멈출 수 없다는 걸 깨달았으니까.

꿀물을 타서 마셨다. 잠깐 누워 있는 동안 재희에게 전화가 왔다.

"나, 목 상태가 안 좋아."

일단 말해보았다.

"저런, 오늘은 말 많이 하지 말고 쉬어라."

재희는 그렇게 말하고 통화를 끝냈다. 목 관리가 이렇게나 중요한 일인 줄은 몰랐다.

오늘 스케줄은 찬혁과 노래를 맞춰보는 것뿐이었기에, 집으로 왔더니 할 일이 없었다. 아무것도 하지 않고 보내는 시간이 이토록 지루하다는 걸, 오늘에야 처음 알게 되었다. 거리 생활을 할 때는 무의미하게 흘려보내는 시간들이 참으로 많았는데. 그새 바쁜 삶에 익숙해진 모양이었다.

'뭘 할까?'

아무것도 하지 않으면 찬혁이 생각나고, 찬혁을 떠올리면 가슴이 지끈지끈 아팠다. 그러니까 무언가 집중할 일이 필요했다.

TV를 켜고 예능을 봤는데 집중이 되지 않았다. 눈은 TV를 보고 있는데도 생각은 자꾸만 찬혁에게 향했다. 책을 읽어볼까 했지만 집에 사둔 책이 없었고, 공부를 할까 했지만 TV보다 집중이 안 될 것이 뻔했다.

그래도 시간은 계속 흘러가서 어느 틈에 밤 11시가 넘었다. 이제 슬슬 자야겠다 싶어, 평소보다 오랫동안 샤워를 하고 나와 침대에 누웠다. 뜨거운 물에 샤워를 했으니 빨리 잠들겠지 싶었는데….

'실수하면 내가 어떻게든 해줄게.'

그만 찬혁의 음성이 생각나버렸다.

'걱정하지 마.'

그 다정한 음성이 떠오르자 다시 심장이 욱신, 욱신 아팠다. 누군가 자기를 걱정해준다는 건 참 기쁜 일일 텐데도, 가슴이 아팠다. 너무 아파서 눈물이 나올 정도라, 지완은 벌떡 일어나 앉았다.

'그만해, 좀.'

이제는 자신에게 짜증이 나기 시작했다.

'적당히 좀 해. 좋은 일이야. 어차피 나도 여자가 될 생각 없잖아. 설령 내가 여자라 하더라도, 송찬혁이 날 좋아해줄 리 없잖아. 신분도 정확하지 않은, 거리에서 살던 여자야. 심지어 끔찍한 기억까지 남은 여자야. 송찬혁이 날 사랑할 리 없잖아. 그러니까 미련 떨지 좀 마. 지긋지긋하다, 진짜.'

두 손으로 얼굴을 감쌌다.

'진절머리 나, 이러는 거. 뭘 기대하고, 뭘 원하는 거야, 대체. 내 상황 때문이 아니라, 그냥 나라는 인간 자체가 사랑받을 만한 인간이 아냐. 그러니까 내가 남자이기 때문에 사랑 표현을 할 수 없다는 생각도 좀 버려. 설령 사랑 타령을 할 수 있다고 해도… 미래가 없잖아. 나는 조만간 이 세계를 떠날 사람이니까. 여자라는 걸 들키면 사라질 사람이니까. 그러니까… 그만 좀 해라, 임지완. 제발 좀.'

이런 걸로 그만둘 수 있었다면 진작 그만두었을 것이다. 사랑도, 미련도 전혀 사라지지 않았고, 역시 잠이 오지 않았다. 시끄럽고 추운 거리에서도, 머리만 대면 잠을 잘 수 있었는데. 이 조용하고 따뜻하고 푹신한 잠자리에서 잠을 못 자다니.

사랑이라는 건 참으로 신기한 감정이다. 사람을 심적으로도, 외적으로도 완전히 변하게 만드니까.

'안 되겠다.'

지완은 침대에서 내려와 옷을 갈아입었다.

'연습실에 가서 춤 연습이라도 해야겠어.'

춤을 완전히 포기한 것은 아니었다. 조금이라도 출 수 있을 정도만이라도 연습을 해두라고 해서, 매일 한 시간씩은 레슨을 받고 있었다.

오늘 낮에도 레슨을 받다가 처참한 평가를 들었지만, 그래도 지완은 계속해볼 생각이었다. 이왕 시작한 연습생, 할 수 있는 만큼은 노력을 해봐야지.

택시를 잡아타고 연습실로 향했다. 아무도 없는 연습실에 들어가 불을 켰다.

사면에 거울이 있는 넓은 댄스 연습실은 조금 서늘했다. 조용한 공간에서 사면에 비치는 자신의 모습을 보니 기분이 이상했다.

지완은 음악을 틀고 오늘 낮에 배웠던 춤을 떠올리며 연습을 시작했다.

주차장의 차가 많이 빠져나갔다 싶었는데, 어느새 새벽 1시가 다 되어가고 있었다.

'벌써 이렇게 됐나?'

지완을 생각하다 보면 시간의 흐름을 잊게 된다.

'나도 참 궁상이네.'

찬혁은 자신이 이런 성격일 줄은 꿈에도 몰랐다. 한 번도 감정이라는 걸 제대로 느껴본 적이 없었는데, 한번 느끼기 시작하니 이렇게나 미련을 떤다. 바보 같고 한심하다.

숙소로 돌아가고 싶지는 않았다. 숙소에 가면 재희와 민하가 있을 것이다. 최근에 재희가 찬혁을 향해 의미를 알 수 없는 시선을 보내곤 했는데, 그게 무척 성가셨다.

그냥 내버려두면 좋을 텐데. 예전에 그랬던 것처럼 신경 쓰지 않으면 편할 텐데. 이제는 숙소조차 쉴 수 없는 곳이 되었다.

'적당한 데에 차를 세워두고 자면 되겠지. 아, 연습실이나 갈까?'

이 시간이라면 아무도 없을 것이다. 재희와 민하가 이런 시간까지 댄스 연습을 하지는 않을 테니까. 한숨 자고 날이 밝기 전에 숙소로 돌아가면 되겠다. 그렇게 생각한 찬혁은 연습실을 향해 차를 몰았다.

아무도 없을 줄 알았던 연습실에 불이 밝혀져 있었다. 음악 소리가 들려서 인상을 찡그렸다.

'누구지, 이런 시간에?'

떠오르는 사람이 없었다. 재희와 민하의 춤은 수준급이었기에, 아무리 콘서트를 앞두고 있다고 해도 이런 시간까지 따로 연습할 필요는 없었다. 게다가 흘러나오는 음악은 풍월 신곡이 아니었다. 3집 때의 곡이었다.

그냥 돌아갈까 하다가 생각을 바꿨다. 이 시간에 춤 연습을 하는 사람이 누군지 궁금했기 때문이다. 찬혁은 조용히 연습실 문을 열었다. 넓은 연습실 한가운데에 지완이 있었다.

'그래, 이걸 기대한 거겠지.'

지완이 있을지도 모른다는 생각에, 이 문을 연 것이리라.

지완은 버둥거리고 있었다. 지완의 춤은 그야말로 '버둥거린다.'라고밖에 표현할 수가 없었다.

리듬을 전혀 따라잡지 못하는 그 움직임이 무척이나 사랑스럽고 귀여워서, 찬혁은 눈을 뗄 수가 없었다. 허우적거리며 어떻게든 춰보려고 노력하는 모습이 가슴 아플 정도로 예뻐서, 찬혁은 숨도 쉴 수 없었다.

이윽고 곡이 끝나고, 지완이 헐떡거리며 움직임을 멈췄다. 그러다가 거울에 비친 찬혁을 발견하고는 눈을 크게 떴다. 휙 돌아선 지완이 성큼성큼 이쪽으로 걸어왔다. 아니, 달려왔다. 피할 새도 없이 달려온 지완이 찬혁의 앞에 멈추더니 환하게 웃었다.

"뭐야, 형. 언제 왔어? 다 본 거야?"

지완의 얼굴에 햇살 같은 미소가 떠올랐다. 눈을 뗄 수가 없어서, 숨도 쉴 수가 없어서. 찬혁은 대답조차 하지 못한 채, 가만히 그 얼굴을 응시했다.

"뭐야, 나 부끄럽다. 왔으면 말을 하지."

지완의 얼굴에 홍조가 떠올랐다. 하얀 얼굴이 분홍빛으로 물든 모습을 보자마자, 찬혁은 깨달았다.

더는 참을 수 없으리라는 것을.

간신히 잡고 있던 무언가가 끊어졌다는 것을.

성큼 다가온 찬혁이 지완의 팔을 잡아 끌어당기더니, 벽 쪽으로 밀어붙였다. 쉬라고 하는데 쉬지 않아서 화가 났나 보다, 싶었다. 그래서 변명을 하려는데, 그의 얼굴이 순식간에 가까이 다가왔다.

무슨 일이 벌어지는지 깨달을 새도 없이, 입술과 입술이 겹쳐졌다. 그의 입술이 지완의 입술 위에 닿아 세게 눌러왔다.

뜨거웠다. 무섭다든가, 밀어내야 한다는 생각은 들지 않았다. 그저 뜨겁고 아찔할 뿐이었다.

천천히 벌어진 입술이 지완의 입술을 빨아들이고, 그의 혀가 지완의 입술 사이로 밀고 들어왔다. 입안을 더듬던 혀가 지완의 것을 발견해 휘감았다. 타액이 지완의 입술을 적셨다.

생전 처음 느껴보는 기묘한 전율이 지완을 에워쌌다. 허공에 붕 뜬 것 같으면서도 묵직한 무언가가 가슴을 채웠다. 그대로 있으면 어딘가로 날아갈 것만 같았다. 그래서 지완은 축 늘어져 있던 손을 올려 그의 팔을 꽉 붙잡았다. 그의 단단한 팔근육이 움찔 떨려오는 느낌에, 이것이 현실이라는 것을 자각할 수 있었다.

키스를 하고 있어! 내가 지금 키스를 하고 있어!

키스는 처음이었다. 입술과 입술이 닿은 지금, 언제 호흡을 해야 하는지 알 수 없었다. 이러다가 숨이 막혀서 죽을지도 모른다는 생각과 동시에, 이대로 죽어도 괜찮겠다는 생각까지 들었다.

그즈음 그의 입술이 떨어졌다. 완전히 떨어진 것은 아니었다. 그의 얼굴은 입술의 온기가 느껴질 만큼 가까운 거리에 멈춰 있었다.

"형…."

지완은 잘게 호흡하며 간신히 목소리를 냈다.

"난 남자야."

그의 손이 지완의 한쪽 볼을 다정하게 감쌌다.

"알아."

그의 검은 눈동자는 지완을 똑바로 보고 있었다. 흔들림 없는 눈동자가 지완을 집어삼킬 듯 빛났다.

"형, 나는 남자야."

"알아. 아니까."

그의 입술이 지완의 입술 위에 살짝 겹쳐졌다. 입술을 가볍게 댄 채로 그가 말했다.

"일단 키스나 하자."

그동안의 갈증을 해소하려는 것처럼, 그들은 긴 키스를 했다. 아무리 키스를 해도 부족하다는 생각뿐이었다.

조금 더, 조금 더. 시간이 가는 줄도 모르고 그렇게 서로를 탐하다가 이윽고 정신을 차렸다.

찬혁은 지완의 두 어깨를 잡고 지완을 내려다봤다. 한쪽에만 쌍꺼풀이 있는, 아몬드형 눈이 찬혁을 올려다보고 있었다. 촉촉하게 젖은 눈빛의 의미를, 찬혁은 알 수가 없었다.

'내가 무슨 짓을 한 거지?'

지완의 마음을 확인하지도 않은 채, 자신의 마음을 밀어붙였다. 자기 마음이 어떤지 알리지도 않은 채, 욕정을 이기지 못해 입술을 탐했다.

지완의 입술은 평소보다 붉게 물들어 있었다. 찬혁의 타액으로 젖은 그 입술이 무척이나 섹시해서, 그토록 키스를 했으면서도 또 다시 욕망이 일어났다.

"형…."

지완은 무슨 말이든 해야 한다고 생각했다. 찬혁은 혼란스러워 보였고, 그런 찬혁을 진정시키고 싶었다. 이런 와중에도 찬혁에게 부담스러운 존재가 되고 싶지 않다는 생각뿐이었다.

"난 괜찮아."

씩씩한 척, 아무렇지도 않은 척했다.

"어, 그러니까. 괜찮아, 정말. 오늘 이건 그냥 형이 실수한 거라고 생각하고 잊어버릴게. 한숨 푹 자고 일어나면 깨끗하게 잊을 거야. 나 기억력이 별로 안 좋거든. 그러니까 내일은 아무 일도 없었던 것처럼…."

"아무 일도 없었던 게 아냐."

찬혁의 묵직한 음성이 지완의 말을 끊었다.

"실수도 아냐, 임지완."

어깨를 잡은 찬혁의 손에 힘이 들어갔다.

"잊지 마. 자고 일어나도 잊지 마. 나는."

거기까지 말한 찬혁이 살짝 미간을 좁히고 입을 다물었다.

말을 고르려는 듯 한동안 침묵을 지킨 끝에 찬혁이 지완과 눈을 맞췄다. 여느 때보다도 깊고 맑은 눈으로 지완을 응시하며, 찬혁은 말했다.

"나는 널 사랑해."

심장이 쿵, 내려앉았다.

찬혁을 사랑하게 된 이후로 느꼈던 것과는 또 다른 충격이었다.

'내가 지금 무슨 말을 들은 거지?'

이건 꿈일까? 아니면 욕심이 지나쳐 환상을 보고 있는 걸까?

믿을 수가 없었다. 그 송찬혁이 나를 사랑하다니. 나를 남자라고 알고 있는 송찬혁이 나를 사랑하다니.

'아니, 내가 여자라는 걸 아는 걸까?'

생각지 못한 사랑 고백이 생각을 마비시켰다.

무엇을 어떻게 해야 좋을지 알 수 없었다. 멍하니 올려다보고 있노라니, 그가 말했다.

"그래, 난 널 사랑해."릴"하지만… 나는… 남자야, 형."

쥐어짜듯 내뱉은 목소리는 형편없이 쉬어 있었다.

"알아."

찬혁이 말했다.

"그래도 상관없어. 그런 건 아무래도 좋아. 나는 너를 사랑해, 임지완."

그가 다시 한번 분명하게 말했다. 다른 생각은 들지 않을 만큼 단호한 어조였다.

널 사랑해. 다른 사람이 아니라 임지완 널 사랑해.

찬혁은 그렇게 말하고 있었다.

내가 사랑하는 사람이 나를 사랑한다.

이런 기적 같은 일은 지완의 인생에 존재한 적이 없었다. 그런데도 그의 흔들림 없는 눈동자가, 그의 단호한 목소리가 이것이 현실이라 지완에게 알려주고 있었다.

믿을 수밖에 없었다.

그가 나를 사랑한다는 것을.

그와 나의 마음이 같다는 것을.

알게 되었으면서도 나도 사랑한다고 말할 수 없는 이유는.

'어쩌지? 내가 여자라는 걸 말해야 하나?'라는 생각 때문이었다.

너무도 갑작스러운 고백이고, 상상조차 해본 적 없는 순간이었다. 그래서 이럴 때 어떻게 대답해야 할지 생각해보질 못했다.

지완이 망설이는 이유를 오해한 듯, 찬혁이 말했다.

"대답을 해달라는 게 아냐. 그냥 내 마음을 밝히고 싶었다."

"어…."

"같은 사내놈이 사랑 타령을 하는 게 기분 나쁘겠지. 드러내지 않으려고 했는데, 마음이 너무 커져서… 내가 어떻게 할 도리가 없을 만큼 부풀어서…."

찬혁의 눈동자가 처음으로 흔들렸다.

"미안하다, 지완아."

"아니야, 형!"

미안하다니. 사랑받아본 적 한 번도 없던 나를 사랑한다 해주었으면서도 미안하다니.

지완은 찬혁의 손목을 꽉 붙잡았다.

"미안해하지 마. 왜 미안해해? 사실은 나도."

여자라는 걸 밝혀야 하나, 어째야 하나. 그런 생각들은 미뤄두기로 했다.

"나도야, 형."

지완은 두 손을 올려 그의 양 볼을 감쌌다.

"나도 사랑해."

둘은 조용한 연습실 벽에 기대어 나란히 앉았다. 정면으로 보이는 벽면 거울에 둘의 모습이 비쳤다.

"손, 잡아도 되나?"

찬혁의 질문에 심장이 두근거렸다.

"어, 응. 괜찮아."

그의 커다란 손이 지완의 손 위에 겹쳐졌다.

싫어야 하는데, 사내의 손길은 무섭고 끔찍해야 하는데.

좋았다.

손등 위에 전해지는 그의 체온이 좋아서 눈물이 날 것만 같았다.

심장은 아까부터 쿵, 쿵, 쿵, 그 빠르기를 유지하고 있었다. 이러다가 무리가 와서 기절하는 게 아닐지 걱정될 정도였다.

"믿기질 않는다."

그가 말했다.

"너한테 사랑한다는 말을 듣다니."

"그건 나도 마찬가지야. 형한테서 사랑한다는 말을 들을 줄은 몰랐어."

"그래? 티가 났을 텐데."

"아니, 전혀. 오히려 내가 티 나지 않았어?"

"안 났어. 난 네가 재희랑… 그런 사이인 줄 알았는데."

"재희랑은 그냥 친구 사이지."

"자주 만났잖아."

"친구니까."

'그리고 내 비밀을 알고 있으니까. 마음을 터놓을 수 있는 유일한 사람이니까.'라는 말은 물론 하지 못했다.

"질투를 했어, 재희를."

찬혁이 피식 웃으며 말했다.

"질투를 했고 부러워했지. 그런 감정을 느껴보는 건 처음이었어. 질투도, 부러움도, 그리고 그리움도."

찬혁이 고개를 돌려 지완을 응시했다.

"널 사랑하면서 전부 처음 느껴봐."

그의 눈동자에 담긴 애정이 가슴 저릴 정도로 전해졌다.

아아, 이 남자가 나를 사랑하는구나. 응시하는 눈빛만 봐도 알 수 있을 만큼 나를 사랑하는구나.

사랑은 처음인 지완조차 그렇게 생각할 만큼, 그 검은 눈동자에 담긴 감정이 넘쳐흘렀다.

내 눈도 그럴까? 내 눈에 담긴 애정도 저토록 상냥하게 넘쳐흐르고 있을까?

그러면 좋겠다. 내 마음이 그에게 오롯이 전해지면 좋겠다.

"내가 이런 감정을 갖게 될 줄은 몰랐는데. 널 만나면서 정말 하루하루가 신기하고 새롭다."

"한 번도 사랑을 해본 적 없어? 형은 친구도 많고 주위에 예쁜 여자들도 많잖아."

불현듯 전에 제나가 얘기했던 '한성의 그 계집애' 해림의 존재가 떠올랐다.

묻고 싶었다.

정말로 약혼녀야? 사랑도 없이 약혼을 한 거야? 어째서 그렇게까지 구속받고 있는 거야?

수많은 질문이 머릿속을 휘저었다.

하지만 물어도 될까? 나는 내가 여자라는 것조차 밝히지 않았는데, 그의 과거에 대해 현재에 대해 물어도 될까?

"매일매일 숨이 막혀서 숨을 쉬려고 노력하는 것만으로도 벅찼어. 그래서 누군가를 사랑할 겨를도, 우정을 나눌 여유도 없었지."

찬혁이 지완의 머리를 쓰다듬었다.

"네가 처음이야. 내 안에 비집고 들어온 건."

"내가 좀 어디든 잘 비집고 들어가지."

장난스럽게 말하는 지완을 보며 찬혁이 웃었다. 그의 웃는 얼굴이 좋아서, 지완은 이대로 시간이 멈추면 좋겠다고 생각했다.

"생각해보면 처음부터였어."

"뭐가?"

"널 사랑하게 된 거."

"아… 하지만 우리 처음 만난 건, 화장실에서였잖아. 난 바지를 벗겠다고 했었는데."

"그러게. 내가 그런 걸 좋아하는 놈인가 보지."

"뭐야, 그게."

그가 또 웃었다. 웃으면 가늘어지는 그의 눈이 예뻤다.

"네가 그렇게 말하고 바지를 벗으려는데 당황스러워서, 그러고 나서 환하게 웃는데 눈이 부셔서. 처음으로 내 주위를 둘러싼 감옥이 느껴지질 않았어."

"감옥…?"

"그래, 지완아. 나는 감옥에 갇혀 있어."

2권에서 계속

국립중앙도서관 출판시도서목록(CIP)

나의 별에 부는 바람. 1 / 지은이: 이현성. -- 고양 :
위즈덤하우스미디어그룹, 2017
p. ; cm

ISBN 978-89-97414-73-4 04810 : ₩12000
978-89-97414-72-7 (세트) 04810

한국 현대 소설[韓國現代小說]

813.7-KDC6
895.735-DDC23 CIP2017030720

나의 별에 부는 바람 *1*

초판 1쇄 인쇄 2017년 11월 27일 **초판 1쇄 발행** 2017년 12월 1일

지은이 이현성
펴낸이 연준혁

웹소설사업분사 이사 정은선
책임편집 양은경

펴낸곳 (주)위즈덤하우스미디어그룹
출판등록 2000년 5월 23일 제13-1071호
주소 경기도 고양시 일산동구 정발산로 43-20 센트럴프라자 6층
전화 031-936-4000 **팩스** 031)903-3893
홈페이지 www.wisdomhouse.co.kr

값 12,000원
ISBN 978-89-97414-72-7 04810 나의 별에 부는 바람(세트)
978-89-97414-73-4 04810 나의 별에 부는 바람 1